ÜBER DEN AUTOR

Marcus Hünnebeck gehört zu den erfolgreichsten Thriller-Autoren Deutschlands. Seine Bücher erreichen regelmäßig die vordersten Positionen in den Bestsellerlisten und begeisterten inzwischen weit über zwei Millionen Leser. Besonders mit der Reihe um die beiden Hauptkommissare Robert Drosten und Lukas Sommer hat er sich in der Gunst der Leser nach vorne geschrieben. Nachdem er im Ruhrgebiet aufgewachsen und danach viele Jahre im Rheinland gelebt hat, wohnt er inzwischen in Hamburg.

ÜBER DAS BUCH

Lena und Simon gehen nach einem heftigen Streit ins Bett, ohne noch ein Wort miteinander zu reden. Mitten in der Nacht erwacht Lena gefesselt und geknebelt. Simon liegt nicht mehr neben ihr. Mühsam hebt sie den Kopf und entdeckt ihren Freund auf einem Stuhl fixiert. Ein maskierter Mann tritt in ihr Sichtfeld und kündigt den beiden Stunden voller Schmerzen an. Er will ihnen alles heimzahlen, was sie sich gegenseitig im Laufe der Zeit angetan haben.

Das Team um Robert Drosten und Lukas Sommer jagt einen Mörder, der Paare bestraft, die sich immer wieder erbittert streiten. Die Kommissare rätseln, wie er seine Opfer findet. Als eine Streifenwagenbesatzung ein Auto anhält, weil der Fahrer abgelenkt wirkt, scheint dies nichts mit den Ermittlungen zu tun zu haben. Bis der Täter kurz darauf wieder zuschlägt. Hat die Polizei endlich eine vielversprechende Spur gefunden?

Der Schmerzspezialist: Thriller

1. Auflage, September 2022

Covergestaltung: © cover.artwize.de

Lektorat: Ruggero Leò
Korrektorat: Kirsten Wendt

Herausgeber:
Marcus Hünnebeck
Heimweg 6, 20148 Hamburg

1

Wie war sie bloß in diesen Albtraum geraten?

Ihr Kopf pochte schmerzhaft. Trotzdem setzten sich die Erinnerungen langsam durch. Nach dem langen Streit gestern Abend war sie irgendwann völlig fertig ins Bett gegangen. Simon war ihr ein paar Minuten später wortlos gefolgt. Sich nach diesem Streit schöne Träume zu wünschen, wäre nicht richtig gewesen. Mitten in der Nacht hatte sie Geräusche gehört, dann Simons Schrei vernommen. Jemand war auf sie gesprungen und hatte ihren linken Arm gepackt. Sie hatte den Einstich gespürt, bevor sie sich hatte wehren können, und die Besinnung verloren. Seit sie erwacht war, hatte sie viele beunruhigende Einzelheiten wahrgenommen. In ihrem Mund steckte ein Knebel. Ihre Hände waren mit Handschellen am Bett fixiert, und sie trug kein Nachthemd mehr. Ihre Beine fühlten sich schwer wie Blei an. All diese Details ängstigten sie zu Tode, doch durfte sie die Panik nicht übermächtig werden lassen. Also galt es, sich abzulenken. Wie spät mochte es sein? Die Außenjalousien im Schlafzimmer waren heruntergelassen und schirmten jedes Licht ab. Es konnte Nacht sein oder helllichter Tag. Sie wusste es nicht.

Die Nachttischlampe auf Simons Seite brannte. Vorsichtig hob sie den Kopf und schaute sich um. Schon das war ein großer Kampf. Die Anstrengung verstärkte den Schmerz in ihrem Schädel. Es erschien ihr überlebenswichtig, die Uhrzeit herauszufinden. Hatte ein Einbrecher sie ausgeraubt und war inzwischen wieder verschwunden? *Ist das dein Ernst?*, fragte eine hinterhältige innere Stimme. *Schließlich bist du gefesselt, geknebelt und nackt.* Lena versuchte, diese Stimme auszublenden. Sie durfte der Angst keinen zu großen Raum einräumen, sonst wäre sie endgültig handlungsunfähig. Lieber konzentrierte sie sich auf positive Dinge. Noch spürte sie zum Beispiel keine Schmerzen im Unterleib.

Weil er warten will, bis du wach bist und alles mitbekommst, flüsterte die Stimme in ihrem Kopf. *Du sollst auch Spaß daran haben.*

Tränen liefen ihr über die Wangen. Sie ahnte, was ihr bevorstand. Wo war Simon? Könnte er ihr vielleicht helfen?

Gestern Abend hatte sie noch geglaubt, die immer wieder aufflackernden Streitigkeiten zwischen ihnen wären ihr größtes Problem im Leben. So sehr hatte sie sich getäuscht.

Simon lag nicht neben ihr. Lena schaffte es, ihren Kopf ein weiteres Stückchen anzuheben und sich im Raum umzusehen. Ihr Blick fiel auf ...

Kraftlos ließ sie den Kopf wieder sinken.

Was hatte das zu bedeuten?

Simon saß zusammengesunken auf einem Stuhl. Ebenfalls nackt und geknebelt. Seine Hände waren mit

Handschellen an der Wandhalterung des Fernsehers fixiert, von dem TV-Gerät fehlte jede Spur. Von seiner Position aus würde Simon alles, was auf dem Bett passieren würde, genau beobachten können.

Er wird Spaß mit dir haben, und Simon muss dabei zusehen. Weißt du, was das bedeutet?

Sie wollte nicht darüber nachdenken, doch die Antwort lag auf der Hand. Sie war einem Sadisten ausgeliefert. Wer sonst hätte sich die Mühe gemacht, sie beide so zu arrangieren? Der Fernseher wog einige Kilo, und es war nicht leicht, ihn ohne Hilfe aus der Verankerung zu ziehen. Offensichtlich war es dem Eindringling wichtig, einen Zuschauer zu haben, der alles verfolgen, aber nicht einschreiten konnte.

Du wirst das überleben, flüsterte sie sich Mut zu. *Egal, wie schlimm es wird, du überlebst es.*

Lena klammerte sich an diese Hoffnung. Vielleicht würde es ihr gelingen ...

Ein Stöhnen riss sie aus dem Gedankenfluss. Simon schien wieder zu sich zu kommen. Obwohl es sie viel Kraft kostete, hob sie noch einmal den Kopf. Simon hatte die Augen weit aufgerissen und zerrte an den Handfesseln.

»Endlich seid ihr wach«, sagte eine dunkle, männliche Stimme. »Hat echt gedauert. Aber ich wusste, es lohnt sich, auf euch zu warten.«

Eine maskierte Gestalt trat in ihr Sichtfeld. Sie trug eine Sturmhaube, außerdem ein langärmliges Shirt, dessen Ärmel in Lederhandschuhen steckten, die fast bis zum Ellbogen reichten. Die schwarze Jeans des Mannes endete in hohen Schnürstiefeln.

Lenas Gedanken überschlugen sich. Er war nicht nackt. Wollte er sie gar nicht vergewaltigen? Oder gehörte es zu seinem perversen Spiel, sich langsam vor ihr auszuziehen? Seine Kleidung vermittelte eher den Eindruck, als versuche er, keine DNA-Spuren am Tatort zu hinterlassen. Die Vermutung, dass er sie nicht missbrauchen wollte, tröstete sie nicht. Eine Vergewaltigung könnte sie überleben und vielleicht irgendwann verarbeiten. Ein Eindringling, der Vorbereitungen traf, um keine DNA zu hinterlassen, schien Schlimmeres im Sinn zu haben.

Lena kreischte, doch der Knebel erstickte die Geräusche.

»Mach das nicht«, sagte er zu ihr, als wäre sie ein kleines Kind. »Spar dir deine Kräfte. Uns wird niemand hören. Ein Souterrain ist schon etwas Feines. Über uns nur der Hausflur, und um vier Uhr in der Nacht wird kaum jemand zu den Briefkästen gehen.«

Stimmte die Uhrzeit, oder log er?

»Euch hat diese Wohnung nie gutgetan. In der Vermutung, eure Nachbarn würden euch nicht hören, habt ihr euch nicht zurückgehalten. In der alten Bleibe ist euch das ja auch nie gelungen. Und ich kann euch versichern, man konnte euch in diesem Haus hören. Sogar von draußen, wenn ihr laut genug wart. So laut werdet ihr heute allerdings nicht sein. Das verhindern die Knebel.«

Der Mann seufzte und setzte sich auf den Bettrand.

»Bestimmt fragt ihr euch, wie ihr mein Interesse geweckt habt. Wollt ihr es wissen?«

Lena versuchte, die Stimme des Mannes zu identifizieren, doch sie kam ihr völlig unbekannt vor.

»Ich bin durch eure Streitigkeiten auf euch aufmerksam geworden. Habe euch verfolgt. Bin euch hinterhergefahren. Wie oft ihr im Auto gestritten habt.

Herrje! Manchmal war das richtig gefährlich. Für die Autos, die euch entgegengekommen sind, denn du warst nicht immer auf den Verkehr konzentriert, Simon. Tz, tz, tz.« Erneut hielt er inne. Langsam drehte er seinen Kopf und starrte sie mit kalten Augen an. »Du, liebe Lena, hast eine ziemlich kurze Zündschnur. Rastest schnell aus. Junge, du kannst vielleicht schreien! Okay, du bist nicht sehr zierlich, trotzdem traut man das einer Frau nicht zu. Wissen deine Freunde und Arbeitskollegen das, oder verbirgst du das vor ihnen? Ich schätze, du bist gut darin, diesen Charakterzug zu verheimlichen. Er lässt dich nämlich nicht sympathisch wirken. Das weißt du genau, richtig?«

Seit wann verfolgte er ihre Streitigkeiten? Wer war dieser Mann?

»Bei Paaren wie euch frage ich mich, wieso sie sich nicht trennen. Stattdessen zieht ihr einfach in die nächste Wohnung. Warum? Ich versteh's nicht. Was hält euch zusammen? Ihr habt keine Kinder, und eure gemeinsamen finanziellen Verpflichtungen können nicht groß sein. Wieso habt ihr euch nicht getrennt? Das ist eine Frage, die mich sehr beschäftigt. Mittlerweile kenne ich die Antwort. Ich habe lange darüber nachgedacht. Ihr genießt es, Experten zu sein. Ihr seid Spezialisten. Schmerzspezialisten.«

Was meinte er damit? Seine Worte ergaben keinen Sinn. Aber die Art, wie er *Schmerz* betonte, jagte ihr einen Schauer über den Rücken.

»Ihr versteht es, dem anderen Schmerz zuzufügen, und sei es nur durch verletzende Bemerkungen. Ehrlich gesagt, beneide ich euch. Ich will sein wie ihr. Ein *Spezialist.* Wie schön das klingt. Allerdings gebe ich mich nicht mit Worten allein zufrieden. Das langweilt mich. Was bringt es mir, dich eine Nutte zu nennen? Jeder, der dich kennt, weiß, wie du bist.«

Ohne Vorwarnung schlug er Lena auf den Venushügel. Sie zuckte zusammen, weniger wegen der unerwarteten Berührung als vielmehr der Heftigkeit des Schlags.

»Beleidigungen bringen mir nichts. Sie erfüllen mich nicht.«

Er stand auf und stellte sich neben Simon. »Ich könnte dich jetzt einen Schlappschwanz nennen und hätte recht.«

Simon stöhnte vor Schmerz auf. Hatte der Maskierte ihm grob in den Schritt gefasst? Lena schaute nicht hin, sondern hatte den Blick an die Decke gerichtet. Es kostete sie einfach zu viel Kraft, den Kopf zu heben.

»Was soll mir das bringen? Ich will ein echter Schmerzspezialist werden. Das geht nur, wenn man weiß, wie Menschen auf gewisse Reize reagieren. Genau das will ich lernen, und dabei helft ihr mir. Vor allem du, Lena. Aber auch Simons Mimik wird mir viel verraten.«

Was hatte dieser Wahnsinnige bloß vor?

»Genug geredet«, sagte er. »Ich hab mich vorhin bei euch umgeschaut und ein paar hilfreiche Gegenstände gefunden. Gleich bin ich wieder bei euch. Habt ein bisschen Geduld.«

Er verließ das Schlafzimmer. Nun hob Lena mühsam den Kopf und suchte Simons Blick. Ihr Freund schaute sie an. Durch den Knebel versuchte er, ihr etwas zu sagen. Bildete sie sich das bloß ein, oder formulierte er die Worte: *»Ich liebe dich«*?

»Ich dich auch«, antwortete sie. Verstand er das? Oder machte der Knebel alles zunichte?

»Ihr seid süß«, erklärte der Maskierte, der soeben wieder den Raum betrat. »Habt ihr euch gerade Mut zugesprochen? Euch eure Liebe versichert? Warum habt ihr das nicht früher gemacht? Zum Beispiel, als ihr heute ins Bett gegangen seid?«

Er legte etwas auf die Matratze. Lena drehte ihren Kopf. War das eine Kneifzange? Was hatte er bloß vor?

Ein zweiter Gegenstand landete auf dem Bett. Ihr Hammer aus dem Werkzeugkasten.

»Fragt ihr euch, warum ich so bin? Das kann ich leicht erklären.« Der Maskierte legte einen Teppichcutter auf die Matratze. »Meine Eltern waren genau wie ihr. Ständig haben sie sich gestritten. Völlig egal, ob mein großer Bruder und ich das mitbekamen oder nicht. Sie waren richtige Experten, sich mit Worten wehzutun. Und manchmal hat mein Vater meiner Mutter Ohrfeigen verpasst. Oder sie ihm. Dann wiederum hatten sie gute Phasen. Leider haben die nie lange gehalten. Das kennt ihr bestimmt. Tage, vielleicht sogar Wochen, in denen man so verliebt wie am Anfang ist. Herrlich, oder? Aber es hält nie ewig. Bei meinen Eltern hat es sich immer weiter hochgeschaukelt. Bis mein Vater eines Nachts zum Messer gegriffen hat. Er hat Mama den Hals aufgeschlitzt. Danach meinem Bruder. Dann stand er an meinem Bett. Irgendetwas hat ihn zurückgehalten. Weinend hat er das Messer fallen lassen und sich zu mir gesetzt. Ich hab das Blut an seinen Händen und auf seinem T-Shirt gesehen. Ihn gefragt, wo Mama ist. Er hat nicht geantwortet. Irgendwann hat er sich geschnitten. Das Geräusch des Blutes, das aufs Linoleum tropfte, werde ich nie vergessen. Er wollte uns alle töten. Mama, meinen Bruder, mich und sich. Aber er hat es nicht übers Herz gebracht, das Nesthäkchen abzustechen. Nur deswegen lebe ich noch. Verrückt, oder? Wäre mein Vater mutiger gewesen, wären wir uns nie begegnet.

Hättet ihr euch getrennt, bevor ihr mein Interesse geweckt habt, würde das alles nicht passieren. So viele Weggabelungen, die dafür hätten sorgen können, dass wir uns nie kennengelernt hätten, und trotzdem bin ich jetzt hier. Das darf man keinem erzählen. Kennt ihr die Chaostheorie? Der Flügelschlag eines Schmetterlings kann angeblich Ereignisse beeinflussen. Das klingt verrückt, oder? Aber ich erkenne die Wahrheit, die darin steckt. Der Schmetterlingseffekt. Wenn ich darüber nachdenke, schwirrt mir der Kopf.« Er seufzte. »Ich will dir nichts vormachen, Lena. Das werden lange Stunden. Wir beide werden einiges lernen heute Nacht. Vor allem, wie viel Schmerz der Mensch aushält.«

Er kletterte aufs Bett und schob ihre Beine auseinander.

»Bitte nicht«, flehte sie ihn durch den Knebel an.

»Bestimmt hast du gerade gesagt, ich soll das nicht tun. Wahrscheinlich wäre es dir lieber, ich würde dich vergewaltigen und dann verschwinden. Du hast recht. Das wäre für dich angenehmer. Aber ich habe kein Interesse daran. Beim Sex bin ich der romantische Typ. Kuschelsex und so.« Er lachte. »Tut mir leid. Durch erzwungenen Sex lerne ich nicht, wie viel Schmerz du erträgst. Das muss ich anders herausfinden.«

Er griff zur Seite und präsentierte ihr die Kneifzange.

»Fangen wir hiermit an. Einverstanden? Lektion Nummer eins. Nennen wir sie: Mit etwas muss man ja beginnen.« Er strich mit dem kalten Zangenkopf über ihr Bein, bis er am Fuß ankam. »Ich weiß, du würdest mich jetzt am liebsten treten. Aber das Mittel, das ich dir gespritzt habe, hat ein paar schöne Nebenwirkungen. Du hast für viele Stunden kaum Kontrolle über deine Muskeln. Du kannst dich ein bisschen bewegen. Den

Kopf leicht heben und so. Mehr schaffst du nicht, selbst wenn dein Leben davon abhängen würde. Was es ja in gewisser Weise tut.«

Er lachte höhnisch. Lena wollte ihm das Gegenteil beweisen. Ihn mit einem Stoß vom Bett schleudern. Leider behielt er recht. Es war ihr nicht möglich. Sie konnte sich nicht wehren. Nicht verhindern, dass er den kleinen Zeh mit dem Zangenkopf umfasste. Und zudrückte. Sie konnte bloß schreien.

* * *

Schwer atmend erhob er sich.

»Wow«, sagte er leise. »Hast du genau hingeguckt? Meine Mutter ist auch wegen eines tiefen Schnitts am Hals verblutet. Trotzdem war ihr Tod anders. Hammer!« Er lachte. »Also ich meine nicht *den* Hammer. Sie hat ganz schön was weggesteckt. Respekt! Hätte ich ihr nicht zugetraut. Und du?«

Er ging in die Hocke. Nur ein Meter trennte ihn von dem Mann, der es vermied, ihm in die Augen zu sehen.

»Ich könnte mir vorstellen, du hast nicht alles verfolgt. Hätte ich an deiner Stelle auch nicht getan. Aber deine Ohren konntest du nicht verschließen. Du wirst diese Geräusche niemals vergessen. Das weiß ich genau. Ich habe ja das Blut erwähnt, das aufs Linoleum getropft ist. Werde ich nie aus dem Gedächtnis bekommen. Wir sind auf einem guten Weg. Schmerzspezialisten. Du weißt, was deine Freundin ertragen konnte. Das war eine ganze Menge. Ich glaube, du hättest früher schlapp gemacht. Na ja. Manchmal sind wir Männer Mimosen, oder? Unvorstellbar, dass wir einen kleinen Menschen aus uns herauspressen könnten. Aber Frauen schaffen das.

Deswegen habe ich mich an ihr ausgetobt, nicht an dir. Du wärst zu schnell gestorben. So hast du alles mitbekommen und in deinem Schädel gespeichert.«

Er klopfte dem gefesselten Mann an die Schläfe. Der zuckte ängstlich zusammen.

»Wie erbärmlich. Ich frage mich bis heute, was meinen Vater aufgehalten hat. Warum er so schwach war. Ich wünschte, er hätte nicht innegehalten, sondern seinen Plan bis zum bitteren Ende durchgezogen. Dann wäre uns allen viel erspart geblieben. Leider ist das nicht mehr zu ändern. Ich bin gleich wieder da.«

Er wandte sich ab und verließ den Raum. Im Flur lag seine Tasche. Er hockte sich zu Boden und kramte darin herum. Zuerst prüfte er die Uhrzeit. Es war Viertel vor sechs. Es wäre besser, rasch zu verschwinden. Er holt die Pistole aus der Tasche und schraubte den Schalldämpfer auf.

»Ich könnte dich leben lassen«, sagte er bei seiner Rückkehr. »Aber seien wir ehrlich. Du hast es nicht verdient. An Lenas Tod trägst du genauso viel Schuld wie ich. Wieso habt ihr euch immer gestritten? Warum habt ihr euch nicht einfach getrennt?«

Er presste dem Mann den Schalldämpfer auf die Stirn. Der Geknebelte blickte ihn mit leeren Augen an. Er flehte nicht darum, verschont zu werden. Wenigstens in den Sekunden vor seinem Tod zeigt er eine gewisse Größe.

»Grüß meine Familie, wenn du sie triffst.«

Er drückte den Abzug. Der Kopf des Mannes ruckte nach hinten. An der Wand hinter ihm verteilte sich auf der weißen Tapete Gehirnmasse und Blut.

2

Fünf *Wochen später.*

Oskar Zwicker schaute auf die Armbanduhr und stöhnte ungeduldig. Die Verabredung mit seinen Arbeitskollegen rückte näher, trotzdem schien Pauline einfach nicht fertig zu werden. Er wartete eine volle Umdrehung des Sekundenzeigers ab, ehe er sich vor die geschlossene Badezimmertür stellte und anklopfte.

»Pauline, wie lange brauchst du noch?«

Sie antwortete nicht. Ohne ihre Erlaubnis abzuwarten, öffnete er die Tür. Seine Freundin saß vor dem Spiegel und zog sich mit einem Kosmetikstift die Augenbrauen nach.

»Hast du mich nicht gehört?«, fragte er.

»Was soll ich darauf antworten? Es dauert, so lange es dauert.«

»Kannst du das etwas konkretisieren?«

»In zwanzig Minuten bin ich vermutlich fertig.«

Oskar atmete tief durch, um den drohenden Wutausbruch zu verhindern. Ärgerte sie ihn absichtlich?

»Wenn wir nicht in spätestens zehn Minuten aufbrechen, kommen wir zu spät.«

»Das schaffe ich nicht.«

»Beeil dich bitte.«

»Du kannst ja ohne mich fahren. Wäre okay für mich.«

»Super, Pauline, echt super. Sag doch gleich, wenn du keine Lust hast.«

Zum ersten Mal, seit er das Badezimmer betreten hatte, wandte sie den Blick vom Kosmetikspiegel ab und schaute ihn provozierend an.

»Ich habe dir mehrfach gesagt, dass ich keine Lust habe. Hat dich aber nicht davon abgehalten, ihnen für heute Abend zuzusagen.«

»Ganz klasse! Aber Hauptsache, ich war letzte Woche wieder mal bei deinen Eltern.«

»Das ist ja wohl etwas anderes. Eltern und Arbeitskollegen kannst du nicht miteinander vergleichen.«

»Stimmt. Mit Arbeitskollegen kann man Spaß haben, bei deinen Eltern eher nicht.«

»*Du* kannst Spaß haben. Ihr unterhaltet euch die meiste Zeit über Leute, die ich nicht kenne. Kollegengeschwätz. Ich kann's verstehen. Ist bei mir nicht anders, wenn ich mich mit Kolleginnen treffe. Aber ich zwinge dich nicht dazu, mitzukommen. Das, mein Lieber, ist ein großer Unterschied.«

»Soll ich Erik und Ivana Bescheid geben, dass wir uns ein bisschen verspäten?«

»Mir völlig egal. Und je länger du mich hier nervst, desto später wird es.«

Oskar setzte zu einer Erwiderung an, hielt sich jedoch zurück. In diesem Spiel hatte Pauline die Oberhand. Es war besser, klein beizugeben. Zumindest, bis der Abend vorbei war. Er verließ das Badezimmer und hockte sich ins Wohnzimmer auf den Sessel. Aus seiner Hosentasche zog er das Handy und schrieb Erik eine Nachricht. Dabei dachte er an den Streit von gestern. Wieder waren sie wegen einer Kleinigkeit aneinandergeraten. Der von Pauline initiierte Umzug in diese spießige Reihenhaussiedlung hatte zwischen ihnen nichts verbessert. Ganz im Gegenteil. Sie stritten sich trotz des gemeinsamen Hauses nicht weniger, und ihre Konten standen wegen der Umzugskosten dick im Minus. Einzig die im Vergleich zu ihren früheren Wohnungen geringere Miete tröstete ihn. Allerdings würde es dauern, bis sich das rentierte und die angefallenen Ausgaben ausglich.

Eine knappe halbe Stunde später saßen sie endlich im Auto. In Oskar brodelte es. Bestimmt hatte sich Pauline am Ende besonders viel Zeit gelassen, um ihr angekündigtes Zeitfenster nicht einzuhalten.

»Zwanzig Minuten hast du gesagt«, warf er ihr vor. »Jetzt ist es eine halbe Stunde geworden. Das ist so peinlich. Immer kommen wir zu Verabredungen mit meinen Freunden zu spät.«

»Hättest du mich nicht genervt, wäre ich früher fertig geworden.« Demonstrativ schaute sie aus dem Beifahrerfenster. Sie provozierte ihn. Doch tat er ihr nicht den Gefallen, darauf einzugehen. Er traute es ihr zu, dass sie sich vor dem Restaurant ein Taxi rufen würde, falls er sie jetzt anbrüllte. Es war besser, gar nichts zu sagen. Bei der nächsten Gelegenheit würde er sich revanchieren. Feierte nicht übernächstes Wochenende ihre Mutter einen runden Geburtstag? Oskar lächelte innerlich. Paulines Mutter hasste Unpünktlichkeit und hatte die ganze Sippe eingeladen. Spätestens dann zahlte er es ihr heim.

Als schien sie seine Gedanken zu lesen, wandte sie sich ihm zu. »Was ist?«

»Nichts. Ich freue mich bloß.«

»Worauf?«

»Wirst du schon früh genug sehen.« Er lächelte schadenfroh.

Pauline schaute ihn noch eine Weile an und blickte dann stur geradeaus. Schweigend fuhren sie den Rest der Strecke, bis sie mit fast zwanzig Minuten Verspätung endlich am Restaurant ankamen.

* * *

Kaum hatte der Kellner die Dessertschälchen abgeräumt, stand Pauline auf.

»Bin gleich wieder da«, sagte sie.

Ivana erhob sich ebenfalls. »Warte auf mich. Ich komme mit.«

Pauline ging erst demonstrativ drei Schritte in den Raum, ehe sie stehen blieb. Gemeinsam stöckelten sie davon, um die Waschräume aufzusuchen.

»Oje«, brummte Erik. »Dicke Luft zwischen euch?«

»Entschuldige bitte. Das liegt nicht an euch. Pauline hat gerade wieder eine ihrer Phasen.«

Erik schmunzelte. »Das kenne ich von Ivana. Einmal im Monat, aber bei euch beiden scheint das schlimmer zu sein, oder irre ich mich?«

Oskar atmete tief durch. Sollte er Erik etwas vormachen? »Ich weiß nicht, wie lange wir noch eine Zukunft haben«, gestand er.

»Verrückt. Vor wie viel Wochen seid ihr zusammengezogen?«

»Ist schon wieder drei Monate her.«

»Krass. Wie die Zeit rast.« Erik schüttelte den Kopf. »Ich kapier's nicht. Wieso seid ihr zusammengezogen, wenn das so schwierig ist? Wäre da eine Trennung nicht die bessere Wahl gewesen?«

»Pauline muss sich einfach zusammenreißen. So leicht wär's. Das Haus, das wir gemietet haben, ist wirklich schön. Geräumiger als die Wohnungen vorher. Die Nachbarn sind Spießer, aber was erwartet man schon in einer Reihenhaussiedlung? Wir haben fast alle neuen Möbel auf Pump gekauft. Uns jetzt zu trennen, ist unmöglich. Von den Umzugskosten mal abgesehen. Ich kann's mir nicht leisten, demnächst erneut ein Umzugsunternehmen zu bezahlen. Ausgeschlossen!«

»Wieso seid ihr überhaupt zusammengezogen?«, wiederholte Erik.

»Pauline wollte das. Ich habe irgendwann nachgegeben. Ein Konflikt weniger. Hab ich zumindest gehofft. Außerdem waren unsere Wohnungen auf Dauer echt zu klein für zwei Leute. So hat mich Pauline überzeugt. Inzwischen frage ich mich, wie dumm das war. Und wieso sie noch immer so unzufrieden ist. Schließlich hat sie erreicht, was sie wollte.«

»Nur wegen der Kohle solltet ihr nicht zusammenbleiben.«

Oskar zuckte die Achseln. »Das sagt sich so leicht. Außerdem haben wir ja auch schöne Tage. Ist nicht alles schlecht.«

»Du weißt, bei Ivana und mir steht die fette Hochzeit

an. Allein, was ihr Kleid verschlingt – schrecklich. Trotzdem könnten wir dir mit ein paar hundert Euro leihweise aushelfen.«

Oskar lächelte dankbar. »Das ist lieb. Gut zu wissen. Aber wahrscheinlich nicht notwendig. Außerdem solltest du solche Angebote nie machen, bevor du deine Finanzministerin gefragt hast. Sonst hast du plötzlich den Ärger.«

Die Männer lachten. Oskar griff zum halb vollen Cola-Glas und stieß mit seinem Freund an.

»Respekt, dass du trotz Pauline deinen Kummer nicht in Bier ertränkst«, sagte Erik.

»Das ist für mich ein eisernes Gesetz. Nie mehr als ein Pils, wenn ich noch hinters Steuer muss.«

»Da kommen die Damen wieder«, stellte Erik fest.

Oskar schaute zu ihnen. Ivana folgte seiner Freundin schweigend. Wahrscheinlich hatte Pauline sich alle Mühe gegeben, um nicht mit ihr reden zu müssen.

* * *

»Vielen Dank auch!«, sagte Oskar. Er startete den Motor und manövrierte den Wagen aus der Parkbucht.

»Gern geschehen«, erwiderte sie mit honigsüßer Stimme. »War echt eine tolle Verabredung. Ich habe mich glänzend amüsiert. Allein die Geschichten über euren schwulen Teamleiter. Ob der weiß, was ihr von ihm haltet?« Der Sarkasmus war nicht zu überhören.

Oskar fuhr los. Der Zorn, der den ganzen Abend in ihm gebrodelt hatte, brach sich Bahn. »Ich freue mich schon so richtig auf den runden Geburtstag deiner Mutter«, sagte er leise.

Pauline wandte sich ihm zu. »Was heißt das?«

»Wirst du dann sehen. Familienfeiern sind euch ja so heilig. Das wird ein Spaß! Ich zahl dir alles heim, darauf kannst du dich verlassen.«

»Spinnst du?«, fuhr sie ihn an. »Wehe, du machst meiner Mutter den Geburtstag kaputt.«

»So wie du mir diese Verabredung ruiniert hast?«, brüllte er.

»Das kann man nicht miteinander vergleichen.«

»Wieso nicht?«

»Meine Mutter wird sechzig.«

»Erik und Ivana sind meine liebsten Kollegen. War dir auch egal, ob du mich vor ihnen blamierst.« Er fuchtelte mit seiner Hand vor ihrem Gesicht herum.

»Nimm deine Flosse ans Steuer. Du weißt, wie ich das hasse.«

Er umklammerte das Lenkrad wieder beidhändig und starrte nach vorne.

»Ich warne dich, Oskar. Mama wird nur einmal im Leben sechzig. Wenn du ihr das kindisch ruinierst, hat das Konsequenzen.«

»Ach ja? Daran hättest du vielleicht vorher denken sollen. Bevor du Zicke uns den Abend ruiniert hast.«

»Wo war ich bitte schön zickig? Hat einer von euch versucht, mich ins Gespräch einzubinden? Immer ging es nur um eure beschissene Arbeit.«

»Quatsch! Anfangs haben wir über andere Sachen gesprochen. Du hast dich nicht beteiligt. Und glaubst du, es interessiert mich, was dein Bruder oder deine Cousins von sich geben? Kann mir kaum langweiligere Menschen als deine Familie vorstellen.«

»Arschloch«, zischte sie.

Wieder nahm er die Hand vom Lenkrad und hielt ihr

warnend den Zeigefinger vors Gesicht. »So redest du nicht mit mir!«, brüllte er.

»Ach ja?«

Er stieß ihren Oberarm leicht zur Seite. Sofort schlug sie seine Hand weg. Durch die Bewegung verriss er minimal das Steuer. Prompt korrigierte er den Schlenker.

»Spinnst du?«, schrie er.

Oskar schaute in den Spiegel. Hinter ihm entdeckte er einen Streifenwagen. In derselben Sekunde leuchtete am Wagen das Signal ›*Stopp! Polizei*‹ auf.

»Na super!«, zischte er wütend. »Auch das noch! Hast du toll hinbekommen.«

Pauline blickte nach hinten. »Selbst schuld.«

Oskar setzte den Blinker und verlangsamte sein Tempo. Vor ihm war rechts auf dem Parkstreifen eine breite Lücke frei. Er manövrierte den Wagen hinein. Dann schaltete er den Motor aus und aktivierte die Innenbeleuchtung. Der Polizeiwagen stellte sich mit eingeschaltetem Warnblinklicht auf die Fahrbahn.

3

Im Spiegel beobachtete Oskar die Polizisten. Die blieben zunächst im Wagen sitzen und sprachen miteinander. Ob sie ihr Vorgehen koordinierten?

»Sag am besten gar nichts«, zischte Oskar Pauline zu. »Es sei denn, sie sprechen dich direkt an.«

»Ja, Herr Lehrer.«

Oskar schaute sie an. Pauline verdrehte die Augen. War das für sie nur ein Spaß? Er schüttelte den Kopf und konzentrierte sich wieder auf den Rückspiegel. Die uniformierten Polizisten stiegen gleichzeitig aus. Der Fahrer kam zu ihm, der Beifahrer ging auf Paulines Seite. Oskar ließ beide Fenster hinunter. Dann legte er die Hände aufs Lenkrad.

»Guten Abend«, sagte der Polizist auf Oskars Seite. »Ich bin Oberkommissar Wellen, das ist mein Kollege Butt. Zeigen Sie mir bitte Führerschein und Fahrzeugpapiere.«

»Die sind in meinem Portemonnaie«, antwortete Oskar.

Er holte es aus der Jackentasche und zog die geforderten Papiere heraus. Der Polizist nahm sie entgegen. Mit einer Taschenlampe leuchtete er darauf.

»Herr Zwicker?«

»Genau.«

»Alles in Ordnung bei Ihnen?«

»Natürlich.«

»Bei Ihnen auch?«, fragte der zweite Beamte und bückte sich ein Stück, um Pauline in Augenschein zu nehmen.

»Ja«, sagte sie leise.

»Wie ist Ihr Name? Haben Sie einen Ausweis dabei?«

»Pauline Fleschütz.« Sie griff zu ihrer Handtasche im Fußraum und öffnete sie. Kurz darauf reichte sie dem Beamten den Personalausweis.

»Für uns hat es gerade nicht so gewirkt, als wäre alles in Ordnung zwischen Ihnen«, erklärte Wellen. »Ganz im Gegenteil. Haben Sie sich gestritten?«

»Leider ja, was uns leidtut«, murmelte Oskar. »Wir haben uns mit Freunden getroffen ...«

»*Deinen* Freunden«, korrigierte Pauline ihn überflüssigerweise.

»So benimmt sie sich schon den ganzen Abend«, erklärte Oskar. »Da ist mir vorhin die Hutschnur geplatzt.«

»Und Sie sind handgreiflich geworden«, behauptete Butt.

Oskar schaute überrascht zu dem Polizisten. »Ich bin *nicht* handgreiflich geworden«, widersprach er.

»Das sah für uns anders aus.«

»Pauline! Klärst du das bitte auf?«

Der zweite Polizist wandte sich ihr zu, bevor sie etwas erwidern konnte. »Hat er Ihnen wehgetan?«

Sie zögerte eine Sekunde zu lange. »Nein.«

»Wir haben gesehen, wie er Ihren Arm ...«, setzte Wellen an.

»Also bitte«, unterbrach Oskar ihn. »Ja, ich habe meine Hand auf ihren Arm gelegt und sie ein bisschen gestoßen. Daraufhin hat sie meine Hand weggeschlagen, weswegen der Wagen geschlingert hat. Das war alles im Rahmen.«

»Das haben nicht Sie zu entscheiden«, belehrte ihn Butt. »Hat er Ihnen wehgetan?«, wiederholte er.

»Nein.« Diesmal antwortete sie schneller.

»Sind Sie sicher?«

»Meine Güte!«, fuhr Oskar aus der Haut. »Sie hat die Frage schon beantwortet, oder? Was unterstellen Sie mir eigentlich?« Kaum hatte er zu Ende gesprochen, wusste er, dass er einen Fehler begangen hatte.

Beide Polizisten musterten ihn streng. Oskar hob kurz die Hände und legte sie wieder aufs Lenkrad. »Entschuldigung. Aber ich bin garantiert kein Frauenschläger! Also ehrlich.«

»Haben Sie heute Abend Alkohol getrunken?«, fragte Wellen.

»Ein kleines Pils zur Begrüßung mit unseren Freunden. Ist schon fast drei Stunden her. Danach bin ich auf Cola umgestiegen.«

»Dann haben Sie sicher nichts gegen einen Alkoholtest einzuwenden?«, vergewisserte sich Wellen.

»Wieso sollte ich?«

»Steigen Sie bitte ruhig aus und folgen mir zum Wagen. Ich erkläre Ihnen dort das weitere Vorgehen.«

Oskar schaute zu Pauline, die den Blick verbittert erwiderte. War es ein Fehler gewesen, ihr wegen des Geburtstages ihrer Mutter zu drohen? Rächte sie sich nun an ihm?

»Herr Zwicker? Folgen Sie mir bitte.«

Er löste den Sicherheitsgurt und öffnete die Tür.

»Haben Sie schon einmal einen Atemtest absolviert?«

»Ist ewig her.«

»Dann erkläre ich Ihnen gerne, wie genau es funktioniert. Kommen Sie!«

* * *

Kommissar Hendrik Butt wartete, bis sein Kollege mit dem Fahrer außer Hörweite war. Dann beugte er sich in den Wagen hinein.

»Jetzt können wir offen miteinander sprechen, Frau Fleschütz. Hat Herr Zwicker Sie gerade bedroht?«

»Nein. Körperlich nicht«, sagte sie.

»Sondern?«

»Das war Kinderkram. Ich hatte keine Lust auf die Verabredung mit seinen Freunden.«

»Trotzdem hat er erwartet, dass Sie mitkommen.«

Die Frau nickte. »Und weil der Abend nicht nach Wunsch verlief, hat er gerade eben gedroht, den sechzigsten Geburtstag meiner Mutter nächste Woche zu versauen. Miese Nummer von ihm.«

»Allerdings. Hat Herr Zwicker Sie bei früheren Gelegenheiten geschlagen? Wie er mit seiner Hand gefuchtelt hat, wirkte auf uns sehr aggressiv.«

»Oskar schlägt mich nicht.«

»Und würde das auch in Zukunft nicht tun?«

Sie zuckte mit den Schultern. »Ich kann nicht in seinen Kopf schauen. Wir streiten uns ab und zu. Einmal war sogar die Polizei vor Ort, weil wir ziemlich laut waren.«

»Wirklich?«

»Ist schon Monate her. In seiner alten Wohnung. Vor dem Umzug.«

»Für mich klingt das alles nicht gut. Häusliche Gewalt kommt häufiger vor, als man das glauben mag. Und meistens fängt es mit Streitigkeiten wie Ihren an.«

Butt blickte zu seinem Partner, der soeben Zwicker das Testgerät reichte.

»Ist doch alles Mist«, sagte die Frau leise.

»Wir können Ihnen helfen«, versprach Butt. »Sie müssen uns nur lassen.«

Die Frau schaute ihn an. »Sind Sie Single?« Plötzlich kicherte sie. »Entschuldigen Sie. Das war dumm. Ich sollte wohl nicht mit Ihnen flirten. Nicht in dieser Situation.«

»Weil Herr Zwicker dann wütend wird?«, fragte Butt.

»Nein. Weil ... ach, vergessen Sie's.«

Fleschütz schenkte ihm ein Lächeln, aus dem er viel Traurigkeit herauslas. Warum ließen sich attraktive Frauen wie sie bloß immer wieder auf Typen wie Zwicker ein? Butt verstand es einfach nicht.

»Wir könnten Sie nach Hause begleiten und Herrn Zwicker einen Platzverweis erteilen. Dann hätten Sie heute Nacht die Wohnung für sich allein.«

»Das Haus«, sagte sie.

»Was?«, fragte Butt verständnislos.

»Wir wohnen mittlerweile in einem Reihenhaus. Zur Miete.« Sie lächelte.

Butt erwiderte das Lächeln. »Soll ich mich darum kümmern?«

»Nein ... ich ... o nein«, stammelte sie. »Das ist ...« Wieder zuckte sie mit den Schultern.

Offenbar traute sie sich nicht, Butts Vorschlag ernsthaft in Erwägung zu ziehen.

»Ich bespreche mich kurz mit meinem Partner. Bleiben Sie bitte sitzen.«

»Wo soll ich auch hin?«

Butt lächelte ihr aufmunternd zu. Dann ging er zurück zum Streifenwagen und winkte seinen Partner zu sich. Der wandte sich an Zwicker.

»Bleiben Sie bitte noch kurz hier stehen«, hieß Wellen ihn an.

»Alles klar.«

Wellen kam zu ihm und sagte gedämpft: »Null Komma zwei Promille. War wahrscheinlich wirklich nur ein kleines Pils vor ein paar Stunden. Was hast du herausgefunden?«

Butt gab wieder, was ihm die Frau anvertraut hatte. »Sollen wir die Zentrale anfunken und nachfragen, was beim letzten Mal vorgefallen ist, als die Kollegen bei ihnen waren?«

»Halte ich für sinnlos. Vor allem, wenn sie sagt, dass er sie noch nie geschlagen hat.«

»Glaubst du ihr das?«

»Ich habe erst mal keinen Grund, daran zu zweifeln. Und du?«

Butt überlegte. »Bei den beiden habe ich ein ungutes Bauchgefühl. Mir wäre wohler, wenn sie die Nacht nicht zusammen verbringen würden.«

Sein Partner verzog den Mund. »Du weißt, was das für einen Rattenschwanz hinter sich herzieht, falls wir einen Platzverweis aussprechen. Die beiden sind ja nicht mal zu Hause.«

»Ich weiß«, brummte Butt. »Und wenn sich Zwicker freiwillig darauf einlässt?«

»Probieren können wir's.«

Butt ging zu ihm.

»Kann ich jetzt weiterfahren?«, fragte Zwicker.

»Darf ich Ihnen einen Rat geben? Ich halte es für besser, wenn Sie die Nacht getrennt voneinander verbringen.«

»Wieso? Was hat Pauline behauptet?« Sein wütender Blick richtete sich zum Auto.

»Nichts Schlimmes«, antwortete Butt. »Aber seien wir ehrlich. Sie sind beide nicht in bester Stimmung. Jetzt noch diese Kontrolle. Das wird Ihre Laune nicht verbessern. Ich höre schon Ihre gegenseitigen Vorwürfe. Haben Sie die Möglichkeit, woanders zu übernachten?«

»Pauline hat irgendetwas erzählt. Egal, was es war, es ...«

»Hat sie nicht. Es war meine Idee. Herr Zwicker, Sie hatten in Ihrer alten Wohnung schon einmal Besuch von Kollegen wegen Ruhestörung, richtig? Weil sich Nachbarn beschwert hatten.«

Er nickte verhalten.

»Jetzt sind Sie umgezogen. Wollen Sie wirklich auch bei den neuen Nachbarn auffällig werden?«

»Nein, aber ich ...«

»Könnten Sie woanders übernachten?«

Lautstark zog er die Nase hoch. »Meine Eltern sind im Urlaub. Ihr Haus steht leer.«

»Wunderbar. Haben Sie einen Schlüssel?«

Wieder nickte er.

»Ich kann Sie nicht dazu zwingen. Dafür ist zu wenig vorgefallen. Aber es wäre mein dringender Rat an Sie, die Möglichkeit zu nutzen. Wenn Sie das nicht tun und die Polizei heute Nacht noch bei Ihnen auftauchen muss, wäre das nicht gut.«

»Und wie soll ich zu meinen Eltern kommen?«, fragte er nach kurzer Bedenkzeit.

»Das kläre ich eben mit Ihrer Partnerin.« Butt kehrte zu der Frau zurück. »Herr Zwicker stimmt mir zu, dass es besser wäre, wenn Sie die Nacht nicht gemeinsam verbringen.«

Sie blickte ihn überrascht an. »Wirklich?«

»Er könnte im Haus seiner Eltern schlafen. Ist es richtig, dass die im Urlaub sind?«

»Bis Mittwoch«, bestätigte sie. »Oskar muss sich um den Garten kümmern.«

»Was haben Sie getrunken? Sind Sie fahrtüchtig?«

»Nur einen Aperol Spritz. Ich vertrage Alkohol nicht sonderlich gut.«

»Also könnten Sie fahren?«

»Ja. Aber warten Sie.«

Ehe Butt es verhindern konnte, öffnete sie die Beifahrertür und stieg aus. Stumm schaute sie zu ihrem Freund. Der hielt dem Blickkontakt nicht lange stand, bevor er den Kopf senkte.

»Vertrauen Sie uns«, sagte Butt. »Morgen früh sieht die Welt ganz anders aus.«

»Oskar?«, rief sie.

Er schaute wieder hoch und zuckte lediglich die Achseln.

»Vertrauen Sie uns«, wiederholte Butt. »Morgen früh können Sie in Ruhe miteinander sprechen. Bei einem gemeinsamen Frühstück.«

Sie schnaubte. »Kommst du um zehn zum Frühstück? Und es tut mir leid, wenn ich ...« Sie beendete den Satz nicht.

»Okay. Alles klar«, antwortete er. »Wir haben beide überreagiert.«

»Steigen Sie in den Wagen, und fahren Sie heim«,

empfahl Butt. »Das ist das Beste, was Sie für Ihre Beziehung tun können.«

Das Paar schaute sich noch einmal an. Der Mann machte einen Schritt nach vorn, doch Wellen legte ihm eine Hand auf den Arm.

»Muss das alles sein?«, rief Zwicker.

»Keine Ahnung«, gestand sie. »Reden wir beim Frühstück weiter. Vielleicht ...« Sie hielt inne. »Was weiß ich?«

Ihr Freund erwiderte nichts. Sie hob die Hand zum Abschied und ging zur Fahrerseite. Ohne sich zu verabschieden, setzte sie sich hinters Steuer, startete den Motor und fuhr los.

»Ich liebe dich«, rief er ihr hinterher.

Butt bezweifelte, dass sie das noch gehört hatte.

4

Butt drehte sich zu ihm um. »Schnallen Sie sich bitte an und sagen uns die Adresse Ihrer Eltern.«

Oskar Zwicker nannte Straße und Hausnummer, ehe er über seine linke Schulter nach dem Gurt griff und ihn anlegte.

»Das ist alles Schwachsinn«, murmelte er. »Wäre gar nicht nötig gewesen. Bis zu Hause hätten wir uns längst beruhigt. Vielleicht sollten Sie mich lieber heimfahren.«

»Woran liegt es, dass Sie sich regelmäßig streiten?«, fragte Butt.

Oskar schaute aus dem Fenster und sammelte seine Gedanken. Die Frage war berechtigt. Wie kam es zu ihren häufig lautstarken Auseinandersetzungen? Warum war er so unzufrieden mit der aktuellen Situation? Lag das nur an Pauline, oder trug er seinen Teil dazu bei? »Ist das nicht normal bei Paaren, die lange zusammen sind?«, fragte er leise. »Wir immerhin schon seit fast zwei Jahren.«

»Ist es nicht«, widersprach Butt. »Sie hatten in Ihrer

früheren Wohnung die Polizei wegen einer Beschwerde des Nachbarn da.«

»Das war ein alter Spießer, der uns nicht leiden konnte. Unangenehmer Zeitgenosse.«

»Erfahrungsgemäß zögern die meisten Menschen, ehe sie wegen solcher Privatangelegenheiten die Polizei anrufen«, erklärte Wellen.

Oskar zuckte mit den Achseln. »Worüber streiten wir uns? Alltagsdinge. Die Verteilung der Hausarbeit, Ausgaben für unnütze Sachen, zu wenig Sex.« Er lächelte traurig. »Heute Abend hatte sie keine Lust auf das Treffen mit meinen Freunden. Das hat sie mich deutlich spüren lassen, und ich fand's scheiße von ihr. So etwas gehört einfach zu einer Beziehung dazu. Ich muss auch mit, wenn ihre Mutter nächste Woche runden Geburtstag feiert. Obwohl mich keiner aus ihrer Familie leiden kann. Im besten Fall ignorieren sie mich, im schlimmsten sticheln sie.«

»Weshalb sticheln sie?«

»Je nach Anlass. Ich hab mich vor einiger Zeit firmenintern um eine bessere Stelle bemüht. Sah eigentlich ganz gut aus, und ich war so dumm, Paulines Eltern davon zu erzählen. Sie hätten die hämischen Gesichter sehen müssen, als ich von der Absage berichtete. An dem Nachmittag kreisten alle Gespräche nur noch darum, woran es gelegen hat. Das war so nervig! Und natürlich lag die Schuld nur bei mir.«

»Ich verstehe«, sagte Butt. »Schwiegereltern können ziemlich anstrengend sein.«

»Ist einer von Ihnen verheiratet?«, fragte Oskar die Polizisten.

»Seit drei Jahren«, antwortete Wellen. »Allerdings

habe ich Glück mit meinen Schwiegereltern. Die helfen uns viel mit dem Kleinen.«

»Sie haben schon ein Kind?«, hakte Oskar nach.

»Acht Monate alt.«

»Das ist auch so ein Thema. Pauline will unbedingt zwei Kinder. Spätestens nächstes Jahr will sie das erste Mal schwanger sein. Aber das ist alles so teuer. Wie sollen wir uns das leisten? Ich seh mich nicht als Vater. Zumindest noch nicht. Kann man in der heutigen Zeit wirklich guten Gewissens ein Kind in die Welt setzen? Ich weiß es nicht. Pauline sieht das völlig anders.«

Oskar schaute zu dem Beifahrer, der lediglich die Achseln zuckte. »Das fragen Sie besser jemand anderen. Ich hätte später gerne Kinder, momentan fehlt mir die richtige Partnerin.«

»Seien Sie froh. Das erspart einiges an Ärger.«

Der Polizist schien zu einer Antwort anzusetzen, überlegte es sich jedoch anders. Er wandte den Blick nach vorne.

Kurz darauf erreichten sie bereits die Straße, in der Oskar aufgewachsen war.

»Das siebte Haus auf der linken Seite«, informierte er den Fahrer.

Hoffentlich bekamen die Nachbarn nicht mit, wer ihn zu seinen Eltern eskortierte. Sonst würden sie sich die Mäuler darüber zerreißen, und Oskars Mutter würde ihm Vorwürfe machen, wie es so weit hatte kommen können.

Der Streifenwagen hielt in der Garageneinfahrt.

»Danke«, brummte Oskar. »Benötigen Sie noch irgendetwas von mir?«

»Nein«, antwortete Wellen. »Wir fahren los, sobald Sie im Haus sind.«

»Na dann, gute Nacht.«

»Besorgen Sie für Ihre Freundin morgen früh einen Blumenstrauß, bevor Sie sich zum Frühstück treffen«, sagte Wellen.

»Blumen?«

»Solche kleinen Gesten wirken manchmal Wunder. Frauen mögen das.«

»Da spricht der verheiratete Fachmann«, fügte Butt hinzu. »Hören Sie auf ihn.«

»Ich werd's mir überlegen. Angenehme Schicht noch! Wie lange müssen Sie durchhalten?«

»Bis Mitternacht«, antwortete Butt.

»Das geht ja.«

Oskar stieg aus und drückte leise die Wagentür zu. Er trat unters Vordach und kramte in seiner Jacke nach dem Schlüsselbund. Dann schloss er die Tür auf, wandte sich den Polizisten zu und hob die Hand zum Abschiedsgruß. Der Fahrer erwiderte die Geste, ehe er das Auto rückwärts aus der Auffahrt steuerte. Oskar ging in das dunkle Haus und warf die Tür hinter sich zu.

»Völliger Schwachsinn!«, murmelte er. »Blumen! Wieso sollte ich? Hat sie überhaupt nicht verdient.«

Die Wut, die er im Beisein der Polizisten unterdrückt hatte, kehrte zurück.

* * *

Pauline hatte die matte Nachttischlampe noch nicht ausgeschaltet. Allein im Bett zu liegen, fühlte sich falsch an. Sie starrte an die Decke. So lange hatte sie erbittert darum gekämpft, mit Oskar zusammenzuziehen – und nun schlief er bei seinen Eltern.

Hatten die Polizisten sie zu einer unsinnigen Entscheidung gedrängt?

Was änderte sich, wenn man eine Nacht getrennt voneinander verbrachte? Nichts. Wahrscheinlich wäre Oskars Laune morgen nicht besser als im Auto. Dann würden sie den Streit fortsetzen, der anderenfalls schon begraben sein könnte.

Hatte sie sich bei dem Treffen falsch verhalten? Oskar wusste, wie wenig Spaß sie an solchen Verabredungen hatte. Trotzdem verlangte er das immer wieder von ihr und verglich es zu allem Überfluss mit familiären Einladungen. Vielleicht hätte sie sich etwas mehr Mühe geben und Interesse an den Gesprächen über Oskars Arbeit heucheln können. Die Hauptschuld lag jedoch bei ihm, der sich auf solche Treffen einließ und ungefragt erwartete, dass sie mitkäme.

Wie zukunftsträchtig war ihre Beziehung? Entgegen ihrer Erwartung hatten die Streitigkeiten durch den Umzug nicht nachgelassen. War das ein sicheres Anzeichen für die Sinnlosigkeit, weiter mit Oskar zusammenleben zu wollen?

Sie mochte das Haus, in das sie gezogen waren. Viel mehr als ihre alte Zweizimmerwohnung. Wieder ausziehen zu müssen, würde ihr schwerfallen. Sie hasste die Wohnungssuche, auch Umzüge gehörten nicht zu ihren Lieblingsbeschäftigungen. Mit Anfang zwanzig war das noch einfach gewesen. Man hatte ein paar Freunde zusammengetrommelt und mit ihnen an einem Wochenendtag alles über die Bühne gebracht. Aber mit Ende zwanzig ging das nicht mehr. Für ihren letzten Umzug hatte sie ein billiges Umzugsunternehmen engagiert. Stände ihr das jetzt schon wieder bevor? Der Gedanke an die nicht einkalkulierten Kosten löste Schwindel aus.

Oskar und sie mussten das auf die Reihe bekommen. Vielleicht war das heute ein guter Warnschuss gewesen. Der Beginn einer besseren Phase, weil sie sich zukünftig beide mehr Mühe geben würden, solche Zwischenfälle zu vermeiden.

Hoffentlich wäre er morgen beim Frühstück nicht zu schlecht gelaunt. Falls er ebenfalls in der entsprechenden Stimmung wäre, würde sie sich entschuldigen und versprechen, für die nächste von ihm angeleierte Verabredung mehr Verständnis aufzubringen.

Sie tastete nach dem Schalter der Nachttischlampe und knipste das Licht aus. Trotz der Dunkelheit fand sie keine Ruhe. Zukunftsängste gepaart mit dem Ärger über den Verlauf des Abends und der Frage, wie sich das Frühstück entwickeln würde, hielten sie vom Schlaf ab. Schließlich schaltete sie genervt die Lampe wieder an, schlug die Decke beiseite und schwang die Beine aus dem Bett. Ihr Handy lag im Flugmodus auf dem Nachttisch. Sollte sie nachsehen, ob Oskar ihr geschrieben hatte? Und falls er sich nicht gemeldet hatte, sollte sie ihm dann eine versöhnliche Nachricht schicken? Aber was, wenn er bereits schlief und sie sich den Kopf darüber zerbrechen würde, wieso er nicht antwortete?

Sie stöhnte über ihr Gefühlschaos. Zum Glück konnte sie auf Hilfe zurückgreifen, falls der Schlaf sich einfach nicht einstellen wollte. Pauline ging ins Badezimmer. Im Unterbeckenschrank bewahrte sie ein kleines Gläschen mit Melatonin auf. Sie schraubte den Verschluss ab und nahm eine Tablette heraus. Die schluckte sie hinunter und spülte mit Wasser aus dem Hahn nach.

Zurück im Bett schaltete sie das Licht wieder aus. Ihre Gedanken kreisten zwar noch immer um den leidigen Streit, aber rasch spürte sie die einsetzende Wirkung des Melatonins.

* * *

Ein Geräusch riss sie aus dem Schlaf. Benommen schlug sie die Augen auf. Hatte sich Oskar umentschieden und war zurückgekehrt?

»Bist du das?«, murmelte sie.

Niemand antwortete ihr.

»Oskar?«

Durch die offen stehende Tür hörte sie Schritte in der Diele.

»Ich bin wach. Du musst nicht herumschleichen.«

Noch immer reagierte er nicht. Langsam fühlte sie sich unwohl. Sie tastete nach dem Lichtschalter, verfehlte ihn jedoch beim ersten Versuch.

»Oskar?«, rief sie lauter.

Endlich erwischte sie den Schalter. Die matte Lampe ging an. Blinzelnd schaute Pauline zur Tür ... und schrie erschrocken auf. Auf der Schwelle stand ein maskierter, schwarz gekleideter Mann. Er sprang aufs Bett und drückte sie mit seinem vollen Gewicht in die Matratze.

Pauline versuchte, sich zu wehren und ihn von sich zu stoßen. Doch er war kräftiger als sie. Er packte ihre Handgelenke und legte ihr Handschellen an.

»Hilfe!«, schrie Pauline. »Hilfe!«

Ohne ein Wort zu sagen, hob der Maskierte ihren Kopf leicht an. Wieder kämpfte sie erfolglos dagegen an. Dann spürte sie einen kleinen Lederball in ihrem Mund. An ihrem Nacken zog der Mann etwas fest zusammen.

Sie konnte nicht mehr schreien. Ihn nicht mit den Händen angreifen. Trotzdem gab sie nicht auf und setzte die Beine ein. Vielleicht gelänge es ihr, ihn vom Bett zu schleudern. Doch er war zu schwer. Um ihren Widerstand zu brechen, versetzte er ihr drei harte Ohrfeigen. Dann legte er ihr eine Hand um die Kehle und drückte zu.

»Gib auf«, hauchte er ihr ins Ohr. »Du kannst nichts dagegen tun.«

Noch einmal ohrfeigte er sie, stärker als zuvor. Dann erhob er sich. Für ein paar Sekunden erlangte sie ein wenig Bewegungsfreiheit zurück, doch war sie wegen der Schläge benommen. Nicht ganz imstande, den körperlichen Spielraum auszunutzen. Sie hörte etwas über ihrem Kopf, das wie ein einzelner Hammerschlag klang. Was machte er da?

Im nächsten Moment riss er ihre Arme hoch und hakte sie irgendwo außerhalb ihres Sichtfelds an der Wand ein.

»So gefällst du mir«, sagte er leise. »Jetzt kann der Spaß beginnen. Aber erst einmal muss ich deine Füße fixieren. Dann geht's so richtig los. Freu dich drauf!«

5

Oskar parkte direkt hinter seinem eigenen Auto, das er Pauline zwangsweise überlassen hatte. Da seine Eltern in Urlaub geflogen waren, hatte er sich ihren Wagen ausgeliehen. Spätestens morgen würde er ihn zurückbringen und die Spuren seines Aufenthalts beseitigen. Falls ihn gestern Abend kein Nachbar bemerkt hatte, müsste er seinen Eltern nicht wie ein ertappter Teenager Rede und Antwort stehen.

Er blickte auf den Beifahrersitz und verzog mürrisch den Mund. War das wirklich nötig gewesen, oder hatte er sich von dem Polizisten einen Floh ins Ohr setzen lassen? Er hatte den Rat des Mannes befolgt und war zuallererst zu einem Blumengeschäft gefahren. Der bunte Strauß hatte fast fünfundzwanzig Euro gekostet. Hoffentlich rentierte sich die Ausgabe.

Oskar schnappte sich den Blumenstrauß und stieg aus. Es war zwei Minuten nach zehn. Bestimmt hatte Pauline schon Brötchen besorgt und Kaffee aufgesetzt. Sein Magen knurrte. Nach einer unruhigen Nacht war er um sechs das erste Mal wach geworden, hatte aber in den Folgestunden darauf verzichtet, eine Kleinigkeit zu essen. Selbst Kaffee hatte er sich nicht zubereitet. Er wollte heute Morgen alles richtig machen. Wäre er ohne großen Appetit aufgetaucht, könnte ihm Pauline das ankreiden.

In welcher Stimmung würde er sie antreffen? Er war bereit, sich mit ihr zu versöhnen. Hoffentlich ging es ihr auch so.

Fast hätte er geklingelt – im letzten Moment zog er die Hand zurück. Er kam nicht als Gast. Also angelte er die Schlüssel aus der Jacke. Oder war es eine gute Idee, anzuklingeln, um sich ein bisschen demütig zu zeigen? Oskar entschied sich erneut um, klingelte und wartete. Nichts passierte. Wieso öffnete sie ihm nicht? Seine Laune sank. Missmutig steckte er den passenden Schlüssel ins Schloss.

»Schatz? Ich bin da!«

Er betrat die Diele. Pauline antwortete ihm nicht. Was hatte das zu bedeuten? Oskar legte den Blumenstrauß auf den Dielenschrank, zog seine Jacke aus und hängte sie an die Garderobe.

»Pauline?«

Die Wohnung war so still.

Von der Diele führte die erste Tür in die Küche. Oskar nahm den Strauß und betrat den Raum. Die Kaffeemaschine war nicht angestellt, von Brötchen oder auch nur Geschirr auf dem Tisch fehlte jede Spur.

War sie nach wie vor in streitbarer Stimmung? Er konnte es nicht fassen. Oder hatte sie lange geschlafen und war erst gerade eben zum Bäcker aufgebrochen?

»Schatz?«, rief er. »Liegst du noch im Bett?«

Aber dann hätte sie ihm wohl geantwortet. Trotzdem ging er nun die Treppe in die obere Etage hoch. Dort waren das Schlafzimmer, das Bad und der Hauswirtschaftsraum. Mit jeder Stufe verschlechterte sich sein Bauchgefühl. Ihm schlug ein unangenehmer Geruch entgegen. Roch es nach Urin?

»Pauline?« Unwillkürlich sprach er leiser.

Die Tür zum Schlafzimmer stand offen. Stammte der Gestank daher?

»Schatz?«

Er erreichte die Türschwelle und blieb schlagartig stehen.

»Gott!«, stöhnte er.

Anfangs weigerte sich sein Verstand, das Szenario zu verarbeiten. Das konnte gar nicht wahr sein! Wer sollte Pauline so etwas antun? Oskar blinzelte heftig. Unbewusst wedelte er mit seiner Hand vor den Augen. Das Bild verschwand nicht. Er schluchzte entsetzt.

»Pauline.«

Wer hatte ihr das angetan? Ihr nackter Körper wies unzählige Schnittwunden, Beulen und Flecken auf. Übelkeit stieg in ihm hoch. Er stürzte ins Badezimmer, schaffte es jedoch nicht mehr bis zum Klo. Mitten im Raum übergab er sich. Angeekelt taumelte Oskar zurück.

Was sollte er jetzt tun?

Wie zur Antwort klingelte es an der Haustür. Mit einer Hand hielt er sich am Treppenlauf fest, mit der anderen stützte er sich an der Wand ab. Trotzdem stolperte er auf dem Weg nach unten beinahe und konnte einen Sturz nur im letzten Moment verhindern. Er öffnete die Tür. Draußen wartete der Polizist von gestern Abend. Da er keine Uniform trug, dauerte es eine Sekunde, bis Oskar ihn erkannte und sich an seinen Namen erinnerte. Butts Lächeln fiel in sich zusammen, als er Oskars Zustand bemerkte.

»Herr Zwicker? Ist etwas passiert?«

»Pau ... ich ... Pauline«, stammelte Oskar.

»Was ist mit ihr?«

»Ich ... war ... das ... nein ... nicht.«

»Was waren Sie nicht?«

Oskar schaute über die Schulter nach oben, sagte jedoch nichts.

»Was waren Sie nicht?« Butt sprach lauter. Eindringlicher.

»Pauline«, jammerte Oskar. Er brach in Tränen aus.

»Ist Ihre Freundin oben?«

Oskar nickte. Der Polizist packte ihn am Arm und betrat das Haus.

»Wo?«

Ohne eine Antwort abzuwarten, schleppte er Oskar mit nach oben.

»Nein«, stöhnte der. »Nicht dahin!«

»Sie zeigen mir sofort, was passiert ist.«

Butt ging voran und zog Oskar mit sich. An der Türschwelle zum Schlafzimmer blieb er stehen. »Sind Sie wahnsinnig?«, fragte er entsetzt.

Sein Tonfall war unverkennbar. Die Bullen würden Oskar niemals glauben. Verzweifelt riss er sich los und hechtete zu den Stufen.

Butt war zu überrascht, um ihn aufzuhalten. »Bleiben Sie stehen!«, schrie er.

Dieser Aufforderung würde Oskar ganz sicher nicht nachkommen. Er rannte nach unten. Die Haustür stand noch offen. Er angelte sich den Autoschlüssel aus der Hosentasche.

»Stopp!«, brüllte der Polizist.

Statt dem Befehl zu folgen, entriegelte Oskar den Wagen seiner Eltern, riss die Tür auf und sprang hinein.

Mit zittrigen Fingern führte er den Schlüssel ein. Er startete den Motor und verriegelte die Türen. Butt kam herbei und zerrte am Türgriff.

»Schalten Sie den Motor aus!«

»Gehen Sie weg!« Oskar löste die Handbremse und legte den ersten Gang ein.

Der Polizist stellte sich mitten auf die Fahrbahn. Welches Risiko würde er eingehen?

Oskar fuhr an. Butt lief erst ein paar Schritte rückwärts, dann sprang er aus dem Weg. Endlich hatte Oskar freie Fahrt und schoss davon.

* * *

Fassungslos schaute Butt dem Wagen hinterher. Hätte er bloß seine Dienstwaffe dabeigehabt, dann wäre Zwicker nicht geflüchtet. Doch an diesem Samstagmorgen hatte er keinen Anlass, die Waffe mitzuführen, schließlich war er nicht dienstlich hier, sondern hatte sich nur persönlich vergewissern wollen, dass zwischen den beiden Streithähnen alles in Ordnung war.

Butt zog das Telefon aus der Jackentasche. Er wählte den Notruf und gab seine Dienstkennung durch. Dann nannte er seinen aktuellen Standort und das Kennzeichen des Wagens, mit dem Zwicker geflüchtet war.

»Wir müssen eine Großfahndung einleiten«, sagte er zu dem Kollegen am Telefon. »Ich bin hier am Schauplatz eines bestialischen Mordes. Das Todesopfer ist die Freundin des Flüchtigen. Er dürfte der Täter sein. Opfer und mutmaßlicher Täter hatten gestern Abend Streit. Polizeioberkommissar Wellen und ich hatten Oskar Zwicker einen Platzverweis erteilt. Dafür hat er sich vermutlich gerächt.«

»Also brauchen Sie auch die Spurensicherung und die Kriminalpolizei.«

»Ja, kümmern Sie sich darum?«

»Umgehend.«

»Ich bleibe vor Ort und sichere alles ab.«

Butt beendete das Telefonat. Erfahrungsgemäß müsste er die nächste halbe Stunde warten. Ob Polizeistreifen Zwicker stellen könnten?

Butt positionierte sich vor der Haustür. Er blickte in die Diele und sah einige Jacken an der Garderobe hängen. Eine von ihnen nahm er vom Haken und legte sie so auf den Boden, dass die Tür nicht zufallen konnte. Unsicher schaute er die Treppe hoch. Musste er überprüfen, ob Fleschütz wirklich tot war? Es wäre wohl besser, auch daran keinen Zweifel offenzulassen.

»Okay«, sagte er zu sich selbst. »Nur kurz. Mehr würden dir die Kollegen von der Spurensicherung nicht zugestehen.«

Ohne die Haustür zu schließen, ging er nach oben.

* * *

Hektisch nahm Oskar eine Hand vom Lenkrad und wischte sich die Tränen aus den Augen. Er hatte die Autobahn erreicht, die ihm dank des Wochenendes freie Fahrt bot. Er jagte den altersschwachen Motor auf einhundertdreißig Stundenkilometer hoch.

»Pauline«, sagte er. »Wer hat dir das angetan?«

Ihr Anblick hatte sich in ihm eingebrannt. Sie musste vor ihrem Tod schreckliche Qualen gelitten haben. Und nun würden die Bullen ihn dafür verantwortlich machen. Dabei hatte er nichts damit zu tun. Trotzdem hatte er in den Augen des Polizisten genau gesehen, was er gedacht hatte. Sie würden ihm vorwerfen, er sei nachts zurückgekehrt und hätte sich an seiner Freundin für den Streit und seine Verbannung gerächt.

Was absoluter Schwachsinn war.

Aber er könnte seine Unschuld nicht beweisen, denn er hatte niemanden, der den Aufenthalt bei seinen Eltern bestätigen würde.

»Und jetzt?«, murmelte er. Wie sollte er heil aus der Sache herauskommen?

Hätte er doch nicht auf die Bullen gehört! Jemand hatte seine Abwesenheit ausgenutzt, war in ihr Haus eingebrochen und hatte Pauline ...

Seine Gedanken überschlugen sich. Immer wieder sah er sie vor seinem geistigen Auge vor sich. Zugleich versuchte er, seine Überlegung zu konkretisieren. War das nicht ein verdammter Zufall, dass der Mörder in ihr Haus eingebrochen war, als er nicht da gewesen war? Niemand hatte davon gewusst, außer ...

»Oh Gott«, stöhnte Oskar.

Was hatte der Bulle an seiner Adresse zu suchen gehabt? Offenbar war er nicht im Dienst gewesen, denn er hatte keine Uniform getragen.

Puzzlestücke setzten sich zusammen. Konnte das möglich sein? Es erschien ihm die einzige sinnvolle Erklärung. Aber würde ihm das jemand abkaufen? Vermutlich nicht. Wie sollte er seine Unschuld beweisen?

Ein kurzer Alarmton ertönte. Oskar schaute auf die für ihn ungewohnte Instrumententafel. Sein Vater fuhr diesen Wagen bestimmt schon seit fünfzehn Jahren. Jährliche Inspektionen sparte er sich, da er mit einem Mechaniker befreundet war, der ihm alles reparierte. Eine gelbe Warnlampe war aufgeleuchtet. Der Wagen verlor an Geschwindigkeit.

Wenn er hier auf der Autobahn eine Panne hätte, würde man ihn sofort verhaften. Er musste runter von der Straße. Seine Unschuld beweisen und den Bullen überführen.

Wieder tauchte Paulines Anblick vor seinem inneren Auge auf. Ein lautes Hupen riss ihn in die Realität zurück. Der Wagen scherte nach rechts aus. Oskar blickte über die Schulter. Neben ihm fuhr ein Lkw, nur wenige Zentimeter entfernt. Hektisch riss er das Lenkrad herum, doch es war zu spät. Er prallte gegen den Lkw und wurde nach links geschleudert. Das Auto ruckelte, schlingerte, kippte. Noch einmal kurbelte er verzweifelt am Steuer. Unvermittelt verloren die Reifen die Bodenhaftung. Kurz bevor der Wagen sich überschlug, dachte Oskar an den nicht angelegten Sicherheitsgurt.

»Pauline!«, schrie er.

Er wurde aus dem Sitz gehoben.

»Pauline!«

6

Z*wei Wochen später.*

Robert Drosten klopfte zweimal an die Bürotür.

»Herein«, ertönte von innen eine männliche Stimme.

Drosten öffnete die Tür und betrat mit Kraft und Sommer den Raum, in dem drei Schreibtische standen. Hinter einem davon saß ein etwa fünfzigjähriger Mann, der sein graues Haar kurz geschoren trug. Hinter dem zweiten Tisch saß eine deutlich jüngere Frau, der dritte war unbelegt.

Der Mann und seine Kollegin erhoben sich, und die brünette Frau reichte Drosten und seinen Partnern zuerst die Hand. »Oberkommissarin Michelle Bojer«, stellte sie sich vor. »Freut mich. Auch wenn Ihre Kontaktaufnahme sehr spontan erfolgte.«

»Die Freude ist ganz unsererseits«, sagte Drosten. »Ich bin Robert Drosten, und das sind meine Kollegen

Verena Kraft und Lukas Sommer. Entschuldigen Sie die Kurzfristigkeit. Wir waren bis heute Morgen in Magdeburg und wollten die Gelegenheit nutzen, bei Ihnen vorbeizusehen.«

»Dann beende ich unsere Vorstellungsrunde«, sagte Bojers Kollege. »Anton Martel. Die legendäre KEG in unseren heiligen Hallen. Auch wenn ich nicht genau weiß, was Sie nach Wolfsburg führt.« Er deutete auf den freien Schreibtisch. »Ich könnte noch zwei Stühle organisieren, oder wir suchen uns einen größeren Raum.«

»Zwei Stühle wären völlig ausreichend«, sagte Sommer.

»Grund unseres Besuchs sind Ermittlungen in Brandenburg und Magdeburg«, erklärte Drosten. »Jeweils Doppelmorde.«

»Also schon vier Leichen«, murmelte Bojer.

»Dankenswerterweise haben Sie Ihren letzten Fall in die Datenbank eingetragen, die unsere Behörde nutzt«, fuhr Drosten fort.

Martel runzelte die Stirn. »Verstehe ich das richtig? Sie haben in Ihren Mordfällen den Täter noch nicht gefasst?«

»Nein«, antwortete Sommer.

»Der letzte Eintrag in Ihrer Datenbank war der Mord an Frau Fleschütz. Der ist aufgeklärt.«

»Genau deswegen sind wir hier«, bestätigte Kraft. »Wir würden gerne ein paar Einzelheiten mit Ihnen besprechen. Es gibt nämlich Parallelen zu den Morden in den anderen Bundesländern.«

»Frau Fleschütz wurde von ihrem Partner Oskar Zwicker getötet. Der ist bei der Flucht mit einem Lkw auf der Autobahn kollidiert und aus dem Wagen geschleudert worden, weil er nicht angeschnallt war. Zwicker ist noch an der Unfallstelle verstorben.«

»Können Sie uns ein bisschen mehr über den Tathergang erzählen und wie Sie so schnell auf Zwicker gekommen sind?«, bat Drosten.

Die Wolfsburger Kommissare schauten sich an. Oberkommissarin Bojer nickte ihrem ranghöheren Kollegen zu.

»Wenige Stunden vor dem Mord in der Nacht zum Sonntag fielen Zwicker und Fleschütz einer Polizeistreife auf, weil sie sich im Wagen während der Fahrt stritten.«

Abwechselnd berichteten Martel und Bojer, wie es zu dem Platzverweis für Zwicker gekommen war. Dabei mussten sie kein einziges Mal in ihre Akten schauen. Sie hatten den Fall noch präsent.

»Polizeikommissar Butt wusste also von dem anstehenden Frühstück. Er hatte allerdings ein ungutes Gefühl bei dem Paar und wollte sich am Morgen vergewissern, dass der Streit nicht erneut eskalierte«, erzählte Martel.

»Hatte er da noch Dienst?«, hakte Sommer ein.

»Nein, er wollte am Samstagvormittag in seiner Freizeit nach dem Rechten sehen«, erklärte Bojer. »Das Paar hatte sich für zehn Uhr verabredet. Butt war einige Minuten später vor Ort. Er klingelte, und ihm machte ein völlig verwirrter Oskar Zwicker auf, der unzusammenhängend gestammelt hat.«

»Butt verstand trotzdem, was Zwicker zu ihm sagte, nämlich: ›Ich war das. Es tut mir leid‹«, fuhr Martel vor. »Er erkundigte sich, was Zwicker damit meinte, der antwortete ihm aber nicht, sondern schaute nur ins Obergeschoss hoch.«

»Zwicker und seine Partnerin wohnten in einem zweistöckigen Reihenmietshaus«, warf Bojer ein.

»Butt packte Zwicker und schleppte ihn nach oben. Auf der Treppe schlug ihm wohl ein ungewohnter Gestank entgegen. Hauptsächlich Urin, die Rechtsmedizin hat außerdem bestätigt, dass Blutgeruch in der Luft lag. Keine schöne Kombination. Im Schlafzimmer lag die schrecklich zugerichtete Leiche von Frau Fleschütz. Zwicker riss sich von Butt los, stürmte die Stufen nach unten und rannte aus dem Haus. Er sprang in den Wagen seiner Eltern, mit dem er zuvor zum Tatort gefahren war. Butt versuchte, ihn aufzuhalten, doch weil er privat vor Ort war, hatte er keine Dienstwaffe dabei. Er stellte sich dem Wagen erst in den Weg, musste aber aus Selbstschutz ausweichen. Zwicker floh vom Tatort, und Butt entschied sich, ihn nicht zu verfolgen, sondern vor Ort zu bleiben.«

»Über die Notrufzentrale leitete er die Fahndung nach dem Wagen ein. Kurz darauf erhielten wir als Rufbereitschaft Kenntnis von dem Mord«, sagte Bojer. Sie schaute zu ihrem Partner. »Wie lange waren wir in dem Haus, als wir den nächsten Anruf bekamen?«

»Keine zwanzig Minuten.«

Bojer nickte. »Hab ich auch so in Erinnerung. Auf der Autobahn hatte sich ein schwerer Unfall zugetragen. Ein Pkw war durch Eigenverschulden mit einem Lkw zusammengeprallt. Der Wagen kam ins Schlingern und überschlug sich. Der nicht angeschnallte Fahrer wurde aus dem Auto geschleudert und verstarb noch an der Unfallstelle. Man alarmierte uns, weil die Autobahnpolizei das Kennzeichen überprüft und Kenntnis von der Fahndung hatte.«

»Wie hat sich der Mord Ihren Erkenntnissen nach zugetragen?«, fragte Sommer.

»Die Kollegen hatten Zwicker dazu aufgefordert, nicht zu Hause zu schlafen. Er hatte eingewilligt, bei seinen Eltern zu übernachten, die zu dem Zeitpunkt im Urlaub waren. Mitten in der Nacht ist er jedoch nach Hause aufgebrochen. Er verschaffte sich mit seinem Haustürschlüssel Zugang, fesselte seine schlafende Freundin mit Handschellen und steckte ihr einen Knebel in den Mund. Dann hat er sie auf schreckliche Weise misshandelt.«

»Kam es zum Geschlechtsverkehr?«, fragte Drosten.

Martel schüttelte den Kopf.

»Gehörten die Handschellen und der Knebel zum normalen Repertoire des Paars?«, erkundigte sich Kraft.

»Das wissen wir nicht«, antwortete Bojer. »Von seinen Eltern hat er sie jedenfalls nicht mitgebracht. Das hat unsere Befragung der Hinterbliebenen ergeben.«

»Und Polizeikommissar Butt ist sicher, dass Zwicker gestanden hat?«, wollte Drosten wissen. »›Ich war das. Es tut mir leid.‹ Das waren Zwickers Worte?«

»So hat er es ausgesagt. Wieso interessiert Sie das?«

»Es gibt Parallelen zu den Mordfällen, in die wir involviert sind.« Drosten öffnete seine Aktentasche und holte Kopien der Untersuchungsberichte heraus. »Uns ist aufgefallen, dass die Verletzungen der Opfer sich sehr ähneln.« Er reichte den Wolfsburger Polizisten die Unterlagen.

Die vertieften sich darin. Schließlich stand Martel auf, ging zu seinem PC und druckte einige Dokumente aus, die er verteilte. Dabei handelte es sich um den Bericht der Wolfsburger Rechtsmedizin.

»Bei den Verletzungen gibt es tatsächlich viele Parallelen«, murmelte Bojer. »Die würden auf denselben Täter hindeuten.«

»Mich interessieren mehr die Unterschiede«, meinte Martel. »Bei den ersten vier Toten haben die Rechtsmediziner Rückstände von Medikamenten gefunden, mit denen der Täter seine Opfer gelähmt hat. Das war bei Fleschütz nicht der Fall. Wir haben im Badezimmer ein Fläschchen mit Melatonin sichergestellt, aber das hat ja keine Auswirkungen auf die Muskulatur. Außerdem wurden in Ihren Fällen beide Partner getötet.« Er schaute von den Berichten auf. »Könnte Zwicker auch Ihr Täter sein?«

»Das wollen wir herausfinden«, sagte Drosten. »Die Parallelen sind nicht zu übersehen. Dass in den Namen aller Städte die Endung *›-burg‹* enthalten ist, erscheint uns eher bedeutungslos. Aber alle Opfer haben problematische Beziehungen geführt. Schauen Sie bitte auf die fünfte Seite der Kopien. Aus der geht hervor, dass die Polizei in irgendeiner Weise in die Streitigkeiten der drei Paare involviert war.«

»Aber unterschiedliche Polizeidienststellen«, wandte Martel ein.

»Richtig«, bestätigte Drosten. »Wir glauben trotzdem, die Fälle hängen zusammen. Der Mörder dringt nachts in die Wohnungen beziehungsweise Häuser der Paare ein und spritzt ihnen das Mittel. Bei seinem dritten Einbruch fixiert er das weibliche Opfer nur, weil ausnahmsweise der Mann nicht in seinem Bett liegt. Er also einen Gegner weniger hat.«

Martel kratzte sich am Hinterkopf. »Ich kann Ihnen nicht sagen, ob Zwicker für Ihre Morde infrage kommt. Aber ...«

»Moment!«, unterbrach Bojer ihren Partner. »Vielleicht ja doch.«

»Inwiefern?«, fragte der Hauptkommissar.

»Wann genau sind die Menschen gestorben?«

»Der eine Fall liegt sieben Wochen zurück, der andere vierzehn«, antwortete Drosten. »Die KEG ist leider erst seit drei Tagen an den Ermittlungen beteiligt. Es gab Kompetenzgerangel zwischen Brandenburg und Sachsen-Anhalt. Wären wir früher involviert gewesen, hätten wir Sie auch früher aufgesucht.«

Bojer stand auf und ging zu ihrem Schreibtisch. Ohne eine Erklärung abzugeben, tippte sie etwas auf der Tastatur.

»Wonach suchst du?«, fragte Martel.

»Hab Geduld«, murmelte sie. »Gleich hab ich die Information. Zwicker war im Sommer auf einer Hochzeit in Bamberg eingeladen. Wir hatten ... Ah, da ist es. Wann haben die Morde in Magdeburg stattgefunden?«

Drosten nannte ihr das Datum.

»Da hat Zwicker ein Alibi. Das war das Wochenende, an dem alte Freunde von ihm in Bamberg geheiratet haben. Er war von Donnerstagabend bis Sonntagmorgen in Süddeutschland.«

»Allein?«, vergewisserte sich Kraft.

»Unseren Informationen zufolge ja. Das war wohl einer ihrer Hauptstreitpunkte. Frau Fleschütz konnte mit den Freunden ihres Partners nicht viel anfangen. Darum drehte sich auch der Streit im Auto. Zwicker und Fleschütz waren an dem Abend mit Zwickers Arbeitskollegen verabredet. Frau Fleschütz hatte das Treffen sabotiert. Ihre Unlust war wohl nicht zu übersehen gewesen.«

»Also müssen wir herausfinden, ob Zwicker die ganze

Zeit in Bamberg war«, sagte Drosten. »Wie weit liegen Bamberg und Magdeburg auseinander?«

»Drei Autostunden, wenn man schnell fährt«, erklärte Sommer. »Hin und zurück in einer Nacht wäre theoretisch zu schaffen. Aber der Mörder nimmt sich mit seinen Opfern viel Zeit. Und die Frage ist ja, ob Zwicker bei der mehrtägigen Feier getrunken hat. Und wenn ja, wie viel.«

Drosten nickte. »Ich kann mir nicht vorstellen, dass er an dem Wochenende zugeschlagen hat. Wie hätte er seine Abwesenheit erklären sollen, wenn sie aufgefallen wäre? Wir müssen dem nachgehen, aber ich halte es für unwahrscheinlich.«

»Also stehen die Fälle eher nicht in Zusammenhang«, folgerte Martel.

»Oder Zwicker hat Fleschütz nicht ermordet«, sagte Kraft.

»Wieso hätte er dann gestehen sollen?«, fragte Martel.

Drosten dachte über die Frage nach. »Nehmen wir an, er ist unschuldig. Er kommt nach Hause, findet die Leiche. Es klingelt, und Zwicker öffnet schockiert Kommissar Butt die Tür. Könnte es nicht sein, dass er eher unzusammenhängend gestammelt hat?«

»Und Butt ihn falsch verstanden hat?«, fügte Bojer hinzu.

Drosten nickte.

»Natürlich nicht auszuschließen«, gab Martel zu. »Aber wieso hätte Zwicker vom Tatort flüchten sollen? Für mich ist das ein Verhalten, das auf Schuld hinweist. Ein Unschuldiger flüchtet nicht Hals über Kopf und riskiert dann aufgrund seiner Fahrweise sein Leben.«

»Wäre es möglich, die Polizisten zu sprechen? Butt

und seinen Kollegen Wellen? Vor allem Butt, aber ich würde auch gerne die Sichtweise des Partners hören.«

Martel schaute auf seine Uhr. »Das lässt sich garantiert einrichten. Allerdings sind die einem anderen Polizeikommissariat zugeteilt. Ich kenne also nicht ihre Dienstpläne und weiß nicht, ob sie gerade abkömmlich sind. Haben Sie Zeit mitgebracht?«

»Überhaupt kein Problem«, antwortete Drosten. »Wir können entweder mit Ihnen hier warten, oder wir laden Sie auf Kosten Wiesbadens zu einem Mittagessen ein.«

»Dazu sagen wir nicht Nein«, erklärte Martel. »Ich kontaktiere Butt. Irgendwo habe ich seine Rufnummer. Dann sehen wir weiter.«

7

Nach einer kurzweiligen Mittagspause, in der Drosten und seine Partner ausgiebig Rede und Antwort über einige ihrer spektakulären Ermittlungen standen, kehrten sie ins Präsidium zurück. Vor der geschlossenen Bürotür wartete bereits ein uniformierter Polizist.

»Herr Wellen«, begrüßte Martel ihn. »Danke, dass Sie es einrichten konnten.«

»Überhaupt kein Problem«, antwortete der Schutzpolizist.

»Ist Ihr Kollege mitgekommen?«, fragte Bojer. »Oder ist er verhindert?«

»Hendrik ist nur kurz zur Toilette«, erklärte Wellen. »Er kommt gleich wieder.«

»Dann lassen Sie uns schon mal ins Büro gehen. Wenn die Tür geöffnet bleibt, hört er ja, wo wir sind«, sagte Martel.

Er öffnete das Zimmer und bat seine Gäste hinein.

* * *

Hendrik Butt stand vor dem Waschbecken und starrte in den Spiegel. Mit tiefen Atemzügen versuchte er, seinen Puls unter Kontrolle zu bekommen. Der Anruf von Hauptkommissar Martel hatte ihn kalt erwischt. Wieso wollte der sich mehr als zwei Wochen nach dem Vorfall noch einmal mit ihm unterhalten? Was hatte das Interesse der Wiesbadener Polizeibehörde zu bedeuten? Waren sie vom Bundeskriminalamt? Aber warum sollte sich das BKA für den Fall interessieren?

»Krieg dich in den Griff«, murmelte er leise. »Du hast nichts falsch gemacht.«

Leider stimmte das nicht. Egal, wie sehr er sich das einredete, er wusste es besser, und das machte ihn nervös.

Butt drehte den Hahn auf und spritzte sich kaltes Wasser ins Gesicht. Er stellte das Wasser wieder ab, zupfte drei Papierhandtücher aus der Wandhalterung und trocknete sich ab. Langsam müsste er zu Linus zurückkehren, sonst würde der sich wundern, wo er blieb.

Er durfte sich sein schlechtes Gewissen keinesfalls anmerken lassen. Nicht die Spur von Nervosität an den Tag legen. Sonst wäre er erledigt.

Butt warf die Handtücher in den Papierkorb. »Du schaffst das!«, munterte er sein Spiegelbild auf. Er verließ den Raum und trat den Rückweg an. Als er um die Ecke des Gangs bog, blieb er stehen. Von Linus fehlte jede Spur. Dafür stand eine Tür offen, die zuvor geschlossen gewesen war. Butt setzte seinen Weg fort und vernahm Stimmen. In Martels Büro herrschte Hochbetrieb. Butt klopfte an den Türrahmen.

»Entschuldigen Sie meine Verspätung«, sagte er. Möglichst unauffällig musterte er die unbekannten Gesichter. Aus ihren Mienen konnte er jedoch nichts herauslesen.

»Kein Problem«, erwiderte Martel. »Schön, dass Sie und Ihr Partner es überhaupt so kurzfristig einrichten konnten. Haben Sie sich bei Ihrem Schichtleiter abgemeldet?«

»Haben wir«, bestätigte Wellen.

Martel wandte sich den Wiesbadener Polizisten zu. »Wie wollen wir es handhaben?«, fragte er. »Zu siebt ist es in unserem Büro vielleicht ein bisschen zu eng, oder?«

Der größere der beiden Fremden nickte. »Können Sie einen kleinen Besprechungsraum organisieren? Dann teilen wir uns auf. Robert und ich sprechen mit Kommissar Butt. Am besten kommt einer von Ihnen auch noch mit. Verena bleibt hier bei Oberkommissar Wellen, ebenfalls zusammen mit einem von Ihnen. Wäre das für alle Beteiligten in Ordnung?«

Der Mann starrte Butt in die Augen. Da er keinen unsicheren Eindruck vermitteln wollte, nickte Butt energisch. Dabei passte es ihm gar nicht in den Kram, von Linus getrennt zu werden. Was, wenn sie widersprüchliche Aussagen machten?

»Klingt nach einem guten Vorschlag«, sagte Martel. »Michelle, Besprechungsraum drei dürfte frei sein. Gehst du mit unseren Gästen dorthin?«

Oberkommissarin Bojer klatschte zweimal in die Hände. »Meine Herren, folgen Sie mir.«

Sie ging voran und lächelte Butt aufmunternd zu. War das ein gutes Zeichen?

»Nach Ihnen«, sagte Butt zu den Wiesbadenern und deutete in den Gang.

Wie im Entenmarsch folgten sie Bojer. Niemand sprach ein Wort. Butt rief sich seine alten Aussagen in Erinnerung. Er durfte unter keinen Umständen davon abweichen.

Vor einem Raum mit großer Fensterscheibe blieben sie stehen.

Bojer öffnete die Tür. »Treten Sie ein. Herr Butt, das sind übrigens die Hauptkommissare Drosten und Sommer von der KEG Wiesbaden. Vielleicht haben Sie von ihnen schon einmal gehört.«

»Tut mir leid. Sollte ich?«

»Nicht so wichtig«, erwiderte Drosten.

Was hatte das zu bedeuten? Hätte Butt ihre Namen irgendwoher kennen sollen? Waren sie im Rahmen der Ermittlung aufgetaucht?

Die Wiesbadener setzten sich, Butt folgte ihrem Beispiel. Bojer trat an die Fensterscheibe und ließ die Jalousie hinunter. Dann nahm sie am Kopfende des Tisches Platz.

»Martel hat Ihnen am Telefon ja schon kurz Bescheid gegeben«, sagte sie.

Butt nickte. »Es geht um den Mord an Frau Fleschütz, richtig?«

»Genau deswegen sind wir hier«, stellte Drosten fest. »Wir ermitteln in zwei Doppelmorden, die Parallelen zu den Ereignissen hier in Wolfsburg aufweisen.«

»Hat Zwicker mehr als einen Mord begangen?«, fragte Butt.

»Für mindestens einen der Doppelmorde hat er vermutlich ein Alibi«, erklärte Bojer. »Das ist noch nicht abschließend geklärt.«

Stirnrunzelnd schaute Butt von Bojer zu Drosten. »Und das heißt?«

»Das versuchen wir herauszufinden«, antwortete Sommer. »Erzählen Sie uns bitte von den Ereignissen aus Ihrer Sicht.«

Butt blickte wieder zu Bojer, die ihm aufmunternd

zunickte. Er wischte sich mit dem Handrücken über die Stirn. »Linus und ich hatten an dem Tag Dienst bis Mitternacht. Es war ungefähr zweiundzwanzig Uhr, als wir einen stahlgrauen Hyundai vor uns bemerkten. Anfangs schien alles in Ordnung zu sein. Die Geschwindigkeit betrug ziemlich genau fünfzig Stundenkilometer, die Fahrzeuglampen funktionierten ordnungsgemäß, es gab keine Anzeichen auf Alkoholeinfluss. Wir hätten den Wagen nicht angehalten, wenn wir nicht bemerkt hätten, dass sich die beiden Insassen anschrien und der Fahrer wild gestikulierte.«

»Wem ist das zuerst aufgefallen?«, wollte Drosten wissen.

»Mir«, sagte Butt. »Ich war der Beifahrer, konnte mich besser auf solche Details konzentrieren. Ich machte Linus darauf aufmerksam, und der bestätigte meine Einschätzung, dass vor uns ein heftiger Streit im Gange war. Normalerweise bemerken Autofahrer es, wenn ein Streifenwagen hinter ihnen ist. Sie verhalten sich dann besonders vorbildlich. Das Paar bemerkte uns nicht, was einiges über die Konzentration auf den Verkehr aussagte. Wir fuhren den beiden hinterher, und die Auseinandersetzung schien heftiger zu werden. Der Mann fuchtelte sehr aggressiv vor dem Gesicht der Frau herum. Fast so, als würde er sie schlagen. Wie zur Bestätigung stieß er sie schließlich beiseite. Linus und ich beschlossen, die beiden anzuhalten. Auf unser Signal reagierte der Fahrer schnell und korrekt. Er nutzte eine Lücke am Straßenrand und parkte ein. Linus und ich stiegen aus. Mein Partner ließ sich die Papiere zeigen. Dann sprachen wir sie auf den Streit an. Sie leugneten das gar nicht, aber vor allem Herr Zwicker spielte es herunter. Linus und ich hatten kein gutes Gefühl bei der Sache. Da Herr Zwicker zugab, vor Fahrtantritt ein Bier getrunken zu haben, machten wir eine Alkoholkontrolle und befragten sie getrennt. Mein Partner ging mit ihm zum Streifenwagen, ich unterhielt mich mit Frau Fleschütz. Sie berichtete, dass das nicht ihr erster Streit war. Vor ihrem Umzug ins gemeinsame Haus sei sogar einmal die Polizei vor Ort gewesen, nach einer Beschwerde von Nachbarn.«

»Umzug?«, hakte Drosten nach.

»Ja, sie wohnten wohl noch nicht lange in dem Haus. Hatten jedoch auch schon früher ihre Probleme. Bei manchen Leuten fragt man sich wirklich, warum die zusammen sind. Na ja. Linus und ich besprachen uns. Mir erschien es ratsam, das Paar zu trennen. Wären wir bei ihnen zu Hause gewesen, hätten wir einen Platzverweis aussprechen können, aber auf dem Heimweg ist das schwieriger.«

»Wer hatte die Idee, dass Frau Fleschütz und Herr Zwicker die Nacht getrennt verbringen könnten?«, wollte Sommer wissen.

Butt schaute kurz zu Boden. »Das ergab sich so«, sagte er leise. »Ich kann's Ihnen nicht genau beantworten. Ich glaube, ich habe nachgefragt, ob Fleschütz und Zwicker die Gelegenheit hätten, die Nacht getrennt voneinander zu verbringen. Da erzählte Zwicker, seine Eltern seien im Urlaub, und er habe den Haustürschlüssel. Linus und ich haben das Paar dann ein bisschen manipuliert, damit sie das tatsächlich durchzogen.«

»Manipuliert?«, vergewisserte sich Drosten.

»Ihnen gut zugeredet. Die beiden vereinbarten, dass Zwicker am nächsten Morgen um zehn Uhr zum Frühstück zur Aussprache vorbeikommen würde. Fleschütz fuhr dann nach Hause, und wir brachten Zwicker zu seinen Eltern. Erkundigten uns unterwegs nach den

Gründen für ihre Streitigkeiten. Er nannte einige Klassiker: zu viele Ausgaben, zu wenig Sex, unterschiedliche Meinungen über Hausarbeit und Frau Fleschütz' Verhalten seinen Freunden gegenüber.«

»Er hat sich über zu wenig Sex beklagt?«, hakte Sommer nach.

»Kommt Ihnen das komisch vor?«

»Ein Täter, der in dieser Hinsicht Nachholbedarf hat, hätte ein wehrloses Opfer meiner Erfahrung nach vergewaltigt«, erklärte Sommer. »Aber gut, reden Sie weiter. Nicht alle Menschen ticken gleich.«

»Linus empfahl Zwicker, am nächsten Morgen Frau Fleschütz einen Blumenstrauß als Versöhnungsgeste mitzubringen. Er machte allerdings nicht den Eindruck, als würde er dem Rat folgen.«

»Die Polizei hat einen frischen, in Papier eingewickelten Strauß in der Wohnung der Toten sichergestellt«, erklärte Bojer.

Drosten nickte, denn er kannte diesen Teil der Berichte.

»Wieso sind Sie in Ihrer Freizeit am nächsten Morgen zum Haus des Paars gefahren?«, fragte Sommer.

Wieder antwortete Butt nicht sofort und schaute zu Boden. »Ich hatte kein gutes Gefühl und fühlte mich ... na ja, irgendwie für Frau Fleschütz verantwortlich.«

»Wieso?«, erkundigte sich Drosten.

Butt zuckte lediglich mit den Achseln. Keiner der Anwesenden sprach ein Wort.

Butt rutschte auf seinem Stuhl herum. »Nennen Sie es Instinkt«, murmelte er.

»Also sind Sie am Vormittag zu der Adresse gefahren und haben geklingelt. Um wie viel Uhr war das?«, fragte Bojer.

»Ungefähr fünf nach zehn.«

»Was passierte dort?«, wollte Drosten wissen.

»Zwicker öffnete mir die Tür. Er sah völlig erschüttert aus. Stammelte zunächst herum und sagte dann etwas, das mir einen riesigen Schreck einjagte. ›Ich war das. Es tut mir leid‹.«

»Das war seine Aussage? ›Ich war das. Es tut mir leid.‹ Genau diese Wortwahl?«, vergewisserte sich Sommer.

»Hundertprozentig. Ich wollte also von ihm wissen, was er getan hat, und er schaute über die Schulter nach oben. Zu dem Zeitpunkt dachte ich, er hätte Fleschütz schrecklich verprügelt. Deswegen packte ich ihn an der Schulter und zerrte ihn die Treppe hoch. An der Türschwelle zum Schlafzimmer sah ich das ganze Ausmaß dessen, was er tatsächlich getan hatte. Ich konnte es nicht glauben. Leider war ich völlig konsterniert. Er nutzte das aus, riss sich los und rannte die Stufen hinunter. Vor dem Haus sprang er in den Wagen seiner Eltern. Ich hetzte ihm hinterher und stellte mich ihm in den Weg. Er nahm keine Rücksicht. Wäre ich nicht ausgewichen, hätte er mich überfahren. Sobald er fort war, habe ich alles Weitere eingeleitet.«

»Haben Sie kurz daran gedacht, ihm zu folgen?«, fragte Drosten.

»Ja, aber mir erschien es wichtiger, den Tatort zu sichern. War das falsch?«

»Überhaupt nicht«, beruhigte Bojer ihn.

Butt lächelte ihr dankbar zu.

»Danke für Ihre Zusammenfassung«, sagte Drosten. »Die letzten Fragen, die ich Ihnen stelle, sind ein bisschen spekulativer. Es macht also nichts, wenn Sie Ihre Antworten nicht mit Fakten untermauern können.«

Drosten blätterte kurz in den Berichten, die er in der Hand hielt. »Der Todeszeitpunkt wurde von der Rechtsmedizin auf den frühen Morgen eingegrenzt. Was hat Zwicker Ihrer Meinung nach um zehn Uhr vormittags im Haus zu suchen gehabt?«

Butt schüttelte den Kopf. »Keine Ahnung.«

»Glauben Sie, er war die ganze Nacht dort?«, fragte Sommer.

»Eher nicht. Ich könnte mir vorstellen, er hat sie getötet, ist zurück zu seinen Eltern gefahren, und wollte sich mit seinem zweiten Auftauchen ein Alibi verschaffen. Deswegen vielleicht auch der Blumenstrauß. Mein Erscheinen hat ihn dann aus dem Konzept gebracht, und er ist in Panik geraten. Ob es so war?« Butt zuckte die Achseln.

»Für mich klingt das nach einer guten Erklärung«, sagte Drosten und lächelte.

Butt erwiderte das Lächeln.

»Dabei stört mich allerdings eine Sache. Im Badezimmer hat die Spurensicherung Erbrochenes gefunden. Anhand der Temperatur konnten sie feststellen, dass sich Zwicker gegen zehn Uhr im Bad übergeben hatte. Wieso so spät, wenn er sie nachts getötet hat?«

Butts Lächeln fiel in sich zusammen. »Stimmt«, sagte er leise. »Das ist komisch. Ob ihm morgens erst das Ausmaß der Tat bewusst wurde?«

»Möglich«, antwortete Drosten. »Durch seinen Unfalltod werden wir es leider nicht mehr erfahren. Ich habe eine letzte Frage an Sie, dann bedanke ich mich für Ihre Zeit. Als Sie Zwicker nachts kontrolliert haben, hätten Sie ihm da aufgrund seines Verhaltens einen brutalen Mord an seiner Partnerin zugetraut?«

»Unter keinen Umständen«, stelle Butt fest. »Sonst

hätten Linus und ich ganz andere Maßnahmen eingeleitet. Ich habe ihm durchaus zugetraut, handgreiflich zu werden. Aber nicht in diesem Ausmaß. Niemals!«

»Das habe ich mir schon gedacht«, brummte Drosten.

»Man kann den Menschen ja immer nur vor den Kopf gucken«, fügte Butt hinzu.

Drosten suchte Blickkontakt zu ihm. »Das ist wahr. Leider ist das sehr wahr.«

8

Im Büro der Wolfsburger Kommissare glichen sie die Aussagen der beiden Polizisten ab, ohne auf Diskrepanzen zu stoßen.

»Sind Ihre Fragen damit geklärt?«, erkundigte sich Martel. »Schließen Sie sich unserer Einschätzung an, dass Zwicker seine Partnerin getötet hat?«

Drosten atmete vernehmlich ein und wieder aus.

»Oje«, sagte Bojer. »Offenbar nicht.«

»Das ist keine Kritik an Ihrer Arbeit. Sie wussten nicht von den vorherigen Doppelmorden«, stellte Drosten klar. »Aber für uns haben sich mehr neue Fragen ergeben als geklärt.«

»Zum Beispiel?«, fragte Martel.

»Fleschütz und Zwicker sind einige Monate vor der Tat umgezogen. Beziehungsweise zusammengezogen«, sagte Sommer.

Martel nickte. »Und?«

»Die beiden ermordeten Paare in Magdeburg und Brandenburg sind ebenfalls in den Monaten vor ihrem Tod umgezogen. Eine weitere Übereinstimmung, die ziemlich auffällig ist. Vor allem, wenn man an Zwickers mutmaßliches Alibi denkt«, erklärte Drosten.

»Das ist in der Tat erstaunlich«, stimmte Martel zu. »Ich habe dem Umzug keine Bedeutung beigemessen. Ein Fehler?«

»Aus Ihrer Perspektive nicht«, beruhigte Kraft ihn.

»Lassen wir diesen Umstand kurz außen vor«, sagte Drosten. »Das ist vielleicht eine interessante Spur, der wir uns später zuwenden. Ich möchte auf etwas anderes hinaus. Mich stört einiges an Zwickers Verhalten. Er tötet nachts seine Lebensgefährtin. Dann verlässt er die Wohnung, um einen Blumenstrauß zu kaufen. Warum? Als vermeintlichen Beweis, nichts mit den Morden zu tun zu haben? Das wäre ein bisschen schwach. Aber unterstellen wir das ruhig. Er fährt also zurück zum Tatort und übergibt sich im Badezimmer. Kann er das auf Kommando, oder hat ihn der Anblick der Leiche getriggert?«

»Als jemand unerwartet an der Tür klingelt«, fuhr Sommer fort, »geht er nach unten, sieht den Polizisten und bringt stammelnd ein Geständnis vor?« Sommer verstummte.

Die Stille im Raum wog schwerer als alle Punkte, die er nun hätte vorbringen können.

»Hegen Sie einen Verdacht gegen Butt?«, fragte Martel schließlich.

»So weit sind wir noch lange nicht«, erwiderte Drosten. »Uns geht es erst mal darum, herauszufinden, ob Fleschütz das fünfte Opfer einer Mordserie ist. Nicht darum, Beschuldigungen auszusprechen.«

»Wir entnehmen Ihren Berichten, dass an der Kleidung, die Zwicker beim Unfall getragen hat, keine fremden Blut- oder DNA-Spuren gefunden wurden«, sagte Kraft.

»Richtig«, bestätigte Bojer.

»Und er hat noch dieselbe Kleidung wie am Vorabend getragen?«, fuhr Kraft fort. »Zumindest gaben das ja Wellen und Butt in ihren Aussagen an.«

Bojer nickte.

»Eingedenk des Zustands der Leiche wäre das sehr ungewöhnlich«, stellte Sommer fest.

»Es sei denn, Zwicker hat die Tat nackt begangen und sich danach geduscht. Auch an seinem Körper fand der Pathologe keine DNA von Fleschütz. Wir erklären es uns genau so.« Martel schüttelte unzufrieden den Kopf. »Für uns war das alles einleuchtend. Aber im Lichte Ihrer Ermittlungen ... Verdammt!«

»Trotzdem dürfen wir die Unterschiede zu den Doppelmorden nicht außer Acht lassen«, fand Bojer. »In Brandenburg und Magdeburg mussten die männlichen Partner hilflos bei den Folterungen zusehen und wurden danach hingerichtet. Wie erklären Sie diese Abweichung?«

»Darüber können wir nur spekulieren. Nehmen wir an, Zwicker ist nicht in allen Fällen der Täter. Sein mutmaßliches Alibi spricht ja dagegen«, begann Drosten. »Der Mörder verschafft sich Zugang zum Haus. Vielleicht überrascht ihn Zwickers Abwesenheit, vielleicht wusste er davon. Es wäre zumindest eine Erklärung dafür, wieso er sein Vorgehen geändert hat.«

»Wenn die fünf Morde zusammenhängen, was vermuten Sie? Beobachtet der Täter seine Opfer?«, fragte Martel.

»Das glauben wir«, antwortete Sommer. »Wir wissen

bloß nicht, wann diese Beobachtungsphase endet. Der Unbekannte weiß von den Streitigkeiten und den Umzügen. Einen Zufall halten wir für unwahrscheinlich. Also muss er das irgendwie herausbekommen. Fragt sich nur, wie lange er vor den Einbrüchen die Beobachtung einstellt. Wenn er das früh genug macht, könnte es ihn überrascht haben, Zwicker nicht anzutreffen. Aber statt sich in der Nacht wieder zurückzuziehen, tötet er die Frau, denn sie ist für die Erfüllung seiner Fantasien wichtiger.«

Martel nickte. »Was haben Sie jetzt vor? Besonders in Bezug auf Butt? Ihr Misstrauen ihm gegenüber war nicht zu überhören.«

Drosten seufzte. »Ich sehe drei denkbare Szenarien. Variante eins: Sie haben recht, und Zwicker ist der Mörder von Fleschütz. Vielleicht sogar ein Fünffachmörder. Nummer zwei: Alle fünf Morde hängen zusammen. Dann müssen wir herausfinden, ob die anderen Paare einen Bezug zu Butt haben. Möglichkeit drei: Butt hat Fleschütz getötet und es geschafft, Zwicker als Schuldigen dastehen zu lassen. Unter anderem durch seine Aussage, Zwicker habe ihm gegenüber die Tat gestanden. Natürlich hat er dann viel Glück gehabt, denn der tödliche Unfall spielt ihm in die Karten. Wir müssten herausfinden, ob er von den anderen Morden wusste und was ihn an Fleschütz gereizt hat.«

»Wie wollen Sie das anstellen?«, fragte Bojer.

»Haben wir noch Zutritt zu dem Mietshaus?«, erkundigte sich Drosten.

»Da haben Sie Glück«, erwiderte Martel. »Wir haben den Tatort bisher nicht freigegeben. Das wäre in den nächsten Tagen passiert.«

»Wir würden uns gern dort umsehen, wenn Sie nichts dagegen haben«, fuhr Drosten fort.

Martel erhob sich von seinem Stuhl. »Verlieren wir am besten keine Zeit mehr.«

* * *

Auf Drostens Bitte warteten die Wolfsburger Kollegen vor dem Haus.

»Sie nehmen unseren unausgesprochenen Vorwurf, den Fall zu früh ad acta gelegt zu haben, ziemlich sportlich«, stellte Kraft fest.

»Unser Glück«, sagte Drosten. »Ich hatte das Gegenteil befürchtet.«

»Was denkst du über PK Butt?«, fragte Sommer. »Er hat sehr nervös gewirkt.«

»War nicht zu übersehen«, bestätigte Drosten. »Außerdem ist er unseren Blicken ausgewichen, als es um Zwickers vermeintliches Geständnis ging.«

»Ist er ein Verdächtiger?«, wollte Kraft wissen.

»In dem Fall müssen wir die Fälle auseinanderhalten. Fleschütz könnte für ihn ein Gelegenheitsopfer gewesen sein. Eine attraktive Frau, von der er wusste, dass sie die Nacht allein verbringen würde. Vielleicht hat er sie sogar aufgesucht, weil er sich Hoffnungen gemacht hat, sie erobern zu können. Und dann ist das Ganze aus dem Ruder gelaufen.«

»Damit würdest du unterstellen, dass die Fälle nicht in Zusammenhang stehen«, sagte Sommer. »Das halte ich wegen der übereinstimmenden Verletzungen für unwahrscheinlich. Ich hoffe, es laufen gerade keine zwei Mörder frei herum, die Werkzeuge wie Teppichmesser, Kneifzangen und Hammer benutzen.«

»Oder Butt hat sich Zugriff auf Polizeiberichte aus Brandenburg und Magdeburg verschafft«, meinte Kraft.

»Falls es so war, hat er eventuell digitale Spuren hinterlassen.« Drosten zeigte die Treppe hoch. »Genug spekuliert. Ich beginne im Schlafzimmer.«

»Dann suche ich im Wohnzimmer nach Spuren. Hilfst du mir, Verena?«

Drosten ging in die obere Etage. Das Bettzeug und die Matratze waren von der Spurensicherung abgeräumt. Vor seinem geistigen Auge lief ein Film ab. Die Berichte und Fotos der Rechtsmedizin reichten, um sich auszumalen, welche Qualen Fleschütz durchlebt hatte. Letztlich war ihr Tod eine Erlösung gewesen. Seine Gedanken wanderten weiter. Er malte sich aus, wie Zwicker am Samstagvormittag die Leiche fand. Plötzlich klingelte es an der Tür. Er öffnete und sollte kurz darauf ein Geständnis ablegen?

Ergab das Sinn?

Was, wenn sich Butt einfach bloß verhört hatte? Oder nur ein einziges Wort nicht mitbekommen hatte? ›Ich war das *nicht*. Es tut mir leid.‹ Dann hätte die Reaktion des Polizisten Zwicker vielleicht verängstigt und dazu verleitet, deswegen Hals über Kopf zu fliehen.

›*Es tut mir leid*‹, hatte er gesagt.

Bezog sich das auf die Tat oder darauf, nicht dagewesen zu sein, um Fleschütz zu beschützen?

Wenn er von einem solchen Missverständnis ausging, war der Rest nur eine Verkettung unglücklicher Umstände. Dann könnte Zwicker unschuldig sein und Butt ebenfalls nichts mit dem Mord zu tun haben. Ein einziges überhörtes Wort würde einen riesigen Unterschied ausmachen.

Drosten fuhr sich durchs Haar. Er konnte sich Zwicker nicht als Schuldigen vorstellen. Warum hätte er sich im Badezimmer übergeben sollen, Stunden nach der

Tat? War er so abgebrüht und hatte sich einen Finger in den Hals gesteckt, um seine Geschichte abzurunden? Dann hätte es allerdings keinen Grund gegeben, vor dem Polizisten zu fliehen.

»Robert!«, rief Sommer. »Verena und ich haben etwas gefunden. Kommst du mal?«

»Bin unterwegs.«

Er lief zu seinen Partnern, die im Wohnzimmer an einem kleinen Computerschreibtisch standen, auf dem ein Aktenordner lag.

»Hier ist die Rechnung eines Umzugsunternehmens.« Sommer hielt einen Zettel hoch. »Unterschrieben von Oskar Zwicker. Die Barzahlung ist ebenfalls bestätigt. Ein Wolfsburger Unternehmen.«

»Gibt es eine Überschneidung mit den anderen Städten?«, fragte Drosten.

»Leider nicht«, antwortete Sommer. »Trotzdem sollten wir die Firma aufsuchen. Eventuell hat sie Kooperationspartner in Brandenburg oder Magdeburg.«

»Und wir müssen herausfinden, wo Fleschütz und Zwicker zuvor gewohnt haben«, sagte Kraft. »Vielleicht stoßen wir so auf eine Übereinstimmung.«

9

Camilla Schott schaute zur Küchenuhr. Bis zu ihrem Arbeitsbeginn blieb ihr noch eine halbe Stunde Zeit. Wenn sie sich beeilte, könnte sie bis dahin das Badezimmer putzen und hätte am Nachmittag keine weiteren Pflichten. Sie stand vom Tisch auf und stellte ihr Geschirr in die Spülmaschine. Anschließend räumte sie das auf der Ablage platzierte Frühstücksgeschirr ihres Partners Noah ein. Die Mühe, es selbst einzuräumen, hatte er am frühen Morgen wieder einmal nicht auf sich nehmen können. Wie fast jeden Tag! Camilla seufzte. Es war besser, sich darüber nicht den Kopf zu zerbrechen. Schnellen Schrittes ging sie zum Hauswirtschaftsraum und holte die Putzutensilien heraus. Als sie das Bad betrat, ärgerte sie sich schon wieder. Er hatte nach dem Duschen das Handtuch nicht aufgehängt, sondern einfach über den Badewannenrand gelegt. Wie oft hatte sie ihn gebeten, das anders zu handhaben?

»Ja, ich räume wirklich gerne hinter dir her«, murmelte sie. »Dafür bin ich schließlich da.«

Seine Faulheit beim Thema Haushalt war ein regelmäßiges Streitthema zwischen ihnen. Aber heute Morgen wollte sie nicht darüber nachdenken. Also hängte sie das Handtuch über die dafür vorgesehene Halterung und sprühte anschließend Reinigungsmittel in die Duschkabine.

In höchster Eile säuberte sie das Badezimmer. Fünf Minuten, bevor ihre Schicht begann, hatte sie es geschafft. Camilla rieb sich die Hände mit einer Pflegelotion ein und zog sich eine braune Bluse an. Es war zwar kein Videomeeting geplant, aber als Mitarbeiterin im Homeoffice musste sie jederzeit mit einem Videocall ihrer Vorgesetzten rechnen. Da war es besser, professionell zu wirken.

Den kleinsten Raum ihrer Wohnung hatte Noah schalldicht ausgestattet. Er arbeitete in dem Zimmer an verschiedenen Projekten. Seit einigen Monaten zog er angeblich einen Podcast groß auf, um damit schon bald viel Geld zu verdienen. Allerdings hatte er bis heute bloß wenig überzeugende Probeaufnahmen aufgezeichnet. Er hatte noch nicht eine Folge online gestellt. Trotzdem war sie froh über den Raum, der ihr für das Arbeiten im Homeoffice perfekte Bedingungen bot. Von außen hängte sie ein *Nicht-stören*-Schild an die Türklinke, das Noah besorgt hatte. Sie setzte sich an den Schreibtisch, füllte sich Wasser in ein Glas und schloss die Tür. Aufgrund der Schallisolierung hatte sie nun absolute Ruhe. Camilla holte den Arbeitslaptop aus einer Schublade und startete ihn. Kaum hatte sie sich eingeloggt, forderte das System sie zur Abänderung des Kennworts auf. Sie stöhnte. Alle vier Wochen diese überflüssige Prozedur. In der Schublade, in der sie auch den Computer aufbewahrte, lag ein kleines Notizbuch, das sie aufschlug. Bei jedem aus Buchstaben und Zahlen bestehenden Passwort musste mindestens eine Ziffer und ein Buchstabe ausgetauscht werden. So wollte die Firma vermeiden, dass ihre Mitarbeiter lediglich die Zahlen änderten. Von dem zuletzt verwendeten Passwort tauschte sie den letzten Buchstaben aus und ersetzte ein R durch ein S. Außerdem ersetzte sie die 7 durch die 8. Das System prüfte im Hintergrund ihre Neueingabe und gab den Zugriff frei. Camilla überflog die dienstlichen E-Mails. Jedem Mitarbeiter standen bei Dienstbeginn dafür zehn Minuten zur Verfügung. Als sie alle neuen Mails geprüft hatte, wählte sie sich ins Telefonsystem ein und setzte sich Kopfhörer auf. Keine fünf Sekunden später klingelte es bereits.

»Nordostdeutsche Wohnbaugesellschaft. Sie sprechen mit Camilla Schott. Wie kann ich Ihnen helfen?«, begrüßte sie den Anrufer.

Ein Mieter erwiderte den Gruß freundlich. Der ältere Mann erkundigte sich nach anstehenden Nebenkostensteigerungen, über die er schriftlich informiert worden war. Er machte sich Sorgen, wie er mit seiner knappen Rente die Erhöhung der Abschlagszahlung auffangen sollte. Trotz der finanziellen Nöte, die bei dem Telefonat durchschimmerten, blieb der Mann höflich. Ein gutes erstes Kundengespräch am Morgen war meistens ein erfreuliches Zeichen für den Rest des Arbeitstages. Camilla erkundigte sich bei ihm, ob er Wohngeld bezog. Der Mieter verneinte. Die nächsten Minuten des Gesprächs drehten sich um die Voraussetzungen, die er alle zu erfüllen schien. Dankbar für die Hilfe verabschiedete er sich schließlich und wünschte ihr einen schönen Tag.

Camilla beendete das Gespräch und trug das Mieteranliegen in einer Datenbank ein. Als Kurzstichwort wählte sie *Nebenkostenabrechnung*. Im Kommentarfeld fasste sie das Telefonat in einigen Sätzen zusammen. Als das erledigt war, schaltete sie ihr Telefon wieder aktiv. Erneut vergingen nur wenige Sekunden, bis der nächste Anrufer in ihrer Leitung landete.

* * *

Camilla atmete tief durch, als sie den Computer herunterfuhr. Ausgerechnet der letzte Fall des Tages hatte ihr alles abverlangt. Die zehn Minuten Mehrarbeit waren zum Glück vom System erfasst, und nun konnte sie sich auf den Feierabend freuen. Sie öffnete die Schreibtischschublade und legte den Laptop sowie das Notizbuch hinein. Geschafft. Camilla stand auf und verließ den Raum. Im Nebenzimmer saß Noah auf der Couch.

»Hey«, begrüßte sie ihn lächelnd. »Schön, dass du schon da bist. Wie war dein Tag?«

Sie beugte sich zu ihm hinunter, um ihm einem Kuss zu geben, doch er wandte den Kopf ab.

»Schon da?«, wiederholte er ihre Worte. »Du bist echt witzig! Ich warte seit zwanzig Minuten hier. Was hast du da drinnen gemacht? Ein Nickerchen?«

Camilla trat einen Schritt zurück. Warum war er in den letzten Monaten so oft schlecht gelaunt? Und wieso ließ er es dann immer auf einen Streit ankommen? Da sie keine Lust auf eine Auseinandersetzung hatte, ging sie in die Defensive.

»Der letzte Anruf des Tages war wieder mal ein besonders komplizierter Fall. Ist ja meistens so.« Sie lachte künstlich. »Na ja. Wenigstens habe ich ein paar Plusminuten erfassen können. Ist ja auch nicht schlecht.«

Er schüttelte den Kopf und starrte sie wütend an.

Ihr riss der Geduldsfaden. »Was ist los? Keinen guten Tag gehabt, oder wieso bist du wegen der paar Minuten so mies drauf? Entschuldige, aber ich hatte keinen Einfluss darauf, welcher Mieter mir zuletzt durchgestellt wird. Kann ja schließlich nicht mitten in der Bearbeitung aufhören.«

»Natürlich nicht«, erwiderte er. »Wäre ja auch zu viel verlangt.«

»Ich hab ja nicht mal mitbekommen, dass du schon da bist.«

»Und hast schön das Schild an die Klinke gehängt, damit du deine Ruhe hast. Super! Weißt du, ich komme vor einer halben Stunde nach einem Scheißtag nach Hause und sehe die geschlossene Tür. Ist ja kein Problem. Mach ich mir eben was zu essen, Camilla wird ja gleich rauskommen. Aber zehn Minuten später blockierst du den Raum noch immer. Deinetwegen habe ich jetzt eine halbe Stunde verloren. Vielen Dank für nichts.«

»Ich hab zehn Minuten länger gearbeitet. Keine halbe Stunde. Und selbst wenn, hätte ich es auch nicht ändern können. Homeoffice ist Homeoffice.«

»Tolle Ausrede, Schatz!«

»Genau, in Wahrheit hab ich mir die Fingernägel gefeilt. Herrje! Ich hab gearbeitet. Übrigens *nachdem* ich morgens die Hausarbeit erledigt habe. Du warst wieder mal nicht in der Lage, dein Geschirr in die Spülmaschine zu stellen oder dein Handtuch richtig aufzuhängen. Nur zur Info, ich bin nicht deine Putzfrau!«

Kaum hatte sie es ausgesprochen, wusste sie sofort, dass sie einen Fehler gemacht hatte. Er sprang von der Couch auf. Sie wich zwei Schritte zurück, um aus seiner Reichweite zu kommen.

»Wofür hab ich eigentlich den Raum eingerichtet?«, schrie er. »Weißt du, wie viel Arbeit die Schallisolierung war? Wie oft könnte ich in der Zeit, die das gedauert hat, beschissene Handtücher aufhängen?«

»Lass uns nicht streiten«, flüsterte sie.

»Ich hab mir das Studio eingerichtet, um Podcasts aufzunehmen«, brüllte er ungerührt. »Stattdessen machst du dich da von Woche zu Woche breiter. Das kotzt mich an!«

»Ich nutze das Studio nur, wenn du arbeitest«, entgegnete sie.

»Arbeite ich jetzt gerade?«, schrie er. »Anscheinend nicht! Also erzähl nicht so einen Bullshit!«

Er machte zwei Schritte auf sie zu, sie wich weiter zurück.

»Es tut mir leid, Noah. Wenn ich gegen Ende meiner Schicht einen schweren Fall bekomme, dauert's leider ein bisschen länger. Entschuldige!«

Wieder verkürzte er die Distanz zwischen ihnen, diesmal blieb sie jedoch stehen.

»Soll ich dir noch was zu essen machen? Eine Käse-Schinken-Platte? Wir haben auch Kuchen eingefroren. Donauwelle vom letzten Wochenende. Die kann ich schnell in der Mikrowelle aufwärmen. Was hältst du davon?«

Er hob den Arm. Zum Glück holte er nicht nach ihr aus, sondern strich sich durchs Haar. Ein paar Sekunden starrte er sie an, dann schien er sich endlich zu beruhigen.

»Mit Kaffee«, brummte er. »Cappuccino.«

»Gib mir zehn Minuten. Lässt du die Tür zum Studio so lange offen, oder soll ich anklopfen?«

»Klopf an!«

»Bis gleich.« Camilla lief an ihm vorbei. In der Küche atmete sie tief durch. Hatte er für einen Augenblick das Bedürfnis gehabt, ihr eine Ohrfeige zu verpassen? Das war nicht ihr erster Streit in letzter Zeit. Wie sollte das bloß mit ihnen weitergehen? Falls er sie jemals schlagen würde, überschritt er damit eine rote Linie.

Camilla kämpfte gegen die Tränen an. Aus dem Hängeschrank nahm sie einen Teller, dann trat sie an den Gefrierschrank. Da die Kuchenstücke relativ klein waren, legte sie zwei auf den Teller.

Die Idee mit dem Podcast war eine weitere Luftnummer. Nicht die erste, die er produzierte. Er konnte nicht ernsthaft hoffen, damit eines Tages Geld zu verdienen. Oder war er so naiv? Leider konnte sie ihm das bei einem Streit nicht an den Kopf werfen, denn dann würde er vermutlich jeglichen Restanstand vergessen. Die Einrichtung des Studios hatte über zweitausend Euro gekostet. Nur weil Camilla den Raum gut fürs Homeoffice gebrauchen konnte, war das keine völlige Geldverschwendung gewesen.

Sie stellte den Teller in die Mikrowelle und startete das Auftauprogramm. Dann schaltete sie den Kaffeeautomaten an. Auch diese Anschaffung war eine seiner Schnapsideen gewesen. Filterkaffee hätte ihr vollkommen ausgereicht und schmeckte besser. Er war jedoch der Meinung, vor allem nachmittags lieber einen Espresso oder Cappuccino trinken zu müssen. Also füllte sie den Milchtank und drückte schließlich die Starttaste. Während der sündhaft teure Automat die Kaffeespezialität zubereitete, strich sie sich über die Augen.

Hatte diese Beziehung noch Sinn? Manchmal hatten sie gute Tage, aber die wurden seltener. Hatte sie bis letztes Jahr noch von einer Hochzeit geträumt, erschien ihr dieser Gedanke mittlerweile abwegig. Zumal er sie ohnehin nicht fragen würde. Das war ihr in den vergangenen Monaten klar geworden.

Das Piepen der Mikrowelle riss sie aus der trübsinnigen Grübelei. Irgendwann in absehbarer Zeit hatte dieser Zustand ein Ende, schwor sie sich. Spätestens, wenn er sie zum ersten Mal schlagen würde, wäre es endgültig vorbei. Das könnte sie ihm unmöglich verzeihen.

10

Das Umzugsunternehmen hatte seinen Sitz in einem Industriegebiet an der Stadtgrenze. Drei Lkw mit der Werbeaufschrift ›Wir kappen das‹ standen vor dem Gebäude. Aus einem von ihnen, der erst kurz zuvor eingetroffen war, stieg ein Mittvierziger, in dessen Gesicht ein schwarzer, dichter Bart dominierte.

Drosten und seine Partner öffneten die Türen ihres Autos. Da der Besitzer des Unternehmens mit einem aktuellen Foto auf der Firmenhomepage abgebildet war, fiel es Drosten leicht, ihn zu identifizieren. »Herr Kapp!«, rief er.

Der Mann schaute zu ihnen und wirkte sofort verärgert.

»Das ist so kurz vorm Wochenende doch wohl nicht Ihr Ernst«, erwiderte er. »Hat das nicht Zeit bis Montag?«

Drosten und seine Kollegen überbrückten die Entfernung zwischen ihnen. »Was soll Zeit bis Montag haben?«

Nun runzelte Kapp die Stirn. »Wer sind Sie? Zoll? Oder eher Steuerfahndung? Ich tippe auf zivile Zollfahndung. Aber meine Mitarbeiter arbeiten ausschließlich auf Steuerkarte bei mir.«

»Gut zu wissen«, erwiderte Drosten. Er zog seinen Dienstausweis aus der Anzugtasche. »Wir sind von der KEG Wiesbaden.«

»Davon habe ich noch nie gehört.« Er musterte den Ausweis. »Kriminalermittlungstaktische Einsatzgruppe«, murmelte er. »Klingt nach Polizei.«

»Richtig«, sagte Sommer. »Haben Sie einen Moment für uns? Wir hoffen, dass Sie uns bei einer Ermittlung helfen können.«

»Gehen wir hoch ins Büro«, schlug Kapp vor. »Ich brauche allerdings ein paar Minuten. Komme gerade von einem Umzug und habe dann noch meine Jungs nach Hause gefahren. Folgen Sie mir!«

Über eine außen angebrachte Metalltreppe erreichten sie das in der ersten Etage liegende Büro, das Kapp aufschloss.

»Nehmen Sie Platz! Ich bin kurz im Bad. Auf dem Tisch liegt eine Packung Kekse. Greifen Sie ruhig zu.«

Der Mann verschwand hinter einer Tür. Drosten schaute sich in Ruhe um. In dem geräumigen Raum standen zwei Schreibtische, die beide offenbar benutzt wurden. Aktenordner, Papiere und Büroutensilien wie Locher waren anscheinend ohne Ordnung verteilt. Zu dem Büro gehörten auch ein amerikanischer Kühlschrank und eine Kaffeepadmaschine.

Nach einer Weile kam Kapp zu ihnen zurück. Statt wie zuvor in weiter Cargohose und Sweatshirt trug er nun ein weißes Hemd, das er in eine schwarze Jeans gesteckt hatte.

»Jetzt fühle ich mich besser«, brummte er.

»Sie packen bei den Umzügen mit an?«, folgerte Kraft.

»Jedes Mal«, antwortete er. »Erhöht die Gewinnmarge, wenn man als Chef zum Umzugsteam gehört. Wollen Sie etwas Kaltes trinken?« Er trat an den Kühlschrank und öffnete ihn. »Cola? Fanta? Wasser? Energydrink?«

Drosten und seine Kollegen lehnten dankend ab. Kapp öffnete sich einen Energydrink, nahm ihnen gegenüber Platz und trank einen großen Schluck.

»Ob Sie's glauben oder nicht. Nach harter körperlicher Arbeit gibt es nichts Besseres als dieses Zeug. Wie kann ich Ihnen helfen?«

Drosten reichte Kapp eine Kopie der bei Fleschütz und Zwicker gefundenen Rechnung. Der warf einen Blick darauf.

»Können Sie sich an den Auftrag erinnern?«, fragte Sommer.

Kapp antwortete nicht sofort. Er kratzte sich unterhalb des Auges, ehe er leicht nickte. »Sind die in ein Reihenhaus gezogen? Relativ enge Straße, wenn ich mich nicht irre. Passt das?«

»Kommt hin«, bestätigte Kraft.

»Ja, ich erinnere mich. Wir hatten anfangs Parkschwierigkeiten. Obwohl Halteverbotsschilder aufgestellt waren, hatte ein Nachbar nahe der Haustür geparkt. Hat uns bestimmt eine Viertelstunde gekostet. Wieso zeigen Sie mir die Rechnung?«

»Haben Sie Einzelheiten bezüglich des Umzugs parat?«, fragte Drosten. »Wir erklären Ihnen später, weshalb wir das wissen wollen. Manchmal ist es besser, unvoreingenommen Erinnerungen aufzuwärmen.«

Kapp leerte die Dose. Dann unterdrückte er ein

Aufstoßen und entschuldigte sich dafür. »Bei manchen Paaren wundere ich mich, wieso die überhaupt zusammenziehen. Frau Fleschütz und Herr Zwicker sind so ein Fall. Klar, Umzüge sind stressig, und man ist schnell angespannt, vor allem, wenn der Tag wegen eines Falschparkers so schlecht beginnt. Trotzdem sollte ein Umzug ja auch etwas Schönes sein. Eine neue Lebensphase. Meistens merkt man den Kunden ihre Vorfreude darauf an. Die beiden jedoch ...« Er zuckte mit den Achseln. »Da Sie von der Polizei sind, kann ich mir ja fast denken, was passiert ist. Hat er sie im Streit getötet?«

»Wie gesagt, später erfahren Sie alles, was Sie wissen müssen«, antwortete Drosten, ohne eine Miene zu verziehen. »Welche Mitarbeiter hatten Sie beim Umzug eingesetzt?«

Kapp prüfte die Rechnung. »Da ich vier Mann berechnet habe, waren das neben mir Peter Riehl, Thorsten Woeste und Gunnar Hörl. Das sind nämlich meine festen Angestellten. Die arbeiten seit vielen Jahren für mich. Alle sehr zuverlässig. Darüber hinaus beschäftige ich noch drei Werkstudenten. Aber die kommen bloß zum Einsatz, wenn der Kunde mehr als vier Personen bezahlt. Wir haben übrigens nur den Umzug von Herrn Zwicker über die Bühne gebracht. Also alle Sachen bei ihm eingeladen und dann zum neuen Haus transportiert.«

»Von Frau Fleschütz nicht?«, vergewisserte sich Kraft.

»Nein. Die hatte sich anderweitig Hilfe organisiert.«

»Darüber haben wir keine Rechnung gefunden«, stellte Drosten fest.

Kapp lächelte. »Wundert mich gar nicht.«

»Erinnern Sie sich an den Namen des anderen

Umzugsunternehmers?«, wollte Sommer wissen. »Oder …«

»Sie finden keine Rechnung, weil das garantiert schwarz bezahlt worden ist.«

»Also war das keine privat organisierte Hilfe?«, hakte Sommer nach.

»Auf gar keinen Fall. Es war einer dieser Anbieter, mit denen seriöse Unternehmer wie ich mich herumschlagen müssen. Die haben nicht mal eigene Transporter, sondern organisieren sich Mietfahrzeuge. Deswegen kann ich Ihnen auch nicht sagen, wie der *Kollege* heißt. Es war ein Deutscher, ungefähr Anfang dreißig. Außerdem ein Südeuropäer, ein paar Jahre älter. Die Koordination mit denen war kompliziert. Und ein Streitthema zwischen Herrn Zwicker und seiner Partnerin.«

»Wie finden Auftraggeber solche Unternehmer?«, fragte Drosten.

Kapp lächelte amüsiert. »Sie sind vermutlich lange nicht mehr umgezogen, oder? Die annoncieren gerne in den Wochenblättern, die Sie samstags in Ihrem Briefkasten finden. Geben irgendwelche Tiefstpreise an, zu denen sie den Umzug angeblich abwickeln. Aber ich kann davor bloß warnen. Es wird für die Kunden immer teurer als angegeben. Und wenn sie nicht bereit sind, mehr zu zahlen, lassen die einfach ihre Sachen am Straßenrand stehen und hauen ab. Das ist leider Realität in unserer Branche. Befriedigen Sie jetzt meine Neugier und verraten mir, was passiert ist?«

»Frau Fleschütz und Herr Zwicker sind tot«, antwortete Drosten.

»Shit! Wirklich beide? Und ich hätte darauf gewettet, dass dieser Zwicker … Na ja, lag ich wohl falsch.«

»Hat er denn auf Sie einen gewalttätigen Eindruck gemacht?«, hakte Kraft nach.

Kapp rieb sich nachdenklich die Stirn. Offenbar wollte er nichts Falsches sagen.

»Halten Sie sich in Ihrer Einschätzung nicht zurück«, bat Drosten ihn. »Wir haben Herrn Zwicker nicht kennenlernen dürfen, insofern sind wir über eine objektive Meinung froh.«

»Ich glaube, er hatte eine kurze Zündschnur. Wie gesagt, Umzugstage sind oft stressig. Aber jedes Mal, wenn etwas nicht geklappt hat, gab er seiner Partnerin die Schuld. Sogar, als sie nicht wusste, wem der Wagen gehörte, der vor ihrer Haustür parkte. Dabei konnte sie das genauso wenig wissen wie er. Und solchen Männern traue ich einiges zu. In unserem Beruf lernt man viel über Menschen.«

»Also würde es Sie nicht wundern, zu erfahren, dass Zwicker seine Partnerin getötet hat«, fasste Sommer zusammen.

Kapp zuckte die Achseln. »Ich bin verwirrt. Sagten Sie nicht, *beide* wären tot? Hat sich da so ein ...« Der Umzugsunternehmer suchte nach dem richtigen Wort. »... Partnerschaftsdrama zugetragen?«

»Genau das versuchen wir herauszufinden. Frau Fleschütz wurde ermordet. Als ein Zeuge Herrn Zwicker am Tatort antraf, flüchtete der, starb jedoch kurz darauf bei einem Verkehrsunfall«, erklärte Drosten.

»Also war er es doch«, stöhnte Kapp. »Was denken sich solche Kerle bloß?«

Drosten räusperte sich. »Nicht so vorschnell. Wir untersuchen nämlich ähnliche Fälle in zwei anderen Städten. Dabei sind wir auf eine Gemeinsamkeit gestoßen. Alle Opfer sind in den Monaten vor ihrem Tod umgezogen.«

»Jetzt kapier ich's. Deswegen sind Sie hier. Waren das ebenfalls Kunden von mir?«

»Nehmen Sie Aufträge in Magdeburg oder Brandenburg an?«, fragte Sommer.

Erleichtert schüttelte Kapp den Kopf. »Das würde sich wegen der Anfahrt nicht lohnen. Also, wir würden natürlich einen Umzugsauftrag von Wolfsburg in eine andere Stadt annehmen. Aber wir werben nicht außerhalb Wolfsburgs für unsere Dienste.«

»Und Sie hatten nie einen Auftrag in den genannten Städten?«, vergewisserte sich Kraft.

»Nein«, antwortete Kapp.

»Wir suchen nach einem verbindenden Element zwischen den Opfern«, erklärte Drosten. »Diese schwarzen Schafe, von denen Sie vorhin sprachen, könnten die in anderen Städten Aufträge annehmen? Also konkret die beiden Personen, die den Umzug von Frau Fleschütz organisiert haben?«

»Gut möglich«, sagte Kapp. »Das ist ja deren Geschäftsmodell. Anzeigen in den Blättchen sind nicht sehr teuer. Als Kontaktnummer geben sie eine Handynummer an. Da kann es sein, dass jemand in Wolfsburg und Magdeburg oder wo auch immer inseriert. Meldet sich ein Interessent und man wird handelseinig, fährt der Auftragnehmer am Tag des Umzugs mit seinem Privatauto in die entsprechende Stadt und leiht sich vor Ort einen Transporter. Mit dem bricht er zur Kundenadresse auf. Und weil so etwas oft ohne offizielle Rechnung läuft, weiß der Kunde gar nicht, wo der Auftragnehmer seinen Firmensitz hat.«

»Also suchen wir nach jemandem, der in allen Städten inseriert«, folgerte Drosten.

»Organisieren Sie sich die lokalen Wochenblättchen der betreffenden Städte. Meistens erscheinen die samstags, manchmal auch eine zusätzliche Ausgabe in der Woche. Hier in Wolfsburg zum Beispiel jeden Mittwoch und jeden Samstag. Wenn Sie in allen Exemplaren eine überschneidende Mobilfunknummer finden, haben Sie ihn vielleicht.«

»Ein guter Tipp«, sagte Drosten. »Danke.«

An der Außentür des Büros klopfte es.

»Komm rein!«, rief Kapp.

Die Tür öffnete sich, und eine attraktive Frau trat ein. Die Anwesenheit so vieler Personen schien sie zu überraschen. »Guten Tag zusammen! Störe ich?«

»Hallo, Schatz. Ganz im Gegenteil«, antwortete Kapp. »Als Krimileserin wird dir das gefallen. Die Polizei hat mich gerade in einer Mordermittlung vernommen.« Er zwinkerte der Frau zu.

»Soll mich das jetzt irgendwie beruhigen, Maurice?«, fragte sie. »Hast du was ausgefressen?«

»Nein«, erwiderte Drosten. »Ganz im Gegenteil. Er war uns eine große Hilfe und wird Ihnen bestimmt alles erklären. Herr Kapp, wir danken Ihnen. Falls wir weitere Fragen haben, würde ich mich telefonisch bei Ihnen melden. Und wenn Ihnen noch etwas einfällt, sagen Sie mir bitte Bescheid.«

Die Männer tauschten Visitenkarten aus, dann verließen die Polizisten das Büro. Drosten bildete auf der Metalltreppe das Schlusslicht. Als er die Hälfte der Stufen hinter sich gebracht hatte, klingelte sein Telefon und übertrug die Rufnummer von Hauptkommissar Martel.

»Hallo, Herr Kollege«, begrüßte Drosten ihn. »Haben Sie etwas herausgefunden?«

»Sie lagen richtig mit Ihrer Annahme«, informierte ihn der Wolfsburger Polizist.

»Wirklich? Wer von beiden?«

»Herr Zwicker.«

»Die Wohnung, aus der er ausgezogen ist ...«

»... gehört zur nordostdeutschen Wohnbaugesellschaft.«

»Fantastisch!«, sagte Drosten. »Danke für diese Information. Da wird es wohl Zeit, dass wir dem Hauptfirmensitz Anfang nächster Woche einen Besuch abstatten.«

Sie wechselten noch ein paar Worte, dann beendete Drosten das Gespräch.

Sommer schaute ihn erwartungsvoll an. »Hab ich das richtig verstanden?«

Drosten nickte. »Zwicker war deren Mieter. Das kann kein Zufall mehr sein. Vielleicht haben wir endlich eine heiße Spur.«

11

Hendrik Butt saß Freitagabend in seiner Wohnung und starrte die Zimmerwände an. Das Auftauchen der Wiesbadener Polizisten hatte alles verändert. Wie eine dunkle Wolke, die an einem warmen Sommertag vor die Sonne zieht und die Temperaturen schlagartig sinken lässt. Butt hatte sich in den vergangenen Wochen in der Anerkennung seiner Vorgesetzten gesonnt. Die hatten ihn ausgiebig für seinen Instinkt und die Eigeninitiative gelobt, weil er in seiner Freizeit zu dem streitbaren Paar gefahren war. Dadurch hatte sich der Mord an Fleschütz schnell aufklären lassen, denn niemand hatte an Zwickers Täterschaft gezweifelt.

Bis sich die KEG in die Ermittlungen eingeschaltet hatte.

Hatte Butt in den letzten Tagen in den Augen seines direkten Vorgesetzten Zweifel an seinen Beweggründen aufblitzen sehen, oder bildete er sich das bloß ein? Sie hatten keinen Grund, an ihm herumzumäkeln. Nur weil die Wiesbadener glaubten, Zwicker habe seine Partnerin nicht getötet, hieß das nicht, dass sein Instinkt ihn getrogen hatte.

Zwicker war vom Tatort geflüchtet. Das sprach Bände. Warum hätte er fliehen sollen, wenn er unschuldig gewesen war?

Das Gerede von den anderen Morden war völlig überflüssig. Wieso glaubten Drosten und seine Kollegen, Parallelen zu finden? Zwicker war schuldig. Punkt! Der Mordfall war gelöst, und dank des tödlichen Verkehrsunfalls blieb es der Staatsanwaltschaft sogar erspart, Zwicker die Tat vor Gericht nachweisen zu müssen. Besser ging es nicht. Was hatten die Hessen hier in Wolfsburg zu suchen? An Martels und Bojers Stelle hätte sich Butt jede Einmischung untersagt. Schließlich ließ sie das inkompetent wirken. Leider fragte ihn niemand nach seiner Meinung.

Butt hatte gehofft, der Fall könnte seiner Karriere zuträglich sein und den Rückschlag, an dem er keine Schuld trug, in Vergessenheit geraten lassen. Je länger allerdings die KEG mitmischte, desto unwahrscheinlich würde das. Vor allem, wenn sie ihn unter die Lupe nähmen.

Seine Laune verschlechterte sich. Hier in der Wohnung deprimierenden Gedanken nachzuhängen, würde seinen Gemütszustand bloß verschlechtern. Es war Freitagabend. Er hatte bis Montag dienstfrei. Ein Wochenende voller Möglichkeiten lag vor ihm. Vielleicht musste er sich einfach nur ablenken, um ohne Altlasten in die nächste Woche zu starten. Ihm könnte es egal sein, was die Wiesbadener dachten. Sie würden keine Indizien finden, die auf Zwickers Unschuld hinwiesen. Und somit blieb er am Ende der Held, denn er hatte ihn zur Strecke gebracht.

Butt erhob sich vom Sessel und ging ins Schlafzimmer. Er öffnete den Kleiderschrank. Wohin sollte er heute Abend ausgehen? Er würde Alkohol trinken, um die deprimierenden Gedanken zu betäuben. Am besten ließ er sowohl das Auto als auch das Motorrad stehen. Auf dem Hinweg könnte er Carsharing nutzen und sich ein Taxi nach Hause nehmen. Falls er überhaupt alleine in seine Wohnung zurückkehren würde. Er hätte Lust auf ein flüchtiges Abenteuer. Eine attraktive Frau kennenlernen und sich mit ihr amüsieren. Nichts Verbindliches, nur eine zwanglose Nacht. Gedanklich ging er die Lokale durch, die dafür infrage kämen, und entschied sich für seine Lieblingsbar. Dort traf er meistens Bekannte, sodass er nicht wie ein Opfer allein an einem Tisch stehen würde. In der Bar wäre er nicht zu fein angezogen, wenn er seinen schwarzen Anzug mit einem gleichfarbigen Hemd kombinieren würde. Ganz im Gegenteil. Das wäre eine absolut angemessene Wahl, die seine Körperstatur betonte und ihn besonders männlich wirken ließ.

Er zog sich bis auf die Unterwäsche aus und holte das Hemd und den Anzug aus dem Schrank. Im Badezimmer schlüpfte er in die Kleidung und brachte dezent ein Parfüm auf Hals und Handgelenken auf. Zufrieden musterte er sein Spiegelbild. Hoffentlich würde er heute Nacht mit einer attraktiven Frau ins Gespräch kommen. Manche von denen waren schnell zu begeistern, sobald er von seinem Job, der Uniform, den Handschellen und seiner Dienstwaffe erzählte.

Über eine Handy-App suchte er nach einem verfügbaren Wagen aus dem Carsharingpool. Ein akzeptables Fahrzeug stand nur dreihundert Meter entfernt. Er reservierte es sich und verließ die Wohnung.

* * *

Wie erhofft, erspähte Butt sofort zwei alte Bekannte, die an einem Tisch standen und sich angeregt unterhielten. Als er näherkam, bemerkten sie ihn und winkten ihn zu sich. Zur Begrüßung klopften sie sich gegenseitig auf die Schultern und nahmen sich halb in den Arm.

»Alkoholkontrolle«, sagte Butt. »Warum stehen nur zwei Gläser auf eurem Tisch?«

Es dauerte nicht lange, bis eine attraktive Kellnerin zu ihnen kam. Butt schenkte ihr ein Lächeln, das sie erwiderte.

»Was darf's sein, Hendrik?«, fragte sie ihn.

»Ich nehme an, du bist noch immer nicht frei?«, erkundigte er sich.

Theatralisch schaute sie zu dem Barkeeper, der gerade einen Cocktail mixte. »Nicht, dass mich mein Süßer schon darüber unterrichtet hätte.«

»Mein Süßer, hört, hört«, rief einer von Butts Freunden.

Als hätte er es mitbekommen, blickte der Barkeeper zu ihnen herüber. Die Kellnerin warf ihm einen Luftkuss zu.

»Dann muss ich mich wohl mit einem Gin Tonic begnügen«, sagte Butt.

»Monkey 47?«, fragte sie.

»Ein anderer Gin kommt mir nicht ins Glas.«

Die Kellnerin nahm die Getränkewünsche von Butts Freunden auf, ehe sie sich zurückzog.

»Dass du es immer wieder bei ihr probierst und dir eine Abfuhr einholst«, sagte Kevin. »Sie wird Timothy nie verlassen. Nicht in hundert Jahren.«

»Steter Tropfen höhlt den Stein«, erwiderte Butt. »Sie soll wissen, dass es Alternativen gibt.«

»Wie war deine Woche?«, erkundigte sich Rafael.

Für einen Moment war Butt versucht, seine Freunde über die neueste Entwicklung im Fall Zwicker zu unterrichten. Er hatte ihnen in groben Zügen davon erzählt und sich gerne hochleben lassen. Was würden sie denken, wenn er von den Wiesbadenern berichtete?

»Nix Besonderes«, antwortete Butt. »Bin froh, zwei Tage frei zu haben. Und bei euch?«

Kevin erzählte von seinem neuen Abteilungsleiter, der gerade versuchte, die Arbeitsabläufe völlig auf den Kopf zu stellen und dabei am Widerstand der Mitarbeiter scheiterte. »Wie dumm muss man sein? Lernen die in ihrem Studium keine Menschenführung? Sich wie eine Axt im Walde aufzuführen, ist so sinnlos. Ich wette, in zwei Monaten gibt der genervt auf und lässt uns wieder arbeiten wie gewohnt.«

Die Kellnerin brachte ihnen die Getränke an den Tisch. Der Blick, mit dem sie Butt bedachte, war jeden abgewiesenen Flirtversuch wert. Sollte sich Lucy jemals vom Barkeeper trennen, wäre er zur Stelle.

Er stieß mit seinen Freunden an und genoss den milden Geschmack des Gins.

»Das tut nach so einer Woche richtig gut«, erklärte er. »Manchmal hasse ich meinen Job.«

Seine Freunde schauten ihn überrascht an. »Ist etwas passiert?«, wollte Rafael wissen. »Gerade eben hast du noch …«

Butt winkte ab. »Nichts Dramatisches. Ist bloß so ein Gefühl. Als wüssten meine Vorgesetzten gar nicht, was ich leiste. Ich kann ja nicht jede Woche einen Mord aufklären.« Er lachte bitter und trank den nächsten Schluck.

»Warum ist es eigentlich in allen Jobs gleich?«, fragte Kevin. »Nie wissen die Bosse, was man wert ist.«

»Darauf trinke ich«, sagte Butt. Er hielt seinen Freunden das Glas entgegen, und sie stießen erneut miteinander an.

Während sie noch an ihren Longdrinks nippten, kippte er den Rest seines Gin Tonic hinunter. Dann wandte er sich um und suchte nach der Kellnerin. Sie erblickte ihn, und er hob das leere Glas. Lucy nickte.

»Gleich habe ich euch eingeholt«, sagte Butt. »Ihr solltet nicht so langsam trinken.«

Seine schlechte Laune wollte einfach nicht weichen. Ganz im Gegenteil. Aber vielleicht würden zwei oder drei weitere Drinks helfen.

* * *

Angetrunken ließ Butt seinen Blick durch die mittlerweile volle Cocktailbar gleiten. Rafael und Kevin unterhielten sich über Investmentmöglichkeiten. Bei dem Thema hatte er sich schnell ausgeklinkt. Seine Bezahlung gab es nicht her, in irgendwelche Fonds zu investieren. Dazu müsste er mindestens einen Dienstgrad aufsteigen.

Nicht weit entfernt saß ein junges Paar an einem Tisch. Die dunkelhaarige Frau hielt ihre Arme vor der Brust verschränkt, ihr Begleiter schüttelte den Kopf und redete auf sie ein. Es dauerte nicht lange, bis sie ihre Haltung änderte und ihm gestenreich antwortete. Eindeutig stritten sie miteinander.

Butt konnte den Blick nicht abwenden. Als der Mann seiner Partnerin eine Hand auf den Oberschenkel legte, wischte sie sie beiseite. Nun war sein Interesse endgültig geweckt. Das wirkte auf ihn wie ein grundlegendes Problem zwischen den beiden.

»Wen beobachtest du?«, fragte Rafael.

»Niemanden«, erwiderte Butt ertappt. Er wandte den Blick ab und lächelte seinem Freund zu. »Aber euer Investmentthema ist für einen armen Staatsdiener wie mich uninteressant.«

»Dafür kriegst du im Alter eine fette Pension«, entgegnete Kevin.

Butt zuckte die Achseln. »So fett jetzt auch nicht. Und irgendwie sollte es sich lohnen, der Fußabtreter der Nation zu sein.«

Sie wechselten einige Worte, dann konnte sich Butt wieder ausklinken. Erneut konzentrierte er sich auf das Paar, dessen Streit auszuufern schien. Zumindest gestikulierten beide wilder als zuvor.

»Bin mal eben auf dem Klo«, sagte Butt zu seinen Freunden.

Ohne ihre Antwort abzuwarten, entfernte er sich vom Tisch und machte einen kleinen Umweg, um an den Streitenden vorbeizugehen.

»Beruhig dich!«, sagte die Frau zu ihrem Freund. »Oder willst du mich wieder ...« Der Rest des Satzes ging im Lärm unter.

Nachdenklich steuerte Butt die Toilette an. Welchen Teil der Aussage hatte er verpasst? Oder willst du mich wieder *schlagen?*

Er stellte sich vors Pissoir und öffnete den Reißverschluss. Warum blieben solche Paare zusammen? Butt würde es nie verstehen.

Im Spiegel über dem Waschbecken musterte er sein Gesicht. Manche Typen behandelten ihre Frauen wie

Dreck und waren trotzdem nie allein, während er seit viel zu langer Zeit ohne Beziehung dastand. Das Leben war ungerecht.

Butt kehrte zu seinen Freunden zurück und stellte sich an seine alte Position.

»Lucy war da«, sagte Rafael. »Wir haben für dich mitbestellt.«

»Gut gemacht.«

Das Paar stritt sich noch immer. Rafael legte ihm einen Arm um die Schulter.

»Hübsches Ding«, rief er. »Genau dein Geschmack, oder?«

»Quatsch. Ganz nett anzusehen. Mehr nicht.«

»Ist ja eh vergeben. Dafür, dass sie nur nett anzusehen ist, starrst du schon ziemlich lange rüber.«

»Ich wundere mich über ihren Männergeschmack. Scheint mit einem Arschloch zusammen zu sein. Die streiten sich fast die ganze Zeit.«

»Die meisten heißen Bräute sind mit Scheißkerlen liiert. Und coole Typen wie wir bleiben auf der Strecke.«

Butt nickte. »So sieht's aus.«

Lucy brachte ihnen die nächsten Getränke. Am liebsten hätte er sie gefragt, wie sie reagieren würde, wenn ein Gast handgreiflich würde. Aber das wäre zu zweideutig gewesen. Stattdessen stieß er mit Rafael an. Der Alkohol benebelte seine Sinne. Es wäre besser, langsamer zu trinken oder vielleicht sogar mal ein paar Minuten frische Luft zu schnappen. Butt stellte das drei viertel volle Longdrinkglas auf den Tisch.

»Ich geh kurz nach draußen«, rief er. »Passt ihr auf meinen Drink auf?«

»Wird erledigt«, versprach Kevin.

Butt schlängelte sich durch die Gäste. Vor der Tür

angelte er die Zigarettenpackung aus dem Sakko und zündete sich eine Zigarette an. Er legte den Kopf in den Nacken. Ein heller, voller Mond stand am sternenklaren Himmel. Butt dachte über den Verlauf der letzten Tage nach. Nichts hatte sich so entwickelt wie erhofft. Es war wie verflucht. Vielleicht hätte er sich damals in der Schule mehr Mühe geben müssen. Mit Abitur hätte er ein Studium angehen können und ...

»Du kannst mich mal!«, erklang von links eine streitlustige, weibliche Stimme. »Fährst du mich jetzt nach Hause, oder muss ich ein Taxi rufen?«

Butt schaute unauffällig zur Seite. Das Paar aus der Bar war vor die Tür getreten.

»Super, Isabel, wirklich super«, sagte der Mann. »Schön, wie du uns den Abend ruinierst.«

Er wandte sich nach links und ging an einigen geparkten Fahrzeugen vorbei. Butt beobachtete die beiden. An einem schwarzen Oberklassewagen blieben sie stehen. Die Scheinwerfer blinkten auf, und der Mann stieg ein. Seine Partnerin nahm auf dem Beifahrersitz Platz. Es dauerte nur Sekunden, bis der Fahrer ausparkte. Butt machte zwei Schritte nach vorn zum Straßenrand. Das Auto kam an ihm vorbei. Er zog sein Telefon aus der Hosentasche und startete das Diktierprogramm. »Wolfsburger Kennzeichen«, flüsterte er. Er sprach die Buchstabenzahlenkombination ins Mikro und speicherte die Aufnahme. Als das Fahrzeug an der nächsten Kreuzung abbog, trat Butt die Zigarette aus und kehrte in die Bar zurück.

12

Die Firmenzentrale der Nordostdeutschen Wohnungsbaugesellschaft lag in einem Helmstedter Industrieviertel. Insgesamt standen fünf zylinderförmig gebaute, sechsstöckige Gebäude in dem Areal. Robert Drosten parkte seinen Wagen auf dem Besucherparkplatz und orientierte sich an einigen Hinweisschildern. Er hatte seinen Besuch an diesem Montagmorgen nicht telefonisch angekündigt und wusste daher nicht, wohin er sich wenden musste.

Nach zwei Gesprächen mit Empfangsmitarbeitern erhielt Drosten einen Tagesausweis und wurde von einer jungen Frau zu einem Besprechungszimmer geführt. Sie bat ihn, Platz zu nehmen, und bot ihm etwas zu trinken an. Drosten lehnte dankend ab. Während der Wartezeit blätterte er in einem Wohnungsbaumagazin. Schneller als erwartet öffnete sich die Tür des Zimmers wieder.

»Hauptkommissar Drosten?«, vergewisserte sich der Mann, der den Raum betrat.

Drosten erhob sich, schüttelte dem Endfünfziger im

grauen Anzug die Hand und zeigte seinen Dienstausweis vor.

»Ich bin Doktor Rehfuß, leitender Justiziar hier in Helmstedt. Ehrlich gesagt, bin ich aus dem Anruf vom Empfang nicht so richtig schlau geworden.« Er deutete zu dem Stuhl, auf dem Drosten gesessen hatte. »Nehmen Sie bitte wieder Platz. Worum genau geht es Ihnen?«

»Ich ermittle mit Kollegen in einer Mordserie, in denen es eine Schnittmenge mit Ihrem Unternehmen gibt. Drei der insgesamt fünf Opfer, die wir schon beklagen, haben im Jahr vor ihrer Ermordung in einer Ihrer Wohnungen gelebt.«

»Wie schrecklich. Also sind diese Menschen in unseren Immobilien gestorben? Darüber hatte ich bislang keine Kenntnis, was mich in Mordfällen ein bisschen ...«

»Nein«, unterbrach Drosten ihn. »Alle Opfer sind einige Wochen bis Monate vor ihrem Tod umgezogen. Trotzdem ist die Nordostdeutsche Wohnungsbaugesellschaft eines der wenigen übereinstimmenden Merkmale in unseren Ermittlungen. Der letzte Fall hat sich in Wolfsburg zugetragen, von wo aus ich heute Morgen aufgebrochen bin.«

»Wie genau können wir Sie unterstützen?«, fragte Rehfuß.

»Führen Sie Akten über Ihre Mieter?«

»Selbstverständlich. Dazu sind wir gesetzlich verpflichtet. Ähnlich wie bei der Steuer bewahren wir alles für zehn Jahre auf.«

»Dürfte ich einen Blick in die Akten der Mordopfer werfen? Ich habe ihre Namen und die ehemaligen Adressen.«

Rehfuß knetete sich nachdenklich das Kinn. »Vermute ich richtig, dass Sie keinen richterlichen Beschluss vorweisen können? Sonst hätten Sie das meiner Erfahrung nach schon getan.«

Drosten lächelte. »Sie treffen voll ins Schwarze. Momentan spekulieren meine Partner und ich viel. Ein Blick in die Mieterakten könnte helfen. Wir suchen nach weiteren Übereinstimmungen. Es geht um einen gefährlichen Fünffachmörder, und wir befürchten, er hat nicht zum letzten Mal zugeschlagen.«

»Sie haben eine charmante Art, moralischen Druck aufzubauen«, stellte Rehfuß fest.

»Was genau vermerken Sie in solchen Mieterakten?«, erkundigte sich Drosten. Er hatte den Eindruck, einem einigermaßen kooperativen Gesprächspartner gegenüberzusitzen.

»In erster Linie Zahlungseingänge, außerdem alle Nebenkostenabrechnungen. Darüber hinaus notieren wir anstehende oder durchgeführte Sanierungsmaßnahmen, damit sich die Mieter bei Kontakten mit unseren Kundenbetreuern ein umfassendes Bild machen können. Bedingt durch die gesetzlichen Vorgaben zur Verbesserung der Energieeffizienz ist gerade das ein Punkt, der für uns immer wichtiger wird. Außerdem wird jeder telefonische Kontakt erfasst, ebenso Besuche in einer unserer insgesamt zwölf Geschäftsstellen.«

»Mein Job hat viel mit der Suche nach der Nadel im Heuhaufen zu tun«, gab Drosten zu. »Ihre Mieterakten könnten ein lohnenswerter Strohhaufen sein.«

Rehfuß wirkte unschlüssig.

»Sie haben Bedenken wegen des Datenschutzes«, vermutete Drosten. »Ich kann Ihnen versichern, absolut vertraulich mit den Informationen umzugehen.«

»Woran ich keine Sekunde zweifle. Das ist leider keine Entscheidung, die ich allein treffen kann. Dafür muss ich mir ein Okay der Geschäftsleitung einholen. Tut mir leid. Es wäre besser gewesen, Sie hätten vorher angerufen.«

»Erfahrungsgemäß lassen sich solche Bitten telefonisch leichter ablehnen«, sagte Drosten.

Rehfuß lächelte. »Ich weiß Ihre Ehrlichkeit zu schätzen. Und Sie haben Glück. Jeden zweiten Montag findet um elf Uhr hier im Haus ein Meeting statt, zu dem nicht nur ich in der Vorstandsetage auftauchen muss. Ich kann Ihren Wunsch vor Beginn des Termins vortragen und würde Sie einfach um ein bisschen Geduld bitten. Wäre das okay?«

»Wie lange wird es ungefähr dauern?«

Rehfuß schaute auf seine Uhr. »Sie müssten maximal eine Stunde warten. Ich organisiere Ihnen gern ein Getränk. Unsere Kaffeemaschinen produzieren einen hervorragenden Espresso Macchiato. Kann ich Ihnen sehr ans Herz legen. Können Sie damit leben, wenn Sie jetzt eine Weile ausharren müssten?«

»Falls Sie meinen Wunsch nicht von vornherein als unrealistisch einschätzen, macht es mir nichts aus, zu warten.«

»Ich bin optimistisch, dass wir Ihnen helfen werden. Möchten Sie einen Kaffee? Dann sage ich Anita Bescheid. Vertrauen Sie mir, und nehmen Sie den Espresso Macchiato.«

»Sehr gerne.«

Rehfuß erhob sich. »Ich bin so schnell wie möglich wieder bei Ihnen.«

* * *

Sommer drückte die Haustür auf.

»Und dein Freund ist ganz sicher nicht mehr da?«, fragte Kraft, die sein kurz zuvor geführtes Telefonat mitgehört hatte.

»Er musste vor zehn Minuten los. Eigentlich schade. Hätte ihn gern mal wieder gesehen.«

»In welcher Etage wohnt er?«

»Dritter Stock.«

Sie betraten die Holztreppenkonstruktion des Braunschweiger Altbaus.

»Wie kommen wir in seine Wohnung? Wäre schlecht, die Umzugsunternehmer nur vor der Tür begrüßen zu können«, stellte Kraft fest.

»Wirst schon sehen. Auf Adrian ist Verlass.«

Sie erreichten die dritte Etage. Vor der linken Wohnung lag eine Fußmatte, auf der die Worte ›Ich bin ein Löwe‹ standen.

»Wieso informiert dein Freund seine Besucher über sein Sternzeichen?«, fragte Kraft.

Sommer verdrehte die Augen. Er hob die Fußmatte an, unter der ein einzelner Schlüssel lag. »Die Löwen. Hier in Braunschweig bedeutet das, er ist Fan von Eintracht Braunschweig.«

Kraft gähnte demonstrativ.

»Banausin«, murmelte Sommer. Er öffnete ihnen. Sein erster Blick fiel auf die Wand in der Diele. Bei seinem letzten Besuch, der schon über ein Jahr zurücklag, waren ihm die gerahmten Fotografien aufgefallen. Sie hatten Adrian bei seinem Lieblingshobby Kitesurfen gezeigt. Nun jedoch war die Wand leer. Sein Freund hatte sie wie vereinbart abgenommen und wahrscheinlich irgendwo in einem Schrank verstaut.

Am Wochenende hatte Sommer mit Drosten und Kraft in Anzeigenblättern aus Wolfsburg, Brandenburg und Magdeburg nach Annoncen von Umzugsunternehmen gesucht. Dabei waren ihnen insgesamt zwei Unternehmer aufgefallen, die in den Städten inseriert hatten und einen besonders günstigen Service versprachen. Da Braunschweig nicht weit weg lag, war Sommer auf die Idee gekommen, seinen dort lebenden Freund Adrian zu kontaktieren. Der hatte eine solche Zeitung ebenfalls im Briefkasten stecken und war die Inserate durchgegangen. Beide Unternehmer boten ihre Dienste auch in Braunschweig an. Sommer hatte mit Drosten und Kraft besprochen, sich als Interessent auszugeben und nachzufragen, ob die Umzugsunternehmer vor Ort vorbeikommen könnten, um ein Angebot zu erstellen. Adrian fand es so spannend, Teil einer Ermittlung zu sein, dass er sofort seine Wohnung zur Verfügung gestellt hatte. Innerhalb der nächsten zwei Stunden würden beide Unternehmer vor der Tür stehen. Falls sich die Gelegenheit böte, würden Kraft und Sommer sogar einen kleinen Streit inszenieren, um zu prüfen, wie der jeweilige Umzugsunternehmer darauf reagierte.

Sommer schaute auf seine Uhr. »Noch eine Viertelstunde«, brummte er ungeduldig. »Wie sieht's eigentlich bei dir aus?«, fragte er. »Denkst du mit Jonah schon an eine gemeinsame Wohnung? Lange genug seid ihr ja inzwischen zusammen.«

Kraft lächelte, antwortete jedoch nicht.

»Was soll mir dieser Gesichtsausdruck sagen?«

»Dass du zu neugierig bist.«

»Bin ich in ein Fettnäpfchen getreten? Lass mich raten. Du willst, aber er nicht.«

»Zum Glück liegen Jonah und ich in allen wichtigen Punkten auf einer Wellenlänge.« Kraft seufzte. »Auch wenn ich ahne, wohin das hier führt, darfst du es ruhig wissen. Ja, wir denken übers Zusammenziehen nach. Du weißt ja, wie wir wohnen.«

»Im selben Haus, aber auf zwei verschiedenen Etagen«, erinnerte sich Sommer.

»Da weder Jonah noch ich klassische Arbeitszeiten haben, ist das nicht die schlechteste Lösung.« Kraft zupfte an ihrem Pferdeschwanz. »Klar, manchmal reden wir darüber, ob eine gemeinsame Wohnung mit zwei Schlafzimmern nicht auch eine billigere Möglichkeit wäre. Aber irgendwie können wir uns nicht von unserem Haus verabschieden. Und für uns beide sind die Wohnungen jeweils zu klein. Weißt du, was wirklich nervt?«

»Keine Ahnung.«

»Die Fragen aus dem Freundes- und Familienkreis. Wann zieht ihr zusammen?« Kraft sprach mit leicht höherer Stimme als gewöhnlich. »Wann heiratet ihr? Wann kriegt ihr Kinder?«

Sommer nickte verständnisvoll. »Dass ihr die Wohnungen behalten wollt, kann ich verstehen. Würde ich mir an eurer Stelle auch sehr genau überlegen. Unsere Arbeitszeiten und die vielen Abwesenheiten sind für Partnerschaften nicht immer leicht. Was die anderen Themen anbelangt, bin ich ebenfalls gerne nervig.« Er lachte. »Wie sieht's denn mit Hochzeitsplänen und Kinderwunsch aus?«

Kraft täuschte einen Schlag an. Dann grinste sie. »Heiraten werden wir eines Tages. Allerdings nicht in den nächsten Monaten. Vielleicht nächstes Jahr?« Sie zuckte mit den Achseln. »Kinderwunsch? Tja, schwierig. Kann man in der heutigen Zeit noch guten Gewissens ein Kind in die Welt setzen? Guck in die Zeitungen, und lies dir die Schlagzeilen durch. Da wird mir manchmal angst und bange. Die Folgen des Klimawandels kann heute keiner überblicken. Jonah wäre ein Traumvater, ich sehe ja, wie er mit seinem Neffen umgeht. Trotzdem sind wir uns einig, dass wir momentan in zu schwierigen Zeiten leben, um ein Kind zu zeugen. Und ganz ehrlich, ich will auch nicht aus meinem Job raus. Denn das müsste ich, sobald ich Mutter bin. Ich liebe unseren Beruf.« Sie zögerte kurz. »Verstehst du das?«

Verbarg Verena etwas vor ihm? Er hatte den Eindruck, als hätte sie einen wichtigen Punkt noch nicht angesprochen, beließ es aber dabei, als sie nicht fortfuhr. »Ich versteh dich total. Jenny und ich haben erst neulich darüber gesprochen. Wie schwierig das für junge Paare ist, solch weitreichende Entscheidungen zu treffen. Vor fast zwanzig Jahren war das einfacher.«

Kraft lächelte. »Gott sei Dank. Ich bin froh, dass du das sagst. Unsere Familien halten uns nämlich für bescheuert. Fragen uns, wie mir der Job wichtiger als ein Kind sein kann.«

Ein Klingeln an der Tür beendete das Gespräch. Sommer trat an die Wohnungstür und aktivierte die Gegensprechanlage.

»Hallo?«

»Papalia. Wir haben einen Termin«, meldete sich ein Mann mit dunkler Stimme.

»Dritte Etage«, antwortete Sommer. Er blieb in der Tür stehen und wartete auf den Umzugsunternehmer.

»Kein Fahrstuhl«, sagte der, als er ankam. »Das ist immer ärgerlich.«

Sommer grinste, als er dem Mann die Hand reichte. »Also deutet das Erste, was Sie zu sagen haben, auf einen Kostensprung nach oben hin. Erlewein, guten Morgen.«

Papalia schüttelte ihm mit angenehmen Druck die Hand und lachte gutmütig. »Herrje, Sie haben recht.

Dumm von mir. Unangenehme Themen soll man möglichst spät ansprechen. Behauptet zumindest mein Berater.« Er betrat die Wohnung.

Sommer schloss die Tür hinter ihm. »Ihr Steuerberater?«

Gemeinsam gingen sie ins Wohnzimmer, wo Papalia auch Kraft mit Handschlag begrüßte.

»Mein Unternehmensberater. Ich spiele gern mit offenen Karten. Ich hab mich nämlich erst vor vier Wochen in diesem Gewerbe selbstständig gemacht. Mit Förderung des Arbeitsamtes. Bei mir läuft also alles nur über Quittungen, das muss ich gleich vorweg erwähnen. Die Umsatzsteuer kommt auf den Endpreis obendrauf.«

»Seit vier Wochen?«, hakte Sommer nach. »Und vorher?«

»Ich habe bis April in Griechenland gelebt, insgesamt zehn Jahre, aber jetzt wollte meine Frau wieder zurück in ihre Heimat. Als ich dem Arbeitsamt meine Geschäftsidee vortrug, hat mich das Amt gefördert. So. Wo wollen wir anfangen? Vielleicht im Schlafzimmer?«

»Dort entlang. Linke Tür«, sagte Sommer. Er warf Kraft einen Blick zu. Papalia kam nicht als ihr Täter infrage, falls seine Geschichte stimmte. Trotzdem würden sie den Termin professionell zu Ende bringen, um den Umzugsunternehmer vollständig abzuklopfen.

13

Kurz vor Ende der angekündigten Wartezeit öffnete sich die Tür zum Besucherraum. Rehfuß kehrte zu Drosten zurück, eine etwa sechzigjährige Frau begleitete ihn. Die Mitarbeiterin des Wohnungsunternehmens trug einen cremefarbenen Blazer, an dessen Revers eine goldene Schmetterlingsbrosche steckte. Die sandfarbene Hose und schwarzen Schuhe rundeten ihren optischen Auftritt perfekt ab. Bestimmt gehörte die Frau zur Führungsriege des Unternehmens. Ihr Auftauchen erschien Drosten als gutes Zeichen.

»Herr Drosten, entschuldigen Sie die Wartezeit. Ehrlich gesagt hatte ich gehofft, Sie nicht eine Stunde warten lassen zu müssen. Manche Dinge müssen leider in unserem Unternehmen gründlich ausdiskutiert werden. Wie auch immer. Darf ich Ihnen Frau Vollmer vorstellen? Hedwig, das ist Hauptkommissar Drosten.«

»Freut mich«, sagte Drosten und schüttelte ihr die Hand.

»Frau Vollmer ist die Abteilungsleiterin der Kundenbetreuung. Sie steht Ihnen als Ansprechpartnerin zur Verfügung. Wir haben beschlossen, Ihnen, so weit es uns möglich ist, zu helfen. Allerdings möchten wir Sie von vornherein bitten, zu akzeptieren, dass Frau Vollmer auf gewisse Fragen aus Datenschutzgründen nicht antwortet. Haken Sie also bitte nicht nach, sobald sie eine Auskunft nicht erteilen möchte.«

»Einverstanden«, sagte Drosten, ohne zu zögern.

»Wunderbar«, erwiderte Rehfuß. »Dann lasse ich Sie alleine und kehre zum Montagsmeeting zurück.« Aus seiner Anzugtasche zog er ein kleines Lederetui, in dem Visitenkarten steckten. Er reichte Drosten eine davon. »Geben Sie bitte Frau Vollmer Ihre Kontaktdaten am Ende Ihres Gesprächs. Falls sich Rückfragen ergeben. Hat mich gefreut.« Rehfuß wandte sich ab und verließ den Raum.

»Mein Büro liegt eine Etage höher«, erklärte Vollmer. »Sollen wir dorthin?«

»Nach Ihnen.« Drosten deutete zur Tür.

»Nicht wundern, dass Sie keinen meiner Mitarbeiter treffen werden«, warnte Vollmer ihn vor. »Die Kundenbetreuer arbeiten entweder in den zwölf Geschäftsstellen oder im Homeoffice. Da sind wir sehr fortschrittlich. Ich behaupte, Ihnen alle Fragen beantworten zu können, die Sie stellen werden. Falls nicht, kann ich jeden Kundenbetreuer, der im Dienst ist, über einen Videocall erreichen.«

»Handhaben Sie das schon länger so?«

»Seit ziemlich genau einem Jahr«, antwortete Vollmer. »Unser Bürokomplex wurde zu klein für alle Mitarbeiter. Außerdem kam bei den Kollegen immer öfter der Wunsch nach Homeofficemöglichkeiten auf. Und natürlich vergisst unsere PR-Abteilung nicht, regelmäßig darauf hinzuweisen, wie viel CO_2 wir als Unternehmen einsparen, wenn ein Großteil der Beschäftigen keinen Anfahrtsweg mehr hat.« Sie lachte amüsiert, als hielte sie eine solche Argumentation für überflüssig.

Mit dem Fahrstuhl fuhren sie in die nächste Etage. Von dort war es nur ein kurzer Weg in das große Büro, das Vollmer ihr Eigen nannte.

»Setzen Sie sich.« Sie deutete auf einen Besucherstuhl. »Darf ich Ihnen einen Kaffee anbieten?«

»Nein, danke.« Drosten entfaltete ein Stück Papier und reichte es ihr.

»Was ist das?«, fragte Vollmer.

»Die Daten dreier ehemaliger Mieter. Ich möchte gern wissen, ob in den Kundenakten irgendetwas notiert worden ist, was für unsere Ermittlungen von Interesse sein könnte.«

»Doktor Rehfuß hat schon erwähnt, es geht um eine richtige Mordserie?«

Drosten fragte sich, was in ihren Augen wohl eine *falsche* Mordserie wäre. »Leider ja. Bisher gibt es fünf Tote, und wir befürchten, es ist noch nicht vorbei.«

»Schrecklich«, sagte sie. »Ich öffne nur eben das Programm, über das ich auf die Daten zugreifen kann. Hoffentlich kann ich Ihnen helfen.« Sie bewegte zuerst die Maus, ehe sie auf der Tastatur tippte. »Alles klar. Dann suchen wir mal nach dem ersten Mieter.« Vollmer schaute kurz auf den Zettel, ehe sie wieder etwas eingab. »Da ist er ja schon.« Leise murmelnd überflog sie die Informationen, die ihr das Programm anzeigte. »Interessant.«

»Inwiefern?«, fragte Drosten hoffnungsvoll.

»Kommen Sie am besten mit dem Stuhl zu mir, und schauen Sie selbst.«

Er schob den Stuhl um den Schreibtisch herum und

setzte sich neben sie. Vollmer hatte ein Programm aufgerufen, das ihn im ersten Moment mit seiner schieren Datenmenge überforderte.

»Schauen Sie hier«, erklärte sie. »In diesem Feld erfassen Mitarbeiter Auffälligkeiten, die nichts mit Mietzahlungen oder Nebenkostenabrechnungen zu tun haben.« Mit dem Mauszeiger fuhr sie über ein geöffnetes Dialogfeld.

Drosten konzentrierte sich auf die Einträge.

»Wir haben mit dem Mieter zweimal Rücksprache halten müssen. Wegen Ruhestörung.«

»Ist das ungewöhnlich?«

»Es ist schon außergewöhnlich, wenn es nur einmal vorkommt. Bei Wiederholungstätern hat das oft immer denselben Grund. Zum Beispiel, weil der Mieter den Fernseher zu laut einstellt. Bei Herrn Trono war es im ersten Fall zu laute Musik, ein anderes Mal ein heftiger Streit, über den sich Nachbarn bei uns beschwert haben.«

Drosten hatte das Gefühl, auf einer heißen Spur zu sein. »Lese ich das richtig?«, fragte er. »Trono hat sich mit einer Frau gestritten?«

Vollmer nickte. »Die ist dann offensichtlich während der Auseinandersetzung in den Hausflur gerannt, wo der Streit weiterging. Deswegen haben sich Nachbarn beschwert. Können Sie mit dieser Information etwas anfangen?«

»Das passt gut zu unseren bisherigen Erkenntnissen. Geben Sie bitte den zweiten Namen ein.«

Vollmer folgte der Aufforderung. Erneut überforderte Drosten die Informationsflut auf dem Bildschirm zunächst. Vollmer hingegen fand sich sofort zurecht. »Gibt's ja gar nicht.«

Drosten orientierte sich anhand des Mauszeigers, den sie zur relevanten Stelle bewegte.

»Bei Frau Giesberts ist die Polizei sogar dreimal aufgetaucht, weil sie sich regelmäßig mit ihrem Freund gestritten hat. Nachbarn haben uns darüber informiert.«

»Über diese polizeilichen Vorgänge wusste ich schon Bescheid«, erklärte Drosten. »Trotzdem sehr interessant, dass der Vorfall es auch in Ihre Kundendatei geschafft hat. Was ist mit dem dritten Mieter?«

Vollmer tippte Zwickers Namen und Adresse ein. »Keine Auffälligkeiten«, sagte sie nach einem Augenblick. »Was heißt das Ihrer Meinung nach?«

* * *

Der zweite Umzugsunternehmer, mit dem Sommer einen Termin vereinbart hatte, verspätete sich um zehn Minuten, ohne telefonisch Bescheid zu geben. »Sorry«, meinte er lapidar, als er in der dritten Etage ankam. »Smola. Wir hatten telefoniert, richtig?«

»Erlewein, kommen Sie rein.«

Sommer führte den breitschultrigen Mann ins Wohnzimmer, wo Kraft wartete, jedoch nicht zur Begrüßung vom Stuhl am Wohnzimmertisch aufstand.

»Tagchen«, grüßte Smola sie und musterte sie für Sommers Geschmack einige Sekunden zu lange.

»Hallo«, antwortete Kraft. »Reichlich spät geworden.«

»Gut jetzt!«, ging Sommer dazwischen, ehe der Umzugsunternehmer etwas erwidern konnte. »Hauptsache, Herr Smola ist überhaupt gekommen.«

»Aber wenn ich mal ein bisschen später dran bin, machst du immer ein Riesentheater.«

Sommer sorgte dafür, dass Smola sein Augenrollen mitbekam.

»Mich hat ein Verkehrsunfall aufgehalten«, behauptete Smola. »Eigentlich bin ich sonst pünktlich. Bei Ihrem Umzug können Sie sich hundertprozentig auf mich und meinen Helfer verlassen.«

»Sie führen Umzüge zu zweit durch?«, fragte Sommer.

»Als eingespieltes Team.«

»Klingt super. Wo wollen wir anfangen?«

»Sie ziehen von Braunschweig nach Wolfsburg?«, vergewisserte sich Smola.

»Genau«, antwortete Sommer.

»Von hässlich zu superhässlich«, brummte Kraft.

»Dafür muss ich morgens nicht mehr eine Stunde im Stau stehen«, behauptete Sommer. »Außerdem wird die neue Wohnung richtig schön. Wart's nur ab.«

»Wann ziehen Sie um?«, fragte Smola.

»Leider schon in vier Wochen.« Kraft behielt ihren schlecht gelaunten Tonfall bei.

»Beginnen wir im Schlafzimmer«, schlug Sommer vor. »Einverstanden?«

Er führte Smola in den Raum. »Entschuldigen Sie das Verhalten meiner Lebensgefährtin«, sagte er leise. »Sie ist Freiberuflerin und arbeitet im Homeoffice. Ich muss jeden Tag nach Wolfsburg brettern. Irgendwann reicht es.«

Smola winkte ab. »Kein Problem. Ich muss es ja nicht mit ihr aushalten.«

Sommer lachte. »Da haben Sie wohl recht. Und bestimmt erleben Sie bei Umzügen so einiges, oder?«

Der Unternehmer zuckte mit den Achseln. »Umzüge sind für alle Beteiligten stressig. Da liegen manchmal die

Nerven blank.« Er schaute sich um. »Es soll alles mit, was hier steht?«

»Genau. Wir brauchen einige Kartons, befürchte ich. Die Schränke sind ziemlich voll.«

»Die kosten nur ein Euro pro Stück Leihgebühr. Da sollten Sie nicht zu knapp kalkulieren.« In einem kleinen Buch machte er sich Notizen.

Sommer führte ihn durch die Wohnung. Als sie ins Wohnzimmer zurückkehrten, hielt Kraft ihr Handy in der Hand.

»Die langsame Internetverbindung hier werde ich allerdings nicht vermissen. Wie lange es immer dauert, bis ich eine Story hochgeladen bekomme«, stellte sie fest.

»Das ist wirklich wichtig.« Sommer konzentrierte sich auf Smola. »Haben Sie alles, was Sie benötigen?«

Der Umzugsunternehmer nickte. »Ich rechne das durch und schicke Ihnen bis zum Abend ein Angebot. Brauchen Sie eine Rechnung mit Umsatzsteuer?«

»Wenn es ohne billiger wird, haben wir nichts dagegen.«

»Das wird es«, versprach Smola. »Okay, dann hören Sie heute noch von mir.«

Erneut musterte er Kraft eine Sekunde zu lange, ehe er sich abwandte und in die Diele ging. Sommer folgte ihm. Die Männer verabschiedeten sich mit einem Handschlag. Als Sommer zurückkehrte, wischte er sich die Hand am Hosenbein ab.

»Unangenehmer Zeitgenosse, oder? Wie der dich angeguckt hat.«

»Gruselig«, bestätigte Kraft.

»Hast du ihn fotografieren können?«

»Mal gucken, ob's geklappt hat.« Kraft öffnete die Bildgalerie ihres Handys. »Ja«, sagte sie. »Der Winkel ist ungünstig, aber man kann ihn gut darauf erkennen. Ob er den Braten gerochen hat?«

»Hattest du den Eindruck? Auf mich wirkte er nicht misstrauisch.«

»Vielleicht irre ich mich.«

»Hoffen wir's.«

14

Nachdenklich ging Linus Wellen die Stufen zur zweiten Etage hoch. Ihn beschäftigte, wie seltsam sich Hendrik während der Schicht verhalten hatte. Was hatte das zu bedeuten?

Wellen schloss die Haustür auf. »Hey, ihr beiden, ich bin wieder da.«

Niemand antwortete.

»Hallo? Keiner da?«

»Ich bin im Bad«, rief seine Frau Louisa.

Er schloss die Tür von innen und ging in Richtung Bad. Unterwegs fiel ihm ein, wieso er seinen kleinen Sohn nicht hörte. Seit sechs Wochen besuchte Louisas Mutter mit ihrem Enkel ein sogenanntes Großmutter-Kind-Turnen. Da es sich gut eingespielt hatte, übernachtete ihr Sohn Matteo montags bei den Großeltern. So hatten Louisa und er wertvolle Zeit für sich.

Louisa stand vor dem Kosmetikspiegel und trug Lippenstift auf. Ihre hellblaue Jeanshose und die schwarze Lederjacke deuteten nicht darauf hin, dass sie sich für ihn zurechtmachte.

»Gehst du aus?«, fragte er.

Sie drehte sich zu ihm um. Er trat zu ihr und gab ihr einen Kuss.

»Hast du's etwa vergessen? Ich treffe mich mit Nina. Aber bis zehn bin ich zurück, damit wir unseren kinderfreien Abend angemessen abschließen können.«

»Das hast du beim Frühstück erwähnt«, erinnerte er sich. Wie hatte ihm das entfallen können?

Louisa runzelte die Stirn. »Alles in Ordnung? Du wirkst besorgt.«

»War ein seltsamer Tag. Irgendetwas stimmt mit Hendrik nicht.«

Louisa schaute auf ihre Uhr. »Zehn Minuten habe ich noch. Ich mach uns schnell zwei Espresso. Dann kannst du mir alles erzählen.«

Wellen folgte seiner Frau in die Küche. Sie startete den Kaffeeautomaten und stellte zwei Tassen unter den Auslauf. »Was bedrückt dich?«

»Hendrik war den ganzen Tag wortkarg.«

»Das ist bei euch Männern nicht so selten.« Louisa drückte die Starttaste. Das Mahlwerk setzte sich in Bewegung.

»Das allein würde mich nicht stören. Irgendwann habe ich ihn am Computer bei einer Kfz-Halterabfrage erwischt. Allerdings hat er versucht, das vor mir zu verbergen. Das macht er sonst nie. Wir haben keine Geheimnisse voreinander.«

»Hast du ihn mal nach seinem Wochenende gefragt?«

»Freitagabend war er mit Freunden unterwegs, Samstag musste er sich vom Kater erholen. Über Sonntag haben wir nicht geredet.«

»Vielleicht hat er Freitag jemanden kennengelernt und nach Informationen gesucht.«

Der Espresso lief in die Tassen. Als der Vorgang endete, brachte sie den Kaffee zum Tisch und setzte sich zu ihrem Ehemann.

»Das glaube ich nicht. Wenn er jemanden kennenlernt, redet er immer darüber. Manchmal scheint er das Gefühl zu haben, sich mir gegenüber rechtfertigen zu müssen. Weil ich verheiratet bin und er Single. Ist natürlich Quatsch.«

»Was vermutest du?«

Wellen nippte an der kleinen Kaffeetasse. »Ich glaube, das hat etwas mit der Toten zu tun. Du weißt schon ...«

Louisa brummte zustimmend. »Ich weiß.«

»Das Auftauchen dieser Wiesbadener Polizisten beschäftigt ihn. Ich merk's ihm an, obwohl er nicht offen darüber spricht.«

»Hast du das Thema mal angeschnitten?«

Wellen schüttelte den Kopf.

»Wieso nicht?«

»Bin ich nicht zu gekommen.«

»Männer!«, sagte Louisa. »Ihr sitzt den Großteil des Tages im Streifenwagen, und du kommst nicht dazu, das anzusprechen?«

»Hätte ich es tun sollen?«

Louisa schaute ihn nur an.

»Ja, du hast recht«, brummte Wellen. »Hätte ich als sein Freund machen müssen. Ich kapier bloß nicht, warum ihn das alles so verunsichert.«

»Frag ihn einfach.«

Wellen schaute zur Küchenuhr. »Wann bist du wieder da? Vielleicht ist es Hendrik lieber, privat darüber zu quatschen statt auf Streife.«

»Spätestens um zehn. Dann erwarte ich dich auch

zurück. Schließlich musst du deine Pflichten erfüllen.« Sie zwinkerte ihm zu. »Bis dahin darfst du machen, wonach dir der Sinn steht. Außer Pornos gucken.«

Er grinste. »Aber vielleicht bringt mich das so richtig in Stimmung.«

Louisa griff zu einer Serviette auf dem Küchentisch, knüllte sie zusammen und warf sie ihm an den Kopf. »Sobald du nicht mehr allein durch meinen Anblick in *Stimmung* kommst, trenne ich mich von dir.«

Sie küssten sich. Dabei dachte Wellen an seinen Partner. Sollte er ihn anrufen oder vielleicht sogar ohne Vorankündigung aufsuchen?

* * *

Wie schon am Wochenende trug Hendrik Butt ausschließlich schwarze Kleidung, allerdings diesmal statt Anzug Jeans, einen Rollkragenpullover und Stiefel. Er musterte sein Spiegelbild. Heute ging es nicht darum, potenziell interessante Frauen auf sich aufmerksam zu machen. Viel lieber wollte er mit der bald einsetzenden Dunkelheit verschmelzen.

Er zögerte.

War es sinnvoll, seinen Plan durchzuziehen? Er konnte kaum auf einen weiteren Zufallstreffer hoffen. Andererseits hatte er nichts zu verlieren und den Rest des Abends keine anderen Verpflichtungen. Unterwegs zu sein, wäre besser als gelangweilt zu Hause abzuhängen.

Butt straffte die Schultern, hob das Kinn und lächelte seinem Spiegelbild zu.

»Wer weiß, wer weiß«, murmelte er.

Er verließ das Schlafzimmer, schnappte sich in der Diele den Schlüsselbund und öffnete die Wohnungstür.

Als er den Hausflur betrat, stieß er fast mit seiner Nachbarin zusammen.

»Moin«, begrüßte ihn die alte Dame. »Große Pläne? Sie haben sich so schick gemacht.«

»Danke. Man weiß ja nie, was der Abend bringt.«

»Genießen Sie es, jung zu sein.« Die Nachbarin legte sich eine Hand aufs Kreuz. »Irgendwann sind Sie froh, wenn auf Sie ein gemütlicher Fernsehabend und ein Heizkissen warten.«

»Machen Sie's gut, Frau Nolte.« Butt ging die Stufen hinab und verließ das Haus. Sein Wagen parkte nah am Eingang. Um nicht in weitere Gespräche verwickelt zu werden, senkte er den Kopf und lief schnell auf das Fahrzeug zu.

* * *

Schon allein, weil sich Wellen das Motorrad geschnappt hatte, lohnte sich der kurze Trip. Seit er Vater war, hatte er aus Liebe und Rücksichtnahme auf längere Touren verzichtet. Louisa war es nicht recht, wenn er zu einer Spritztour aufbrach. Sie hatte Angst vor Motorrädern und würde nicht einmal als Beifahrerin auf den Sattel steigen. Er fand das verrückt! Kein anderes Fortbewegungsmittel verschaffte einem dieses Freiheitsgefühl. Wellen bedauerte fast, dass er und Hendrik nur acht Kilometer auseinanderwohnten. Nach viel zu kurzer Fahrtzeit bog er in die Straße ein, an deren Ende Butt lebte.

Er kam genau im richtigen Moment. Oder besser gesagt ein paar Sekunden zu spät, denn er sah gerade noch, wie sein Freund das Auto ausparkte und davonfuhr.

Im ersten Augenblick erwog er, zu beschleunigen, um

Hendrik einzuholen und ihn per Handzeichen anzuhalten.

Drei Kinder, die ohne sonderliche Rücksichtnahme auf die Straße liefen und ihn zum Abbremsen zwangen, durchkreuzten den Plan. Als er wieder freie Bahn hatte, war Hendrik aus seinem Sichtfeld verschwunden.

Und jetzt?

Wellen folgte der Straße, bog um die Ecke und hielt Ausschau. Jenseits der nächsten Kreuzung erspähte er links einen silberfarbenen Wagen. War das Hendrik?

Er nahm die Verfolgung auf. An einer roten Ampel verlor er allerdings wertvolle Zeit. Danach war von dem Auto nichts mehr zu sehen. Wellen bog bei der ersten Möglichkeit ab und hielt Ausschau. Nach fünf Minuten gab er das hoffnungslose Unterfangen auf. Er hatte seinen Partner aus den Augen verloren.

* * *

Butt erreichte die Adresse, die er durch die Halterabfrage herausgefunden hatte. Er manövrierte seinen Wagen in eine enge Parklücke und stieg aus. Scheinbar ohne Ziel schlenderte er auf das Mehrfamilienhaus zu und prüfte die Klingelschilder. Der Fahrzeughalter wohnte in der zweiten Etage links.

Ob das Paar unter einem Dach lebte?

Da er niemandem auffallen wollte, ging er die Straße entlang und kehrte erst nach rund zweihundert Schritten zurück. Auf dem Weg fragte er sich, was er hier eigentlich zu suchen hatte. War es nicht eine Schnapsidee, zu hoffen, als heimlicher Beobachter etwas zu bemerken? Bei Fleschütz und Zwicker hatte er einfach Glück gehabt.

Sich in dieser Straße aufzuhalten, erschien ihm plötzlich sinnlos. Manche Frauen gaben sich mit Gesocks ab, daran könnte er nichts ändern. Er könnte nur ...

In seiner Hosentasche vibrierte das Telefon. Butt zog es heraus. Linus hatte ihm eine Nachricht geschickt. Was wollte sein Partner von ihm?

Er ging zum Wagen zurück und stieg ein, bevor er die Mitteilung las.

Hey! Was hältst du von einem spontanen Treffen heute Abend? Matteo ist mit seiner Oma beim Turnen, und Louisa trifft sich mit einer Freundin. Ich hätte also Zeit und könnte zu dir kommen. Ein, zwei Bierchen zischen und mal über Dinge reden, für die bei der Arbeit kein Platz ist. Hast du Lust, oder bist du beschäftigt?

Butt lächelte. Seit der Geburt von Linus' Sohn Matteo war das die erste Aufforderung zu einem spontanen Treffen. Früher hatten sie sich mindestens zweimal im Monat nach Dienstschluss gesehen. Abwechselnd bei Linus oder ihm oder in einer Billardkneipe. Und nun fragte Linus ihn ausgerechnet heute? Butt freute sich zwar über das Angebot, kam sich jedoch zugleich wie ein Lückenbüßer vor. Langweilte sich sein Partner allein zu Hause? Das war nicht Butts Problem. Trotzdem überlegte er, ihn aus Verbundenheit einzuladen und rasch heimzufahren. Hier in der Straße hatte er ohnehin nichts verloren.

Widersprüchliche Gefühle tobten in ihm. Es wäre gut, außerhalb des beruflichen Rahmens mit Linus zu quatschen, doch wollte er kein Notnagel sein.

Butt formulierte eine Antwort.

Wie ärgerlich. Lust hätte ich zwar, mal wieder privat etwas mit dir zu unternehmen. Aber ich lieg schon im Bett. Mein Schädel dröhnt, und ich habe eine Schmerztablette eingeschmissen. Hast ja vermutlich mitbekommen, dass ich nicht gut drauf war. Lag an der Birne. Verschieben wir es, okay? Hab einen schönen Abend!

Er zögerte. Dann verschickte er die Nachricht. Auf die Rolle des Lückenbüßers hatte er keine Lust.

15

Camilla Schott hatte für Noah und sich eine Wurst- und Käseplatte vorbereitet. Ein paar Scheiben des frisch gekauften Brots lagen neben Weintrauben und Melonenstücken. Sie hatte den Tisch hübsch dekoriert, aber er nahm davon kaum Kenntnis. Seit ihrer Auseinandersetzung in der vergangenen Woche hatte sich ihr Verhältnis abgekühlt. Oder nahm er sie aus anderen Gründen gar nicht mehr wahr? Nicht zum ersten Mal in den letzten Monaten kapselte er sich von ihr ab. Das verunsicherte sie, denn von dem Streit abgesehen, war nichts zwischen ihnen vorgefallen. Trotzdem kamen diese kühlen Phasen immer häufiger vor. Camilla überlegte, wie sie den Abend retten könnte.

»Was hältst du davon, wenn wir ein bisschen fernsehen? Netflix? Du darfst den Film aussuchen, und falls es nicht zu spät wird, könnten wir ...«

»Sorry«, sagte er. »Ich zieh mich gleich noch ins Studio zurück, um an dem Podcastkonzept zu feilen.«

Hatte er ihr Angebot überhört? Welcher Mann ging nicht darauf ein, wenn sich die Partnerin willig zeigte?

Vor allem, nachdem schon über eine Woche zwischen ihnen Flaute geherrscht hatte. Noah war zwar nie sonderlich sexuell aktiv gewesen, aber in letzter Zeit ...

»Ist irgendetwas?«, unterbrach er ihren Gedankengang. »Stört dich das jetzt, oder was?«

»Nein, überhaupt nicht. Ich habe gerade nur an etwas anderes gedacht. Entschuldige.« Sie räusperte sich. »Wie weit bist du mit den Vorbereitungen für deine erste Episode? Nimmst du sie gleich auf?«

»So funktioniert das leider nicht«, brummte er. »Keine Ahnung, wie du dir das vorstellst. Ich kann nicht einfach bloß etwas *aufnehmen*.« Er verdrehte die Augen. »Es gibt so viele Konkurrenten. Mein Podcast muss von der ersten Sekunde an voll reinschlagen.« Er täuschte einen Boxschlag vor. »Bäng. Mitten in die Magengrube.«

Als sie kurz zusammenzuckte, lachte er gehässig.

»Worum wird es in deinem Podcast gehen?«, fragte sie. »Kann ich dir irgendwie helfen?«

»Du willst mir helfen? Dein Ernst?«

»Warum nicht? Keine Ahnung, ob ich ...«

»Kritisierst du mich? Glaubst du, ich würde immer nur auf der faulen Haut liegen?«

»Noah! Wann hab ich das gesagt?«

»Gerade eben!« Er erhob die Stimme.

»Überhaupt nicht wahr. Dreh mir nicht die Worte im Mund herum. Ich habe dir Hilfe angeboten. Mehr nicht.«

»Weil du endlich Fortschritte sehen willst. Mir gefällt das auch nicht, derzeit so wenig Kohle beizutragen. Das weißt du hoffentlich.«

»Natürlich, aber ...«

Er tippte sich an die Stirn. »Der Podcast ist meine geistige Rettung. Sonst würde ich durchdrehen. Kapier's endlich! Ich hab mir die scheiß Insolvenz nicht ausgesucht. Neustrukturierung? Bullshit! Ich werde im Betrieb verarscht. Die melden Insolvenz an, um uns danach besser ausbeuten zu können. Alles eine große Verarsche!«

»Das weiß ich.«

»Verdammt!« Abrupt stand er auf. »Schön, wie du uns den Abend versaust. Ich bin im Studio.«

Er verließ die Küche. Fassungslos schaute sie ihm hinterher. Camilla verstand die Welt nicht mehr. Sie hatte sich auf einen schönen Abend mit ihrem Partner gefreut, stattdessen war der wegen einer Kleinigkeit wie eine Silvesterrakete explodiert. Nur mühsam unterdrückte sie die aufkommenden Tränen.

* * *

»Blöde Fotze«, murmelte Noah Ranner, als er die Tür zum Studio schloss. Manchmal fragte er sich, wie sie es nur schon so lange miteinander aushielten. Camillas Kritik war eine Unverschämtheit. Was wusste sie überhaupt? Nichts. Rein gar nichts. Trotzdem erlaubte sie es sich, ihm Hilfe anzubieten. »Du hast keine Ahnung.«

Langsam beruhigte er sich wieder. Er strich sich mit den Händen übers Gesicht und stieß den Atem aus. Dann öffnete er die Schublade, in der Camillas Arbeitslaptop und ihr Passwörterbuch lagen. Er holte beides heraus, startete den Laptop und gab nach Aufforderung ihr kürzlich geändertes Passwort ein. Das System erteilte ihm den Zugriff, und er wählte sich in die Kundendatenbank ein.

Camilla hatte ihm vor einigen Monaten das Programm haarklein erklärt. Vermutlich, um ihm zu zeigen, wie herausfordernd ihr Job war. Ob sie damit gerechnet hatte, wie gut er ihr zuhörte, obwohl er sich nichts anmerken ließ? In den Daten der Mieter steckten die allerbesten Geschichten. Wo spielten sich die meisten Dramen ab? In den eigenen vier Wänden! Ein Freund hatte früher gern den Spruch ›Unter jedem Dach ein Ach‹ zitiert, wenn er sich über Familienprobleme ausließ. Das Sprichwort war absolut zutreffend.

Zum Glück war die Grundbedienung der Datenbank ein Kinderspiel. Mehr benötigte er gar nicht. Mit seinen Kenntnissen ließen sich Geschichten aufspüren, die er verwerten konnte.

Er rief das Suchfeld auf und gab ›Mietrückstände‹ ein. Das System warf ihm einen Datensatz mit Mietern aus, die sich wegen Mietschulden in den letzten Wochen telefonisch gemeldet hatten. In aller Ruhe analysierte er die Ergebnisse.

* * *

Camilla wusch sich im Bad die Hände. Sollte sie sich bereits bettfertig machen? Oder wäre es besser, sich vor dem Fernseher zu zerstreuen, um dem Gedankenkarussell Einhalt zu gebieten?

Sie musterte ihr Spiegelbild und senkte leicht den Kopf. Alle drei Monate ging sie zum Friseur in der unmittelbaren Nachbarschaft und ließ sich die Haare blond färben. Je älter sie wurde, desto schneller schien jedoch der Ansatz ihrer mausgrauen Haare durchzuschimmern. War der letzte Termin nicht erst vor zwei Monaten gewesen?

Sie trocknete sich die Hände ab und ging ins Wohnzimmer. Auf dem Couchtisch lag ihr Handy. Sie rief den Kalender auf und stellte fest, dass sie sich geirrt hatte. Ihr letzter Friseurbesuch lag schon fast drei Monate zurück. Ob sie morgen einen Termin bekäme? Ihr Friseur verfügte über ein leicht zugängliches Onlinebuchungssystem. Camilla rief die Seite auf und suchte freie Slots. Tatsächlich könnte sie für sechzehn Uhr reservieren. Allerdings hatte sie bei Feierabend in der Personalvorplanung angegeben, von neun bis siebzehn Uhr zu arbeiten. Noch ließe sich diese Planung ändern. Ihr Arbeitgeber bot sehr flexible Möglichkeiten, und mit ihren Überstunden wäre es überhaupt kein Problem, eine Viertelstunde früher aufzuhören. Dazu müsste sie nur vor Mitternacht die Vorplanung aktualisieren.

Camilla schaute zur geschlossenen Tür des Studios. Noah hatte gesagt, heute nichts aufzunehmen, sondern nur an seinem Konzept zu feilen. Dann wäre es wohl nicht schlimm, wenn sie sich eben den Laptop aus der Schublade holte. Sie reservierte den freien Friseurtermin und legte das Handy beiseite. Sie trat an die Studiotür, klopfte kurz an und öffnete sie.

»Entschuldige, aber ich brauche ...« Der Rest des Satzes blieb ihr im Hals stecken.

Wie ein ertappter Jugendlicher, der von seiner Mutter beim Pornokonsum überrascht wird, klappte Noah hektisch den Laptop zu. *Ihren* Arbeitsrechner, nicht sein eigenes Gerät. Außerdem lag ihr Passwortnotizbuch aufgeschlagen auf dem Tisch.

»Was machst du mit meinen Sachen?«, fragte sie fassungslos.

»Wieso kommst du einfach rein?«, entgegnete er.

»Spinnst du? Was machst du mit meinen Sachen?«

»Gar nichts! Hab mich nur vertan.«

Sie griff nach ihrem Laptop. Halbherzig versuchte er, das zu verhindern, war jedoch zu langsam.

»Hast du dich in meinen Arbeitsaccount eingeloggt?«

»Warum sollte ich?«

Sie klappte den Computer auf. »Wie kannst du nur? Bist du wahnsinnig?«

Fassungslos ging sie zur Wohnzimmercouch und setzte sich. Er hatte sich mit ihren Passwörtern Zugriff auf die Kundendatenbank verschafft.

»Wieso suchst du nach Mietern mit Mietschulden? Ich kapier's nicht.«

»Herrje, bist du wirklich so dumm? Natürlich für meinen Podcast.«

»Erklär's mir!«

»Ich suche nach Schicksalen, die zu Herzen gehen. Mit denen sich meine Hörer identifizieren können. Irgendwann kam ich auf die Idee, bei euren Mietern nach guten Storys zu suchen.«

»Das war nicht das erste Mal?«

»Ich glaube das dritte oder vierte Mal.«

»Noah!«, rief sie entsetzt aus.

»Stell dich nicht so an. Was hab ich denn Schlimmes getan?«

»Deinetwegen kann ich den Job verlieren.«

»Schwachsinn! Du übertreibst maßlos. Wie immer!«

»Jeder Zugriff auf die Datenbanken wird protokolliert. Ich habe eine Betriebsvereinbarung fürs Homeoffice unterschreiben müssen. Außerhalb der Arbeitszeit darf ich nicht auf Kundendaten zugreifen. Das verstößt gegen den Datenschutz. Außerdem musste ich versichern, meiner Sorgfaltspflicht nachzukommen, indem ich niemandem Zugriff auf den Arbeitslaptop gestatte. Wir hatten darüber gesprochen. Hast du das alles vergessen?«

»Blök hier nicht so rum! Das nervt!«

»Die Zugriffe werden protokolliert. Du bringst mich in Teufels Küche.«

Er runzelte die Stirn. »Als würde das jemand prüfen. Bei so vielen Mitarbeitern.«

»Stichprobenartig wird das ausgelesen.«

»Mein Gott! Das kann ich ja nicht wissen. Hättest du mich halt warnen müssen. Selbst schuld. Und ich kann nichts dafür, wenn du deine Passwörter offen rumliegen lässt.«

Camilla konnte es nicht glauben. »Wie redest du mit mir? Falls die mich entlassen, ernährst du uns dann?«

Er sprang auf und überbrückte die Distanz zwischen ihnen. »Nennst du mich einen Versager?«, schrie er. »Bin ich in deinen Augen unfähig, für uns zu sorgen?«

»Das ist nicht das Thema!«, antwortete sie nicht weniger laut. »Deinetwegen stehe ich bald auf der Straße. Die schmeißen mich hochkant raus.«

»Das ist totaler Schwachsinn. Keiner wird das merken.«

»Du bist so ein egoistisches …«

Er hob die Hand. Erschrocken zuckte sie zurück.

»Überleg dir genau, was du jetzt sagst, bevor ich mich vergesse.«

Wütend starrten sie sich an. Sekundenlang. In seinen Augen lag ein wildes Lodern, das ihr Angst einjagte. Sie stritten sich öfter, aber diesmal gingen sie weiter als sonst.

Camilla senkte den Blick. »Nimm die Hand runter«, sagte sie leise. »So diskutiere ich nicht mit dir.«

Er sah sie an. Dann trat er zwei Schritte zurück und folgte ihrer Aufforderung. »Wir müssen auch gar nicht mehr diskutieren. Ist ja alles gesagt. Wird schon nicht so schlimm werden. Niemand bemerkt das. Ist alles nur heiße Luft. Ich geh jetzt ins Bett.«

Er verließ das Wohnzimmer und warf die Tür zu. Fassungslos starrte sie ihm hinterher. Was hatte er bloß angerichtet? Seinetwegen würde sie ihren Job verlieren. Sie musterte den Bildschirm. Was brachte es ihm, Datensätze von verschuldeten Mietern zu finden? Camilla verstand es einfach nicht. Sie loggte sich aus. Die Lust auf einen Friseurtermin war ihr gehörig vergangen.

16

Drosten saß am Abend mit seinen Partnern im Restaurant ihres Wolfsburger Hotels beisammen, wo sie mit gedämpften Stimmen ihre bisherigen Erkenntnisse und die daraus resultierenden Konsequenzen besprachen.

Unvermittelt klingelte Sommers Handy. »Das ist Smola«, stellte er fest. »Hab schon befürchtet, der würde sich nicht mehr melden, weil er Verdacht geschöpft hat. Das wird spannend.« Er räusperte sich. »Erlewein.«

»Alex Smola. Guten Abend. Tut mir leid, dass es so spät geworden ist, aber ich hätte jetzt das Angebot fertig. War ein stressiger Tag. Deswegen hat es etwas gedauert.«

»Ist gerade ganz ungünstig«, erwiderte Sommer. »Schicken Sie's mir per E-Mail.«

»Geht's nicht kurz?«, fragte der Unternehmer. »Dauert keine zwei Minuten.«

»Wirklich nicht. Ich sitze mit Geschäftspartnern zusammen.«

»Dann rufe ich morgen früh noch mal an. Einverstanden?«

»Alles klar. Bis dahin!« Sommer beendete das Telefonat. Überrascht schaute er zu Kraft »Anscheinend will er nichts Schriftliches rausgeben. Das hat er beim Termin aber nicht erwähnt.«

»Seltsam«, brummte sie. »Wegen der Steuer? Oder steckt mehr dahinter?«

Sommer zuckte die Achseln.

»Wo ist der Zusammenhang zwischen den drei Fällen?«, fragte Drosten und nahm den Punkt wieder auf, den sie vor dem Telefonat besprochen hatten. »In Magdeburg und Brandenburg könnte der Täter durch die aktenkundig gewordenen Ruhestörungen auf seine Opfer gestoßen sein. Aber in Wolfsburg?«

»Eine Erklärung wäre der Umzugsunternehmer«, antwortete Sommer. »Vielleicht hat er in allen Fällen mindestens einen der Umzüge organisiert.«

Drosten wandte sich an Kraft. »Wie hat er auf dich reagiert?«

»Seine Blicke waren unangenehm. Immer einen kleinen Moment zu lange.«

»Hat er dich lüstern angesehen, oder war es eher Abscheu gegen eine Frau, die ihrem Mann vor einem Zeugen Ärger macht?«, wollte Drosten wissen.

»Keine Ahnung. Das Treffen war zu kurz, um das zu beurteilen.«

»Der Mörder hat keine der drei Frauen sexuell missbraucht, das ist auffällig«, erinnerte Drosten seine Partner. »Sie trugen Verletzungen im Schambereich und an den Brüsten davon, aber die Rechtsmediziner schließen sexualisierte Gewalt aus.«

»Trotzdem muss sein Hass auf Frauen viel größer sein«, gab Sommer zu bedenken.

Drosten nickte. »Und genau deshalb beschäftigt mich

die Frage, was Smolas Blicke zu bedeuten hatten. Aber ich will dich zu keiner Analyse verleiten, Verena, von der du nicht völlig überzeugt bist.«

»Sorry, ich kann's nicht einschätzen«, sagte sie.

»Wenn Smola nichts damit zu tun hat ...«, begann Sommer.

»... rückt für mich die Frage in den Vordergrund, ob es wirklich derselbe Täter war«, beendete Drosten den Gedanken.

»Die Verletzungen sind sich in allen drei Fällen ähnlich«, sagte Kraft. »Das spricht am meisten dafür. Kneifzange, Teppichmesser. Hämmer. Fäuste.«

»So ist es auch in den Polizeiberichten dokumentiert«, fügte Drosten hinzu.

Sommer lächelte. »Du willst auf Butt hinaus.«

»Wenn er Kontakte in die anderen Städte hat, könnte er von den Folterwerkzeugen erfahren haben«, sagte Drosten.

»Aber wieso hätte er den zweiten Aspekt der Taten außer Acht lassen sollen?«, fragte Sommer. »Er hätte Tage oder Wochen später bei Fleschütz und Zwicker einbrechen können, um sie beide zu töten.«

Drosten nickte. »Was dafür spräche, dass wir es mit zwei unterschiedlichen Tätern zu tun haben. Dem ersten Mörder war es wichtig, auch die Männer zu bestrafen. Sie mussten vermutlich hilflos zusehen, wie ihre Partnerinnen zu Tode gefoltert wurden. Bei Fleschütz' Tod spielte das keine Rolle.«

»Oder Zwickers Bestrafung sollte darin bestehen, dass er vorher des Hauses verwiesen wurde und immer daran denken sollte«, mutmaßte Kraft.

»Verzwickt«, murmelte Drosten. »Ich will morgen herausfinden, was es mit den polizeilich gemeldeten

Ruhestörungen auf sich hatte. Wir müssen ermitteln, wann der Täter auf seine Opfer gestoßen ist. Sobald wir das wissen, kriegen wir den Mörder.«

»Willst du das telefonisch klären, oder fährst du in den Osten?«, fragte Kraft.

»Die zuständigen Polizeidienststellen sollten uns nicht abwimmeln, wenn wir am Telefon Erkundigungen einziehen. Ist ja nicht in ihrem Interesse.«

»Ich könnte dir helfen«, schlug Kraft vor. »Du rufst in Magdeburg an, ich in Brandenburg. Oder umgekehrt.«

»Danke.«

»Dann suche ich Kapp auf«, sagte Sommer. »Er soll sich das Foto von Smola ansehen. Vielleicht kommt er ihm bekannt vor. Aber ich will das Bild nicht digital weiterleiten.«

»Fände ich auch schlecht«, bestätigte Drosten.

»Und wir dürfen gespannt sein, ob sich Smola morgen früh tatsächlich meldet«, sagte Kraft.

»Wenn nicht, erinnere ich ihn daran«, erklärte Sommer. Er lächelte. »Mal gucken, wie er auf meine Absage reagiert.«

* * *

Da sich Drosten auf das Telefonat konzentrieren wollte, zog er sich nach dem Frühstück in sein Hotelzimmer zurück und rief den leitenden brandenburgischen Hauptkommissar an. Der recherchierte für ihn, welche Polizeidienststellen in der Stadt für Benedikt Trono und seine Partnerin zuständig gewesen waren, sowohl vor dem Umzug als auch danach. Nach fünf Telefonaten hatte Drosten endlich alle relevanten Informationen zusammen. Anschließend schaute er auf seine Uhr. Ob Verena schon Ergebnisse erzielt hatte? Sie hatte die Recherche in Magdeburg übernommen. Er nahm seine Schlüsselkarte und verließ sein Zimmer. Verena schlief im selben Flur, ganz am Ende des Gangs. Er klopfte bei ihr an.

Sie öffnete ihm und deutete in den Raum, in dem die kleine Kaffeekapselmaschine lief. »Komm rein. Ich mache mir gerade einen Espresso.«

Drosten folgte ihr ins Zimmer. »Bin ich zu früh? Hast du in Magdeburg noch nichts erreicht?«

»Ganz im Gegenteil.« Sie nahm die Espressotasse und nippte daran. »In Magdeburg hat die Polizei für Lena Giesberts einen ›sonstigen Vorgang‹ aufgenommen. Eigentlich nichts Wildes. Ruhestörung wegen eines ausufernden Streits. Nachbarn hatten die Polizei gerufen.«

»Wie in Brandenburg. Da mussten die Kollegen zur Adresse von Trono aufbrechen und haben das ebenfalls im Computer festgehalten.«

»Also hatten alle drei Paare unerwünschten Polizeibesuch.«

»Hast du schon was von Lukas gehört?«, fragte Drosten.

»Der ist unterwegs zu einem Kunden von Kapp. Der Chef hilft wieder bei einem Umzug persönlich mit. Smola hat sich meines Wissens noch nicht gemeldet.«

Drosten trat ans Fenster. Das Zimmer lag im vierten Stock und bot eine hübsche Aussicht auf den Park neben dem Hotel. »Mir geht Butt nicht aus dem Kopf«, murmelte er. »Alle Paare hatten Polizeikontakt. Zu unterschiedlichen Dienststellen, trotzdem hätte das jemand mit den entsprechenden Verbindungen herausfinden können.«

»Weißt du, wen ich gern befragen würde?«

Drosten lächelte. »Wenn es dir so geht wie mir, wahrscheinlich Wellen.«

Auch Kraft lächelte.

»Würde er seinem Partner gegenüber schweigen, wenn wir ihn ohne dessen Wissen befragen?« Drosten drehte sich um.

Kraft sah genauso unschlüssig aus, wie er sich fühlte. »Falls Wellen das nicht für sich behielte, wäre das ein Problem«, sagte sie. »Sollen wir das riskieren?«

* * *

Wenige Kilometer, bevor Lukas Sommer die Adresse erreichte, die ihm Kapps Ehefrau mitgeteilt hatte, klingelte sein Telefon. Das Display übertrug keine Nummer. Konnte das Smola sein, der die Rufnummernidentifizierung ausgeschaltet hatte?

»Hallo!«, meldete sich Sommer.

»Smola. Guten Morgen, Herr Erlewein. Passt es Ihnen jetzt besser als gestern Abend?«

»In jedem Fall.«

»Wunderbar. Ich habe alles durchgerechnet und könnte Ihnen ein Angebot über eintausendzweihundert Euro machen. Das wäre dann die Variante ohne Steuer. Wir kämen zu zweit und mit einem 7,5-Tonner. In den Kosten ist das schon eingepreist. Falls Sie eine Rechnung benötigen ...«

»Da werden wir leider nicht handelseinig«, unterbrach Sommer ihn.

»Wieso nicht? Ein günstigeres Angebot werden Sie nicht bekommen.«

»Das will ich gar nicht bestreiten. Aber ehrlich gesagt haben wir den Umzug abgeblasen.«

»Wirklich? So plötzlich? Woran liegt's?«

»Na ja, das können Sie sich ja denken, nachdem Sie meine Ex erlebt haben, oder?«

»Ex?«, wiederholte Smola fassungslos. »Haben Sie sich getrennt?«

»Gestern Abend. Lieber ein Ende mit Schrecken als ein Schrecken ohne Ende. Ich bin auf dem Weg zu unserem Vermieter. Der Mietvertrag soll auf meinen Namen umgeschrieben und die Kündigung rückgängig gemacht werden. Hoffentlich klappt's.«

»Falls nicht, melden Sie sich noch einmal.«

»Versprochen! Danke für Ihren Anruf!« Sommer beendete das Telefonat und dachte über Smolas Reaktion nach. Wenn er in die Morde verwickelt war, hatte Sommer seinen Freund Adrian hoffentlich aus der Schusslinie genommen, indem er die Trennung erwähnt hatte. Er würde ihn bitten, in nächster Zeit vorsichtig zu sein, hoffte aber, ihn nicht in Gefahr gebracht zu haben. Außerdem wäre Adrian in der Lage, sich zu verteidigen. Das kurze Telefonat selbst gab allerdings nicht viel her. Smola schien zwar von der Trennung überrascht, in erster Linie war er jedoch enttäuscht darüber, nicht den Zuschlag erhalten zu haben. Keine ungewöhnliche Reaktion.

Am Straßenrand entdeckte Sommer einen Lkw der Umzugsfirma Kapp und verlangsamte seine Geschwindigkeit. Die Türen zur Ladefläche des Lkw standen offen. Vor dem Haus, vor dem das Fahrzeug parkte, war ein Materiallift aufgebaut, den ein Mann bediente.

Sommer hielt hinter dem Lkw, stieg aus und näherte sich dem Mitarbeiter am Transportlift.

»Moin«, begrüßte er ihn. »Ich muss mit Kapp sprechen. Ist er da?«

»Der müsste gleich wiederkommen«, antwortete der Mann.

Tatsächlich dauerte es nicht lange, bis Kapp aus dem Gebäude trat. Er schleppte mit einem Mitarbeiter ein Sideboard, auf dem eine Schutzdecke lag.

»Hauptkommissar Sommer! Bin gleich bei Ihnen.«

Die Männer wuchteten das Möbelstück in den Lkw. Kapp wischte sich anschließend über die Stirn.

»Bruno! Kurze Pause.«

Der Angesprochene nickte und setzte sich auf den Rand der Ladefläche. Kapp ging zu Sommer und reichte ihm die Hand.

»Hat Ihnen meine Frau verraten, wo Sie mich antreffen?«

»So ist es.«

»Was kann ich für Sie tun?«

»Ich möchte Sie bitten, einen Blick auf ein Foto zu werfen. Könnte das der Mann sein, der für Frau Fleschütz den Umzug organisiert hat?« Sommer rief das Bild auf dem Telefon auf. »Wir haben das heimlich aufgenommen. Nicht über die Perspektive wundern.« Er gab Kapp das Smartphone.

Der musterte das Bild eine Weile, ehe er nickte. »Ich bin mir ziemlich sicher. Allerdings hatte er damals Glatze und keinen Dreitagebart.« Kapp schaute sich um. »Bruno, kommst du mal bitte?«

»Was gibt's, Chef?«

»Kannst du dich noch an den Umzug vom Kunden Zwicker erinnern? Reihenhaus, enge Treppe in die obere Etage.«

»War das nicht da, wo ein Pkw im Halteverbot stand und wir nicht wussten, wem der Wagen gehörte?«, fragte Bruno.

»Genau. Zwickers Partnerin hatte ihren Umzug selbst organisiert. Der Mann hier auf dem Foto: Ist das der andere Unternehmer?« Kapp reichte seinem Mitarbeiter das Telefon.

Der schaute nur kurz darauf. »Ja. Allerdings hatte er damals die Haare rasiert. Und es gab noch einen zweiten Mann. Ausländer.«

»Wieso erinnern Sie sich beide so gut daran?«, fragte Sommer.

Bruno guckte zu seinem Chef, der ihm auffordernd zunickte. »Unangenehme Menschen bleiben mir lange im Gedächtnis«, sagte er.

»Was auf ihn hier also zutrifft?«, vergewisserte sich Sommer.

»Genau. Mir ist einmal aufgefallen, wie er seine Auftraggeberin gemustert hat. Wenn sie ihm angeboten hätte, nicht bar, sondern mit Dienstleistung zu bezahlen, wäre er darauf eingegangen.«

»Und ich habe nicht vergessen, wie er sich aufgespielt hat«, fügte Kapp hinzu. »Wir hatten die Halteverbotszone eingerichtet und waren zu viert vor Ort. Aber er hat den großen Zampano gemimt. Als wäre er auch unser Boss. Hilft Ihnen das weiter?« Kapp ließ sich von seinem Mitarbeiter das Handy wiedergeben und reichte es Sommer.

»Sehr sogar.«

17

Endlich schloss Noah die Tür hinter sich und brach zur Arbeit auf. Sie hatten am Frühstückstisch nur das Nötigste miteinander gesprochen und den Vorfall von gestern nicht thematisiert, obwohl Camillas Gedanken ständig darum kreisten.

Sie befürchtete, wegen Noah den Job zu verlieren. Das wäre ein Albtraum. Die Firma zahlte ihr ein gutes Gehalt, und die Bedingungen mit dem Homeoffice passten einfach perfekt zu ihren Lebensumständen. Sich morgens nicht durch den Berufsverkehr quälen zu müssen, war ihr viel wert. Irgendwie müsste sie einer Kündigung entgegenwirken. Sie wollte nicht enden wie ihre Arbeitskollegin, die vor wenigen Monaten entlassen worden war. Die Kollegin hatte unbefugt in einem Mieterkonto gestöbert, um eine Discobekanntschaft zu durchleuchten. Wie könnte Camilla ihre eigene Entlassung verhindern?

Egal, wie sehr sie darüber nachdachte, immer wieder landete sie bei der Frage, ob sie sich selbst anzeigen sollte. Oder wäre das ein Fehler?

Bis zu ihrer Schicht blieben ihr noch fünfzehn Minuten. Hoffentlich war das Zeit genug, um sich rechtlichen Rat einzuholen.

Camilla setzte sich in den kleinen Arbeitsraum und schloss die Tür. Sie startete den Computer und loggte sich ein. Über das firmeninterne Intranet rief sie die Seiten des Betriebsrats auf. Dessen Videosprechstunde lief bereits seit sieben Uhr morgens. Sie wählte sich ein, und das System informierte sie darüber, dass sie in der Warteschlange als Übernächste an der Reihe wäre.

Fünf Minuten später begann ihr Termin. Eine junge Frau, die Camilla von verschiedenen Betriebsfesten kannte, lächelte in die Kamera.

»Hallo, Frau Schott«, begrüßte die Betriebsrätin sie. »Wie kann ich Ihnen helfen?«

»Hallo, Frau Vanjak. Ich befürchte, ich melde mich in einer delikaten Angelegenheit.«

»Was ist passiert?«

Camilla schilderte den Vorfall.

»Oh nein«, sagte Vanjak. »Die Passwörter hätten für Ihren Lebensgefährten nicht zugänglich sein dürfen.«

»Ich weiß, und es tut mir schrecklich leid.«

»Wissen Sie, warum er das gemacht hat?«

»Ich kann's mir nicht erklären. Vielleicht aus Langeweile?« Sie wollte den Podcast nicht erwähnen, denn in ihren Augen stellte das einen noch größeren Vertrauensbruch dar. Ohne Erlaubnis der Mieter dürfte man nicht über sie und ihre Probleme berichten.

»Ich will nichts beschönigen, Frau Schott. Die Wahrscheinlichkeit, dass das auffliegt, ist ziemlich hoch. An jedem Quartalsende werden die Zugriffe im großen Stil analysiert. Nicht bloß stichprobenartig.«

»Was soll ich jetzt tun?«

»Melden Sie sich bei Ihrer Vorgesetzten. Das ist Frau Vollmer, richtig? Ich kenne Hedwig gut. Sie wird zumindest ein offenes Ohr für Ihre Nöte haben. Sollten Ihnen arbeitsrechtliche Konsequenzen drohen, kontaktieren Sie mich wieder. Ich würde versuchen, das Allerschlimmste zu vermeiden. Mehr kann ich Ihnen momentan nicht versprechen. Tut mir leid.«

Camillas Herz raste. »Danke für Ihren Rat. Dann schicke ich Frau Vollmer eine Mail.«

»Viel Erfolg. Lassen Sie von sich hören.«

Der mitleidsvolle Blick der Betriebsrätin verunsicherte Camilla noch stärker. Zum Glück trennte sie die Videoverbindung.

»Wie kann man nur so dumm sein, Noah?«, schimpfte sie.

Camilla öffnete das Mailprogramm und schickte der Abteilungsleiterin eine Nachricht, in der sie um ein dringendes Videotelefonat bat. Schon fünf Minuten später erhielt sie eine Antwort, in der ein Link zu einer Videokonferenz enthalten war.

Camilla klickte darauf. Die Verbindung baute sich auf. Sie redete sich ein, dass man ihr nicht den Kopf abreißen würde. Immerhin hatte *sie* nichts Verbotenes getan. Sie hatte bloß nicht genug Sorgfalt beim Umgang mit den Passwörtern an den Tag gelegt. Trotzdem beruhigten sich ihre Nerven nicht.

»Hallo, Frau Schott«, begrüßte Vollmer ihre Mitarbeiterin lächelnd. »Worüber wollen Sie so dringend mit mir sprechen?«

Camilla brach in Tränen aus.

»Frau Schott? Was ist los?«

»Entschuldigen Sie. Ich habe mich gleich wieder im

Griff. Geben Sie mir eine Sekunde.« Hastig strich sie sich übers Gesicht und zog die Nase hoch. »Es geht wieder.«

»Ist etwas passiert?«

»Mein Lebensgefährte hat Mist gebaut, den ich jetzt ausbaden muss.«

»Momentan verstehe ich nur Bahnhof«, sagte Vollmer.

Unterbrochen von einigen Schluchzern, die sie nicht unterdrücken konnte, beichtete Camilla, was sich am Vorabend zugetragen hatte. Der betrübte Gesichtsausdruck ihrer Abteilungsleiterin minderte nicht ihre Sorgen.

»Verstehe ich das richtig? Sie haben einen Raum, den Sie sich für berufliche Zwecke mit Ihrem Partner teilen.«

»Genau. Der ist schallisoliert. Eigentlich perfekt für Anrufe mit Mietern.«

»Und Sie bewahren den Laptop und Ihre Passwörter in einer Schublade auf.«

Camilla nickte.

»Wie ist er an den Schlüssel für die Schublade gekommen?«

»Die ist leider nicht abschließbar.«

»Das ist ungünstig und widerspricht der Betriebsvereinbarung. Wieso? Sie hätten doch sogar ein Möbelstück mit abschließbaren Schubläden über die Personalabteilung anfordern können.«

»Ich hab gedacht, das wäre nicht nötig.«

Vollmer seufzte. Dann lächelte sie aufmunternd. »Frau Schott, es war mutig und richtig, sich mit mir in Verbindung zu setzen. Datenschutz ist uns wahnsinnig wichtig, das ist nicht neu für Sie. Deswegen wären die unberechtigten Datenaufrufe aufgefallen. Ihre Ehrlichkeit verschafft Ihnen Pluspunkte. Außerdem wissen Sie aus unseren jährlichen Beurteilungsgesprächen, wie viel ich von Ihnen als Mitarbeiterin halte.«

»Danke.«

»Trotzdem kann ich jetzt nicht sagen: Schwamm drüber. Das verstehen Sie.«

»Natürlich.«

»Ich schaue mir in aller Ruhe an, ob dem Unternehmen oder unseren Mietern Schaden entstanden ist. Morgen früh würde ich gerne erneut mit Ihnen reden. Was halten Sie von elf Uhr? Vorher wäre es bei mir sonst ziemlich eng.«

»Überhaupt kein Problem.«

»Gut, Frau Schott. Machen Sie sich nicht zu große Sorgen. Arbeiten Sie heute ganz normal weiter. Das Kind liegt jetzt im Brunnen, aber wir kriegen's schon raus. Da bin ich mir ziemlich sicher.«

Bei diesen Worten brach Camilla erneut in Tränen aus. »Es tut mir so leid«, schluchzte sie.

* * *

Hedwig Vollmer beendete das Videotelefonat. »Gott, oh Gott«, murmelte sie.

Wie konnte man nur so unvorsichtig sein? Die Firma stellte jedem Mitarbeiter im Homeoffice einen kostenfreien Rollcontainer mit abschließbaren Schubladen zur Verfügung. Wieso hatte Schott den nicht angefordert? Das war völlig unbegreiflich, aber nicht mehr zu ändern. Das Kind war tatsächlich in den Brunnen gefallen. Hoffentlich bekamen sie es unverletzt ans Tageslicht.

Vollmer startete ein Tool, in dem sie alle Aktivitäten ihrer Mitarbeiter überprüfen konnte. Sie gab Schotts Mitarbeiterkennung ein und wählte aus einem Menü den

Unterpunkt ›Aufrufe Mieterkonten (120 Tage)‹. Vollmer sandte den großen Datensatz an ihren Drucker, der sogleich loslegte. Ein paar Minuten später lagen insgesamt siebenundvierzig Blatt Papier im Ausgabeschacht. Vollmer nahm sie heraus. Sie müsste zunächst zu einem Meeting, bevor sie mit der Detektivarbeit beginnen würde. Sie legte den Zettelstapel in die Mitte ihres Schreibtisches. Hoffentlich hatte sich Schotts Partner wirklich nur aus Langeweile Kundenkonten angesehen, dann wäre sie vielleicht noch zu retten.

Eine Stunde nach dem Videotelefonat kämpfte sich Vollmer durch die Ausdrucke. Anfangs schien das Material harmlos zu sein. Überall dort, wo es keine Notizen gab, hatte Schotts Partner sich die Dateien angesehen. Nichts Wildes. Die Zugriffe hatten weder lange gedauert noch hinterlegte Kontodaten betroffen: ein Verstoß gegen die Betriebsvereinbarung, aber nicht unbedingt ein Kündigungsgrund. Bei einem Mieternamen jedoch runzelte Vollmer die Stirn.

»Das darf nicht wahr sein«, flüsterte sie.

Zur Sicherheit schlug sie ihr kleines Notizbuch auf und überprüfte den Namen. Sie hatte sich nicht geirrt. Jemand hatte über Schotts Mitarbeiterzugang die Akte von Benedikt Trono aufgerufen, ohne eine Bearbeitungsnotiz zu hinterlassen.

Penibel ging Vollmer die Namensliste Zeile für Zeile durch. Schließlich fand sie auch Lena Giesberts in dem Datensatz. Sie arbeitete sich weiter durch, der ehemalige Mieter Zwicker jedoch tauchte nicht in der Liste auf.

Erneut startete sie das Analysetool und gab die Mitarbeiterkennung ein. Sie verlängerte den Analysezeitraum auf dreihundertsechzig Tage und suchte konkret nach den drei Namen. Zwicker stand nicht in der Liste.

War es Zufall, dass zwei der Mordopfer unter den Abrufen waren? Das durfte sie nicht allein entscheiden.

* * *

Robert Drostens Telefon übertrug eine Helmstedter Festnetznummer.

»Hedwig Vollmer vom Nordostdeutschen Wohnungsbauunternehmen. Hallo, Herr Drosten.«

»Frau Vollmer!«

»Heute ist etwas passiert, über das Sie Bescheid wissen sollten.«

»Sie machen mich neugierig. Worum geht's?«

Vollmer berichtete ihm, was sie von ihrer Mitarbeiterin erfahren hatte. »Der Mann hat fast dreihundert Datensätze aufgerufen. Unter anderem die der Mordopfer Giesberts und Trono.«

»Gibt's ja gar nicht. Taucht auch der Name Zwicker auf?«

»Nein«, antwortete Vollmer. »Das habe ich geprüft.«

»Von wo aus arbeitet Frau Schott für Sie?«

»Sie wohnt mit ihrem Partner in Helmstedt. Halten Sie den Mann wegen der Abrufe für verdächtig?«

»Kann ich nicht ausschließen. Auch wenn der fehlende Bezug zum Fall in Wolfsburg dagegenspricht. Trotzdem müssten wir mal in aller Ruhe mit Frau Schott reden, ohne dass es ihr Partner mitbekommt.«

»Soll ich Ihnen die Kontaktdaten meiner Mitarbeiterin geben?«

»Wie sind Sie mit ihr verblieben?«

»Ich hatte mir einen Tag Zeit erbeten. Heute arbeitet

Frau Schott ganz normal. Morgen um elf Uhr sind wir zu einer weiteren Videokonferenz verabredet. Allerdings könnte ich Sie jederzeit zu mir auf den Bildschirm holen.«

»Ich überlege, ob es sinnvoller wäre, morgen bei ihr zu Hause aufzutauchen, während Sie mit ihr sprechen. Ob ihr Partner dann anwesend ist?«

»Das weiß ich leider nicht. Heute war er jedenfalls nicht dabei.«

»Ich bespreche mich mit meinen Kollegen. Schicken Sie mir bitte Frau Schotts Adresse. Sie können mich morgen früh in Ihrem Videotelefonat ankündigen, und ich klingle ein paar Minuten nach elf bei ihr. Vielleicht kann sie ihrem Partner Alibis für die Mordnächte geben. Dann wäre er aus dem Schneider. Falls ich doch noch anders vorgehen will, würde ich mich bei Ihnen melden.«

»Einverstanden.«

Drosten beendete das Gespräch. Bei allen drei ermordeten Paaren hatte einer von ihnen in Wohnungen gelebt, die zum Bestand des Nordostdeutschen Wohnungsbauunternehmens gehörten. Eine der wenigen Übereinstimmungen, die sie bislang entdeckt hatten. Nun stellte sich heraus, dass sich ein Unbefugter Zugriff auf die Daten zweier Mordopfer verschafft hatte. Und nicht nur das. Er hatte sogar den Begriff ›Ruhestörung‹ eingegeben.

Wurde der Mann dadurch automatisch zu einem Verdächtigen? Ein Urteil konnte Drosten erst fällen, sobald er wüsste, ob der Mann ein Alibi hatte. Sollte er das schnellstmöglich klären, oder hatte das Zeit bis morgen früh? Verena, Lukas und er hatten beschlossen, Linus Wellen nach Feierabend über seinen Partner zu befragen. Das besaß die höhere Priorität. Da an diesem

Tag die Schicht der Schutzpolizisten bereits um fünfzehn Uhr endete, blieb ihm für andere Ermittlungsansätze kaum noch Zeit. Trotzdem wollte Drosten das nicht allein entscheiden. Also würde er seinen Partnern von dem Anruf erzählen und sie um ihre Meinung bitten.

18

Butt seufzte. Linus Wellen, der wieder am Steuer des Streifenwagens saß, schaute kurz zu ihm herüber, während sie an einer roten Ampel standen.

»Ich bin froh, wenn unsere Schicht vorbei ist«, sagte Butt.

Wellen gab sich einen Ruck. Er gehörte nicht zu den Männern, die gern über Gefühle redeten. Trotzdem sollte er seinem Partner die Chance dazu einräumen.

»Haben deine Kopfschmerzen gestern ganz plötzlich eingesetzt?«, fragte Wellen. »Zumindest hast du unterwegs gar nicht gejammert, wie es sonst deine Art ist.«

»Idiot«, brummte Butt, lächelte jedoch.

Die Ampel sprang auf Grün, und Wellen fuhr langsam an.

»Mir ging's gestern den ganzen Tag nicht gut«, sagte Butt. »Bin ich schon im Alter, in dem man freitags säuft und dann ewig braucht, um fit zu werden?« Er zuckte die Achseln.

»Also nur ein Hangover?«, vergewisserte sich Wellen.

Butt zögerte mit der Antwort. »Ich weiß nicht«, murmelte er schließlich. »Irgendwie ...« Er brach ab.

»Was ist los, Hendrik? Mit mir kannst du reden.«

»Mich beschäftigt ... ach, egal.«

»Raus damit!«

»Die Sache mit Zwicker und Fleschütz. Ist halt alles scheiße. Was mischen die Wiesbadener mit? Es war cool, der Held des Tages zu sein.« Er lachte bitter. »Und jetzt? Angeblich soll Zwicker es nicht gewesen sein. Bullshit! Dann wäre er nicht abgehauen. Und weil sie lieber einen Unbekannten verdächtigen, fragen sich alle, ob ich Schuld an Zwickers Tod bin. Ihn in die Flucht getrieben habe. Das nervt!«

»Stimmt doch gar nicht«, wandte Butt ein.

»Ich seh's an den Blicken der Kollegen und Vorgesetzten. Wieder einmal. Warum immer ich?« Er schaute aus dem Fenster.

Wellen überlegte. Seinem Partner schien es psychisch nicht gut zu gehen. Erklärte das, wieso er gestern Kopfschmerzen vorgetäuscht hatte, obwohl er unterwegs gewesen war? Irgendetwas passte da nicht zusammen. Ob Louisa es ihm übelnehmen würde, wenn er heute Abend für ein paar Stunden das Haus verließe? Vermutlich nicht, falls er sich um Hendriks Gemütszustand kümmern würde.

»Mein Angebot von gestern gilt noch immer«, sagte er kurzentschlossen.

Überrascht wandte Butt ihm das Gesicht zu. »Habt ihr schon wieder kinderfrei?«

»Nein, aber Louisa wird nichts dagegen haben. Matteo liegt um sieben oder spätestens halb acht im Bett, und meine ehelichen Pflichten habe ich gestern erfüllt.«

Butt lachte. »Du bist so ein richtiger Zuchtbulle!

Fände ich cool. Sollen wir in eine Billardkneipe? Dann könnte ich mein Gehalt aufbessern, wenn wir um Kohle spielen.«

»Ich will dich ja nicht ausnehmen. Kickern fände ich übrigens auch nicht schlecht.«

»Nichts dagegen. Sieben Uhr?«

»Machen wir acht draus. Dann liegt Matteo im Bett. Ich hol dich ab, okay?«

»Perfekt! Wie schön. Haben wir schon viel zu lange nicht gemacht.«

* * *

Rund eine Stunde später war Linus Wellen endlich auf dem Heimweg. Er hatte sich im Präsidium von Butt verabschiedet und ihm angekündigt, eine WhatsApp zu schicken, sobald er abends losfahren würde. Hoffentlich reagierte Louisa verständnisvoll. Nichts lag ihm ferner, als sich mit seiner Frau zu streiten. Seit ihr Sohn auf der Welt war, wünschte er sich einfach nur ein harmonisches Familienleben. Er ging in der Rolle als Vater und Ehemann auf. Mit Louisa hatte er einen Glücksgriff getan, und die ersten Monate als Vater hatten seine Sicht aufs Leben völlig umgekrempelt. Bis auf seine Leidenschaft fürs Motorradfahren hatte fast keines seiner früheren Hobbys noch Bestand.

Routinemäßig schaute er in den Rückspiegel und stutzte. Obwohl er inzwischen mehrfach abgebogen war, schien ihm ein Fahrzeug zu folgen. Leider war es zu weit entfernt, als dass er die drei Insassen hätte identifizieren können. Besonders irritierte ihn, dass der Wagen immer auf gleichem Abstand blieb.

Normalerweise hätte Wellen erst wieder in rund zwei

Kilometern abbiegen müssen und wäre dann auch schon fast zu Hause. Stattdessen ordnete er sich an der nächsten Ampel in die Linksabbiegerspur ein. Seine Verfolger taten es ihm nach, allerdings drängte sich ein weiteres Fahrzeug vor sie und nahm ihm Sicht.

Es dauert nicht lange, bis rechts eine Straße abzweigte. Wellen betätigte den Blinker und bog ab. Der Wagen unmittelbar hinter ihm fuhr geradeaus, der Pkw jedoch, der ihm ungefähr seit dem Präsidium folgte, bog ebenfalls rechts ab. Es bestand kein Zweifel mehr. Irgendjemand hatte sich an Wellens Fersen geheftet.

Abrupt bremste er ab. Das Überraschungsmanöver gelang. Der Fahrer hinter ihm kam ebenfalls zum Stillstand, doch hatte sich die Distanz weit genug verkürzt, dass Wellen die Verfolger identifizieren konnte. »Was soll das denn?«, murmelte er. »Spinnen die?«

Auf der rechten Seite gab es einige Parklücken, und er lenkte sein Auto in eine hinein und stellte den Motor ab. Die Wiesbadener folgten seinem Beispiel.

Wellen löste den Sicherheitsgurt und stieg aus. Aus dem Fahrzeug hinter ihm trat zuerst Drosten auf den Bürgersteig und kam auf ihn zu.

»Warum folgen Sie mir? Was soll das?«, erkundigte sich Wellen wütend.

»Entschuldigen Sie. Ich hoffe, wir haben Sie nicht erschreckt.«

»Wieso sollte ich mich erschrecken? Außerdem beantwortet das nicht meine Frage. Was soll das?«

»Wir würden uns gern mit Ihnen außerhalb des Präsidiums unterhalten. Ohne Zuhörer«, erklärte Drosten.

Eine ungute Vorahnung überkam Wellen. »Worüber?«

»Über Ihren Partner Hendrik Butt. Und es wäre uns sehr recht, wenn Sie das vertraulich handhaben könnten.«

Wellen zögerte. Das durfte einfach nicht wahr sein. Wie konnten die Wiesbadener es wagen, seine Loyalität auf den Prüfstand zu stellen?

»Scheiße!«, murmelte er.

Drosten wartete still ab.

»Mist!« Wellen wandte sich kurz zur Seite. Am liebsten wäre er in den Wagen gestiegen und nach Hause gefahren. Doch seine eigenen Zweifel nagten an ihm. Irgendetwas stimmte mit Hendrik nicht. Er wandte sich um. »Ich fahre jetzt heim. Meine Frau und mein Baby warten da auf mich. Folgen Sie mir, vielleicht habe ich gleich ein paar Minuten für Sie.«

Wellen fand direkt vor der Haustür einen Parkplatz. Die Wiesbadener mussten etwas weiter weg parken. Er wartete unter dem Vordach auf sie.

»Ich weiß nicht, ob mein Sohn schläft. Falls er wach ist, will ich mich erst um ihn kümmern. Einverstanden? Sie könnten sich so lange auf den Balkon setzen.«

»Wie alt ist Ihr Sohn?«, erkundigte sich Kraft.

»Acht Monate. Er heißt Matteo.« Wellen lächelte. Dann schloss er die Haustür auf. »Falls er schläft, gehen wir trotzdem auf den Balkon. Okay?«

»Ganz wie Sie wünschen«, antwortete Sommer.

»Wir wohnen im ersten Stock.«

Wellen ging voran. Im Hausflur schwiegen sie. An der Wohnungstür angekommen, steckte er den Schlüssel ins Schloss und öffnete sie leise. Sofort schlug ihnen Kleinkindgebrabbel entgegen. Wellen lächelte.

»Papa ist wieder da«, rief er. »Ich hab Besuch dabei, ist das okay, Louisa?«

»Ich bin nicht nackt, falls du das wissen willst«, antwortete eine weibliche Stimme.

Wellen öffnete die Tür weit und ging voraus.

»Hallo, mein Kleiner«, begrüßte er seinen Sohn mit leicht verstelltem Tonfall. »Hast du Papa vermisst?«

Matteo gab freudige Geräusche von sich. Er war auf den Armen seiner Mutter, streckte nun allerdings seine Ärmchen dem Vater entgegen. Wellen nahm ihn, drückte ihn vorsichtig an sich und gab ihm einen Kuss auf die Stirn. Dann hob er ihn hoch.

»Hast du mich vermisst?«

Matteo strahlte über beide Wangen. Drosten und seine Kollegen blieben an der Türschwelle stehen.

»Willst du uns nicht bekannt machen?«, fragte Louisa.

»Das sind Kollegen aus Wiesbaden, die sich kurz mit mir unterhalten wollen. Ist es okay, wenn sie sich auf den Balkon setzen, während ich mich ein bisschen um Matteo kümmere?«

Louisa verdrehte die Augen. »So geht man nicht mit Gästen um.« Sie wandte sich an Drosten und seine Kollegen. »Entschuldigen Sie meinen Mann. Er scheint seine guten Manieren vergessen zu haben. Ich bin Louisa Wellen. Hallo.« Sie reichte den Besuchern die Hand, bevor sie sich an seine Seite stellte. »Gib mir Matteo wieder, und kümmere dich um deine Kollegen.«

Widerstrebend überreichte Wellen ihr seinen Sohn. Der schien einen Moment irritiert, dann strahlte er seine Mutter an.

»Okay. Unterhalten wir uns.« Er führte sie zum

geräumigen Balkon, auf dem vier Stühle standen. »Setzen Sie sich. Wollen Sie etwas trinken?«

»Nicht nötig«, sagte Drosten.

»Wieso wollen Sie mit mir über Hendrik sprechen? Und dann auch noch auf eine so verschwörerische Weise?«

»Das dient dem Schutz Ihres Partners«, antwortete Drosten. »Wir haben Sie bewusst nicht im Präsidium angesprochen und nicht Ihren Vorgesetzten kontaktiert. Leider ist es ja oft so, dass selbst bei einem unbegründeten Verdacht immer ein Makel haften bleibt. Umso wichtiger ist es uns, vertraulich mit Ihnen zu sprechen.«

»Welchen Verdacht hegen Sie? Was werfen Sie Hendrik vor?«

»Noch gar nichts«, antwortete Sommer.

Wellen schnaubte. »Klingt aber nicht so.«

Abwechselnd erzählten die Wiesbadener, welche Spekulationen ihnen durch den Kopf gingen. Wellen konnte es kaum glauben. Sein Partner als potenzieller Verdächtiger in einer brutalen Mordserie? Der Gedanke war lächerlich. Und doch lachte Wellen seine Besucher nicht aus. Zweifel nagten an ihm.

»Wir haben Ihre Dienstzeiten unter einem Vorwand geprüft«, stellte Sommer fest. »Butt hatte an den Mordabenden jeweils frei. Wir fragen uns, ob wir ihn als Täter ausschließen können oder nicht. Wie schon gesagt, die anderen Morde haben in Magdeburg und Brandenburg stattgefunden. Zwei Möglichkeiten geistern uns durch den Kopf. Hat er über Kontakte in die entsprechenden Städte von den Morden erfahren und sie in Wolfsburg nachgeahmt? Oder hat er vielleicht sogar Gründe, die Städte aufzusuchen, weil dort jemand lebt, den er kennt? Familie? Enge Freunde? Partnerinnen?«

Wellen schaute durch die Fenster ins Wohnzimmer. Louisa spielte mit ihrem Sohn, der glucksend auf dem Rücken lag. Wie gern hätte er mit ihr getauscht.

»Herr Wellen?«, fragte Drosten. »Sie beschäftigt etwas.«

»Dass Sie darüber nicht Bescheid wissen, spricht für Ihre Diskretion«, murmelte Wellen. »Da muss Ihnen Hendrik wohl dankbar sein.«

»Worüber wissen wir nicht Bescheid?«, hakte Kraft nach.

»Liegt jetzt gut zwei Jahre zurück. Da war eine große Demo in Magdeburg. Zigtausende Demonstranten hatten sich angemeldet. In Sachsen-Anhalt ging man von einer hohen Gewaltbereitschaft aus, weswegen sie Verstärkung aus anderen Bundesländern anforderten. Hendrik und ich mussten auch dorthin, allerdings wurden wir in unterschiedlichen Stadtteilen eingesetzt. Ich war also nicht dabei, habe nur im Nachhinein davon erfahren. Im Laufe der Demonstration sind Hunderte Demonstranten rücksichtslos auf Polizisten losgegangen. Die Einsatzleitung hat völlig falsch reagiert. Noch auf Deeskalation gesetzt, als es viel zu spät war. Na ja. Hendrik war wohl plötzlich von vier Demonstranten eingekesselt, die mit Holzbrettern bewaffnet waren. Er sah sich irgendwann gezwungen, seine Dienstwaffe zu ziehen. Er hat erst auf eine Demonstrantin gezielt, dann einen Warnschuss in die Luft abgegeben. Dann sind endlich Kollegen zur Hilfe gekommen. Sie haben die vier Randalierer verhaftet. Und was machen die? Reichen Klage wegen polizeilicher Gewalt ein. Behaupten, Hendrik hätte versucht, sie zu töten. Sein damaliger Vorgesetzter war nicht bereit, ihn bedingungslos zu unterstützen. Die Waffe zu ziehen, wäre in Ordnung gewesen. Sie abzufeuern, war in seinen

Augen ein Schritt zu viel. Das hätte böse Konsequenzen für ihn haben können. Bis zwei andere Kollegen, die beide aus Magdeburg kamen, für ihn aussagten. Sie hatten alles beobachtet und gaben an, Hendrik hätte aus Selbstschutz keine andere Wahl gehabt. Keine Ahnung, wie das ausgegangen wäre, wenn die Kollegen nicht so eindeutig für ihn Partei ergriffen hätten. Das hat ihm den Arsch gerettet.«

Die Wiesbadener schauten einander an. Ihr Verdacht gegen seinen Partner schien sich zu erhärten.

»Hat Butt Kontakt zu den Magdeburger Kollegen gehalten?«

Welchen Sinn hätte es, das zu leugnen? Wellen nickte kaum merklich. »Ab und zu berichtet er von Telefonaten mit ihnen.«

»Trifft er sich auch manchmal mit ihnen?«, fragte Drosten.

»Keine Ahnung. Hat er zumindest nicht erzählt. Aber hören Sie, das heißt gar nichts, oder? Hendrik ist kein Mörder. Sie irren sich!«

»Und Sie klingen nicht sonderlich überzeugt«, stellte Sommer fest.

Wellen wich seinem Blick aus. Sollte er den Wiesbadenern von gestern Abend erzählen? Würde er es sich je verzeihen, falls er sich in seinem Partner täuschte und der tatsächlich in einen Mord verwickelt war – oder mehrere?

»Es beschäftigt ihn, dass Sie sich in die Ermittlungen eingemischt haben«, sagte Wellen leise. »Seine Privatinitiative an dem Morgen, nachdem Fleschütz gestorben war, hat ihm Pluspunkte eingebracht. Die Ereignisse in Magdeburg vergessen gemacht. Das hat man unserem Vorgesetzten angesehen. Er war von Butts Instinkt begeistert. Dann tauchen Sie auf und ...« Wellen zuckte die

Achseln. »Hendrik geht's gerade nicht gut. Gestern war er den ganzen Tag schweigsam. Außerdem habe ich ihn im Präsidium bei einer Kennzeichenabfrage erwischt, die er vor mir verbergen wollte. Ich beschloss, ihn abends aufzusuchen. Bin mit meinem Motorrad zu ihm gefahren. In dem Moment, als ich in seine Straße einbog, fuhr er jedoch los. Ich hab ihn aus den Augen verloren, weil ich mich nicht so auffällig verhalten wollte, wie Sie vorhin. Ich wollte wissen, wo er hinfahren wollte. Wäre er zu einer Kneipe gefahren, hätte ich mich zu ihm gesellt. Ich schickte ihm also eine Nachricht, ob wir uns irgendwo auf ein Bierchen treffen sollten. Er behauptete, ihm würd's nicht gut gehen und er läge mit Kopfschmerzen im Bett.«

»Obwohl er definitiv nicht zu Hause war«, sagte Drosten. »Wissen Sie, welches Kennzeichen er abgefragt hat?«

»Nein. Ich hab mich übrigens für heute Abend mit Hendrik verabredet. Das muss ich Louisa noch verklickern. Entschuldigen Sie mich kurz.«

Ohne abzuwarten, stand Wellen auf und ging in die Wohnung. Er brauchte unbedingt eine kleine Auszeit von den anklagenden Blicken der Wiesbadener.

19

Alex Smola parkte nicht weit von dem Braunschweiger Haus entfernt, das er gestern in der Hoffnung auf einen Auftrag betreten hatte.

Ihn schmerzte nicht die telefonische Absage. Die war ärgerlich, aber nicht ungewöhnlich. Bei mindestens jedem zweiten Angebot klappte es am Ende nicht. Meistens, weil die potenziellen Kunden zu geizig waren. Oder von Anfang an mit absolut unrealistischen Preisvorstellungen an die Sache herangingen.

Bei diesem Erlewein hingegen ...

Smola hatte eine gute Menschenkenntnis. In seinem Job lernte man so viele unterschiedliche Typen kennen, dass man zwangsläufig zum Experten wurde. Hätte er eine Wette abgeben müssen, welchen Beruf Erlewein ausübte, würde er auf *Bulle* tippen.

Sollte er recht behalten, hätte Smola ein Problem.

Das Telefonat am Vormittag war ihm nicht geheuer gewesen. Fast so, als hätte Erlewein nie Interesse an einem seriösen Angebot gehabt.

Aber warum?

Hatten die Bullen ihn ins Visier genommen?

Das musste er zweifelsfrei herausfinden, bevor er sich den Kopf über die Konsequenzen zerbrach.

Er beobachtete das Haus. Mehrere Menschen betraten und verließen es. Erlewein und seine Partnerin gehörten nicht dazu. Falls sie sich wirklich getrennt hatten, müsste er früher oder später einen der beiden zu Gesicht bekommen. Zum Beispiel könnte sie das Haus mit einer Tasche verlassen, in der sie ihre wichtigsten Habseligkeiten gestopft hatte.

Hinter einem Fenster der Wohnung brannte seit zwanzig Minuten eine Lampe. Wer hatte sie angeschaltet?

Smolas Misstrauen wuchs.

Auf dem Weg hierher war ihm eine Pizzeria aufgefallen. Sollte er ein Risiko eingehen? Aber was, wenn er sich irrte und ihm tatsächlich Erlewein öffnete?

Smola wälzte das Problem und beschloss, sein Vorhaben durchzuziehen. Er könnte ja sogar behaupten, Erlewein hätte am Telefon niedergeschlagen geklungen, und Smola wäre ein Experte, wenn es um Trennungsschmerz ging.

Er fuhr zu der nur fünfhundert Meter entfernten Pizzeria. Dort orderte er eine Thunfischpizza. Nach genau zwölf Minuten packte der Mitarbeiter sie in einen Karton. Smola gab ihm zehn Euro und verzichtete auf die fünfzig Cent Wechselgeld. Als er wieder am Zielobjekt ankam, fand er einen Parkplatz vor der Haustür. Smola stieg aus und nahm den Pizzakarton mit. Er klingelte bei Erlewein.

»Hallo?«, meldete sich nach wenigen Sekunden eine männliche Stimme.

Die Qualität der Gegensprechanlage und der Straßenlärm machten es ihm unmöglich, zu bestimmen, ob die Stimme Erlewein gehörte.

»Pizza Pronto«, sagte Smola. »Ihre Pizza ist da.«

Für einen Moment herrschte Schweigen.

»Hallo?«, fragte Smola. »Machen Sie mir bitte auf?«

»Ich hab keine Pizza bestellt.«

»Sind Sie nicht Herr Adrian Erlewein?«

»Doch, bin ich ...«

»Hallo? Ich versteh Sie kaum. Das knackt immer so in der Leitung.«

»Ich hab keine Pizza bestellt«, stellte Erlewein lauter fest.

»Hallo? Ich höre Sie nicht. Machen Sie mir bitte auf! Ich habe eine Pizza Tonno mit Zwiebeln für Sie. Online bezahlt. Ich muss sie nur abgeben.«

»Wie schon gesagt, ich habe nichts bestellt. Das muss ein Fehler sein.«

»Sorry, ich versteh Sie kaum. Was haben Sie gesagt? Wieso öffnen Sie nicht?« Er drückte erneut die Klingel.

Wie erhofft, erklang kurz darauf der Türöffner. Smola lächelte und verschaffte sich Zutritt zum Hausflur. In wenigen Sekunden wüsste er Bescheid.

20

Linus Wellen kehrte zu den wartenden Kollegen zurück. Louisa hatte zum Glück kein Problem mit seiner bevorstehenden Verabredung. Sie hatte instinktiv gemerkt, in welchem Dilemma er steckte, und behauptet, nichts dagegen zu haben, mal einen Fernsehabend allein zu verbringen.

»Wann sind Sie mit Butt verabredet?«, fragte Drosten.

»Ich hole Hendrik gegen acht Uhr ab.«

»Wie lauten Ihre Pläne?«, erkundigte sich Sommer.

»Wir wollen kickern oder Billard spielen und ein bisschen quatschen.«

»Ihr Partner hat Sie gestern Abend angelogen, und heute haben Sie ihn bei einer Kennzeichenabfrage erwischt«, brummte Kraft.

Wellen empfand großen Respekt vor den Wiesbadener Polizisten. Sie waren als Team perfekt aufeinander eingespielt. Die Art, wie sie sich bei den Fragen abwechselten, imponierte ihm. Wäre er nicht selbst Polizist, würden sie ihn einlullen und ihm jede Information aus der Nase ziehen. »Sie formulieren das zu dramatisch«, entgegnete er. »Keine Ahnung, was Hendrik gestern dazu veranlasst hat, Kopfschmerzen vorzutäuschen. Ich unterstelle ihm nicht, mich böswillig angelogen zu haben. Und diese Kennzeichenabfrage?« Er zuckte ratlos die Schultern. Dass die Wiesbadener nicht reagierten, setzte Wellen unter Zugzwang. »Vielleicht hat er eine Affäre«, fügte er hinzu. »Mit einer verheirateten Frau oder so. Er wüsste, das würde ich nicht gutheißen. Das könnte seine kleine Schwindelei erklären.«

»Wie schnell hat Butt gestern auf Ihre Nachricht geantwortet?«, fragte Drosten.

Wellen lächelte anerkennend. »Ziemlich schnell.«

»Also nicht wie jemand, der gerade seiner Geliebten in die Arme fällt und eine Gelegenheit ausnutzt«, folgerte Kraft.

»Nein. Was nichts heißt.«

»Würden Sie uns einen Gefallen tun?«, fragte Drosten.

Wellen schloss die Augen. Er ahnte, worum sie ihn bitten würden.

»Zum einen wäre es uns sehr recht, wenn Ihr Partner nichts von unserer Unterredung erfährt«, sagte Drosten.

»Das lässt sich einrichten. Ist in meinem Interesse. Und zum anderen?«

»Könnten Sie ihn unauffällig aushorchen?«, fuhr Drosten fort. »Uns interessieren besonders seine Kontakte nach Magdeburg. Wenn es gut läuft, verdanken wir es Ihnen, Butt von der Liste der Verdächtigen zu streichen. Damit würden Sie ihm einen großen Dienst erweisen.«

»Tja, und wenn nicht? Was bin ich dann für ein Partner?«

Wellen schaute an ihnen vorbei. Darauf mussten sie ihm nicht antworten.

21

Die Tür in der dritten Etage stand einen Spaltbreit offen. Als Smola den letzten Treppenabsatz betrat, tauchte ein Mann auf der Schwelle auf.

Smola hatte ihn noch nie zuvor gesehen. Er lächelte zur Begrüßung. »Pizza Pronto. Ihre Pizza Tonno ist da. Die Qualität der Gegensprechanlage ist erbärmlich. Ich habe nur jedes zweite Wort verstanden. Tut mir leid.«

»Normalerweise ist das kein Problem«, sagte sein Gegenüber.

Um nicht bedrohlich zu wirken, blieb Smola auf der vorletzten Stufe stehen.

»Wie schon gesagt, ich habe weder bei Ihnen noch bei einer anderen Pizzeria etwas bestellt.«

»Hab ich's also richtig verstanden«, murmelte Smola. »Ich kapier's nicht.«

»Was verstehen Sie daran nicht?«

»Die Pizza wurde mit PayPal bezahlt. Da muss sich jemand angemeldet haben, der eine Lieferadresse hinterlegt hat. Er nennt Ihren Namen und Ihre Anschrift. Sie sind Herr Erlewein, oder?«

»Das bin ich«, bestätigte Erlewein.

»Will Ihnen jemand eine Freude machen?«

»Das kann ich mir nicht vorstellen. Meine Freunde kennen meine Ernährungsgewohnheiten. Pizza steht bei mir spätnachmittags nicht mehr auf dem Speiseplan.«

»Wieso denn das nicht?« Smola hielt ihm den Pizzakarton entgegen. »Nehmen Sie. Es ist alles bezahlt. Ich erwarte nicht einmal ein Trinkgeld.«

»Das werde ich nicht tun. Oder würden Sie sich einfach eine Pizza geben lassen, ohne zu wissen ...«

»Sie ist nicht vergiftet. Für Sergio lege ich meine Hand ins Feuer.« Smola lachte. »Das ist unser Pizzabäcker.«

»Haben wir das jetzt geregelt?«, fragte der Mann ungeduldig. Er machte einen kleinen Schritt in die Diele hinein.

»Können Sie mir quittieren, die Pizza abgelehnt zu haben?«

»Das mach ich garantiert nicht!«

Smola seufzte. »Na gut. Oder schlecht. Je nachdem, wie man es sieht. Ich versteh Sie ja! Verdammt! Tut mir leid, Sie gestört zu haben. Hoffentlich macht mir mein Boss keinen Ärger. Einfach verrückt! Wer bestellt eine Pizza auf einen fremden Namen und bezahlt sie auch noch? Gut, dass ich nur der Fahrer bin.«

»Wird schon schiefgehen. Ciao.«

»Ciao«, brummte Smola.

Erlewein schloss die Wohnungstür. Mit dem Pizzakarton in der Hand trat Smola den Rückzug an. Er setzte sich ins Auto und fuhr los. Bei der ersten Seitenstraße bog er ab. Zweihundert Meter weiter vorn lag ein

Fußballplatz mit zahlreichen Parkmöglichkeiten vor der Anlage. Smola stellte sein Fahrzeug ab. Vom Duft des Essens knurrte ihm mittlerweile der Magen. Er öffnete den Karton. Zum Glück hatte er darum gebeten, den Teig vorzuschneiden. Er aß ein Stück der noch warmen Pizza.

Wer war der Mann gewesen, der sich gestern als Mieter ausgegeben hatte? Ein Bulle? Der richtige Erlewein hatte gerade eben überhaupt nicht wie ein Polizist gewirkt. Eher wie ein Buchhalter. Ungefährlich. Ein Schreibtischtäter. Hätte Smola es gewollt, hätte er sich mit einem Überraschungsangriff Zutritt zur Wohnung verschaffen können. Der Mann wäre völlig überrumpelt gewesen.

Jemand hatte Smola am Wochenende angerufen und behauptet, umziehen zu wollen. Von Braunschweig nach Wolfsburg. Wieso tischte man ihm dieses Märchen auf? In seiner Erinnerung ging er noch einmal den Termin vom Vortag durch.

22

Linus Wellen parkte in zweiter Reihe und schickte seinem Partner eine Nachricht. Butt brauchte keine zwei Minuten, um nach draußen zu kommen.

Bei seinem Anblick drangsalierte Wellen das schlechte Gewissen, das ihm nun schon seit Stunden die Laune verhagelte. Konnte er seinen Partner im Auftrag der Wiesbadener hintergehen?

Schwungvoll öffnete Butt die Tür. »Hey. Pünktlich wie immer. Auf dich ist Verlass.« Er setzte sich.

»Hi«, sagte Wellen schlicht.

Butt schaute ihn überrascht an, während er zum Gurt griff. Wellen fuhr los.

»Alles in Ordnung?«, fragte Butt.

»Im Prinzip schon.«

»Aber?«

»Louisa und ich haben uns gestritten. Nichts Dramatisches.«

»Wegen unserer Verabredung?«

»Was? Nein! Das war völlig okay. Ging um eine

Vorsorgeuntersuchung für Matteo, die wir aus eigener Tasche bezahlen müssten. Ich find's überflüssig. Sie hält mich jetzt für geizig und behauptet, mir wäre Matteos Entwicklung egal. Worüber man sich alles streiten kann.«

»Da sagst du was.«

»Aber wie erwähnt. War nicht schlimm. Hat mir nur ein bisschen die Vorfreude vermiest. Würde ich jetzt mit Louisa im Auto vor dir herfahren, würdest du von unserem Streit nichts mitbekommen. So viel steht mal fest.«

Butt wandte ihm den Kopf zu. »Wie kommst du darauf?«

Wellen zuckte mit den Achseln. »Vielleicht, weil wir vor Stunden über Zwicker und Fleschütz gesprochen haben? Ich fand's auf jeden Fall genial von dir, wie du erkannt hast, was im Wagen vor uns abging.«

»Das war keine große Sache.«

»Das sehe ich anders. Du hast Instinkt bewiesen. In unserem Job ist das so wichtig.«

»Schleimer«, brummte Butt. »Wenn du glaubst, mich so um den Finger zu wickeln, irrst du dich. Ich mach dich gleich am Tisch fertig.«

Wellen schaute kurz zu ihm herüber. Butt blickte durchs Beifahrerfenster. Vielleicht war es besser, das Thema erst mal wieder fallen zu lassen.

»Träumer!«, sagte Wellen. »Deine großspurigen Ankündigungen werden dir noch leidtun.«

In der Kneipe ergatterten sie den letzten freien Kickertisch. Sie bestellten sich zwei Bier, ehe Butt den ersten Ball einwarf.

»Der Sieger zahlt die Rechnung«, schlug er vor.

»Der Sieger des ersten Spiels oder in der Gesamtaddition?«, vergewisserte sich Wellen.

»Wer zuerst fünf Partien gewonnen hat. Einverstanden?«

Wellen nickte. »Und jedes Match geht bis sechs. Na dann los.«

Anfangs konzentrierten sie sich auf den hin- und herrollenden Ball. Niemand von ihnen sagte ein Wort. Butt jubelte beim ersten Tor, doch Wellen schenkte ihm schnell hintereinander drei Buden ein.

»Anfängerglück«, murmelte Butt.

Wellen grinste. Mit einer Spielfigur der Mittelreihe gelang ihm ein perfekter Schuss, der hinter Butts Torwart einschlug.

»Ganz genau. Schon wieder Anfängerglück. Vier zu eins.«

Kurze Zeit später endete das Match mit einem deutlichen Sechs-zu-zwei-Sieg für Wellen.

»Das wird ein billiger Abend«, sagte er.

Missmutig stieß Butt mit ihm an. »Du wirst dich noch wundern.«

Sie tranken einen Schluck Bier. Wellen überlegte, ob er auf das heikle Thema zurückkommen sollte. Oder war es besser, Butt erst mehr Alkohol trinken zu lassen?

»Du kannst so viel trinken, wie du willst«, sagte er. »Musst ja schließlich nachher auch bezahlen.« Er grinste. »Ich bleibe bei dem einen Bier und steige dann auf Cola um.«

»Mal gucken, für wen das teuer wird«, erwiderte Butt.

Zufrieden sah Wellen zu, wie Butt einen zweiten, großen Schluck nahm.

»Auf geht's«, sagte er danach und wischte sich mit dem Handrücken über den Mund.

Auch die folgende Partie entschied Wellen deutlich für sich. Dann gewann Butt einmal knapp und einmal souverän.

»Unentschieden«, grölte er, während er sein zweites Bier austrank und sofort die Kellnerin herbeiwinkte. »Wenigstens das läuft bei mir.«

»Was läuft denn nicht?«, fragte Wellen.

Butt wartete, bis die Kellnerin wieder gegangen war. »Wenn das jemand weiß, dann du.« Er trat an den Kickertisch.

Sie begannen mit der fünften Partie.

»Ich find's unfair«, brummte Butt. »Warum passiert diese Scheiße immer mir? Das kotzt mich so an. Nachts kann ich kaum noch schlafen.«

»Wieso?«

»Du kannst dir nicht vorstellen, wie sehr ich mich ärgere. Ich hatte damals bei den beiden Streithähnen ein ungutes Gefühl. War mir sicher, sie setzen ihren Streit fort. Nur deswegen bin ich in meiner Freizeit zu ihnen gefahren. Und dann ... na ja, du weißt ja, was passiert ist.«

»Allerdings.« Wellen blockierte den Ball mit seinem Torwart, damit Butt nicht abgelenkt wurde.

»Ich hab dem Boss und den Kollegen genau angesehen, wie sich ihre Meinung über mich gedreht hat. Endlich schien die Sache bei der Demo vergessen zu sein. Niemand hielt mich mehr für einen unfähigen Trottel.«

»So hat nie jemand über dich geredet.«

»Die Blicke sagten doch alles. Aber ist ja auch egal. Es war vorbei. Mein Ruf war wiederhergestellt. Bis sich die Wiesbadener eingemischt haben. Seitdem ist wieder alles beim Alten. Das ist so zum Kotzen. Spiel endlich den Ball!«

Wellen schoss ihn nach vorn. Butt blockte ab und legte seine ganze Energie in den nächsten Schuss, der das Tor verfehlte. Unauffällig schaute Wellen zu seinem Partner. Der wirkte wütend und verbissen. In ihm brodelte es.

»Hast du eigentlich noch Kontakt zu den Magdeburgern?«, fragte Wellen.

Überrascht blickte Butt auf und zog die Augenbrauen zusammen. »Wieso willst du das denn wissen?« Er klang misstrauisch.

»Einfach nur so. Ich fand's damals super, wie die sich hinter dich gestellt haben.«

»Ja. Das war's. Aber so gehört sich das auch. Wenn wir nicht alle zusammenhalten, wer dann?«

»Das stimmt.« Wellen spielte den Ball bis zu seiner Sturmreihe und verwandelte sicher. Er ballte die Faust. »Ich mache dich fertig.«

»Das letzte Mal haben wir vor vier oder fünf Wochen ein paar Nachrichten im Gruppenchat ausgetauscht«, sagte Butt.

»Geht's ihnen gut?«

»Genau wie uns. Viel Arbeit, wenig Ehr.« Er lachte bitter.

»Was für eine Überraschung. Tauscht ihr euch in solchen Nachrichten über Dienstliches oder Privates aus?«

Butt konzentrierte sich auf den Ball. »Privates«, murmelte er. Er schoss und traf zum Ausgleich. Triumphierend grinste er. »Brauchst gar nicht zu versuchen, mich abzulenken. Ich gewinne trotzdem. Was sollen wir uns über Berufliches unterhalten?«

»Keine Ahnung. Machen wir doch auch hin und wieder.«

»Das ist was ganz anderes.«

»Hast du ihnen von deiner Heldentat berichtet?«

»Zum Glück nicht«, sagte Butt. »Sonst müsste ich jetzt zurückrudern. Wäre mir ziemlich peinlich. Außerdem war der Chat ja auch vorher.«

»Wieso sollte dir das peinlich sein? Du hast nichts falsch gemacht. Das klärt sich in deinem Sinne.«

»Das sehen die Wenigsten so.«

»Schwachsinn, Hendrik. Mach dich nicht selbst fertig.«

Butt zuckte die Achseln.

Nach der fünften Partie, die Wellen knapp gewann, machten sie eine kurze Pause und ließen die Blicke schweifen. Die Bar war gut gefüllt. Vor allem an den Billardtischen spielten viele Paare miteinander.

»Wie viele von den Pärchen haben wohl regelmäßig lautstarke oder sogar handfeste Auseinandersetzungen? Zum Beispiel, weil die Alte da vorn einen viel zu kurzen Rock trägt?«, fragte Butt.

Wellen schaute ihn überrascht an.

Butt grinste. »Was ist los? Du guckst, als hättest du kiffende Nonnen bei der Fahrzeugkontrolle erwischt.«

»Wie kommst du auf so ein Thema?«

»Das war nur ein Scherz! Wir sind schließlich verschrien als Experten für Beziehungsstress.« Butt zwinkerte ihm zu. »Wenn meine Alte in aller Öffentlichkeit ... ach, egal. Scheint kein Thema zu sein, über das du sprechen willst.«

»Im Präsidium machst du darüber hoffentlich keine Späße.«

»Linus! Ich hab echt kein Bock mehr, mir ständig auf die Zunge beißen zu müssen. Weißt du was? Fick diese Wiesbadener.«

Mittlerweile sprach er viel zu laut. Von einem Nebentisch schaute ein Mann zu ihnen herüber. Butt starrte ihn nieder.

»Bisschen leiser, Alter!«, brummte Wellen.

»Die können mich mal kreuzweise. Ich hab nichts falsch gemacht. Rein gar nichts! Sollen sie sich hinter meinem Rücken die Mäuler zerreißen. Die werden schon sehen, was sie davon haben.«

»Und zwar?«

Butt lächelte bloß. »Lass uns weiterspielen. Du versuchst nur, mich abzulenken. Weiter geht's!«

* * *

Zwei Stunden später hielt Wellen vor Butts Haustür. »War ein schöner Abend. Vor allem schön billig für mich.«

»Hast ja zum Glück fast nur Cola getrunken.« Butt lallte leicht. »Eigentlich eine Schande, wie knapp du gewonnen hast, wenn man bedenkt, wie viel ich am Ende intus hatte.«

»Wir sehen uns morgen.«

Butt warf Wellen einen eindringlichen Blick zu. »Machen wir. Bis dann!«

Was hatte der Blick zu bedeuten? Irgendetwas schien Butt zu beschäftigen.

»Schlaf deinen Rausch aus. Und zieh morgen keine Fresse. Ich verrate keinem, wer gewonnen hat.«

Butt verließ den Wagen. An der Haustür schaute er über die Schulter, ohne eine Miene zu verziehen. Wellen fuhr an. In der Kneipe war die Stimmung während ihrer ersten längeren Pause gekippt. Butt hatte auf eine Art von den Wiesbadenern gesprochen, die Wellen in dieser Deutlichkeit nicht erwartet hätte. Er schien sie persönlich für die vermeintlich schlechte Stimmung gegen ihn verantwortlich zu machen.

Wellen fuhr drei Straßen weiter und parkte dann am Straßenrand. Drosten hatte ihn um eine zeitnahe Rückmeldung gebeten. Heute Abend konnte er dem Hauptkommissar unauffällig Bescheid geben. Trotzdem zögerte er. Was konnte er großartig berichten? Die Beleidigungen würde er garantiert nicht erwähnen. Das wäre sinnlos. Er wählte die Nummer.

»Drosten!«, meldete sich der Hauptkommissar nach wenigen Sekunden.

»Wellen. Hallo. Ich bin gerade auf dem Heimweg.«

»Haben Sie etwas herausgefunden?«

»Hendrik chattet manchmal mit den Magdeburgern. Das letzte Mal ist allerdings schon einige Wochen her. Angeblich geht es immer nur um private Themen. Von der Sache hier in Wolfsburg hat er ihnen nichts erzählt.«

»Glauben Sie ihm das?«, fragte Drosten.

»Ich weiß gar nicht mehr, was ich noch glauben soll oder nicht.«

»Sie klingen misstrauisch«, stellte Drosten fest.

»Hendrik steckt so voller Wut. So kenne ich ihn nicht. Selbst damals war er nicht wütend, sondern bloß ... verängstigt. Ja, das trifft es. Nach der Demo hatte er Angst um seine Zukunft. Aber heute? So viel Zorn ist durchgeblitzt. Beängstigend.«

23

Camilla saß mit ihrem Partner am Frühstückstisch und zwang sich dazu, eine Kleinigkeit zu essen. Seit gestern hatte sie nichts mehr von ihrer Abteilungsleiterin Vollmer gehört. Ob das gut oder schlecht war, konnte sie nicht einschätzen. Zumindest hatte sie den ganzen Tag mit vollem Zugriffsrecht arbeiten können. Aber hieß das etwas? Erst gegen elf Uhr würde sie erfahren, ob sie schon bald arbeitslos wäre. Eine Aussicht, die ihr auf den Magen schlug.

»Was bist du denn so schweigsam?«, fragte Noah.

»Hab Kopfschmerzen«, antwortete sie leise.

»Wieder einmal?«

Nun schaute sie ihm in die Augen. »Könnte vielleicht mit unserem letzten Streit zusammenhängen.«

»Was stellst du dich so an? Du hast ja nicht mal Ärger bekommen.«

Camilla presste die Lippen zusammen. Sie hatte ihm nichts von den Gesprächen mit der Betriebsrätin und ihrer Vorgesetzten erzählt. Wahrscheinlich hätte er sie verspottet, weil sie sich selbst bezichtigt hatte. Oder im schlimmsten Fall einen lautstarken Streit angefangen. Darauf konnte sie gut verzichten. Außerdem hatte sie noch einen anderen wichtigen Grund, warum sie ihm gegenüber das Thema nicht mehr erwähnt hatte. Sie mochte ihren Job. Falls sie ihn durch seine Schuld verlieren würde, wüsste sie nicht, ob sie ihm das verzeihen könnte.

»Du hast keinen Ärger bekommen, oder?«, hakte er unsicher nach.

»Noch nicht«, sagte sie.

»Da kommt nichts mehr. Glaub mir. Ich weiß wohl besser als du, wie in deiner Firma gearbeitet wird. Kein Grund für Kopfschmerzen.«

»Hoffentlich«, murmelte sie.

»Wirst schon sehen.« Er schob den Stuhl zurück. »Ich mache mich eben im Bad fertig. Um sechzehn Uhr bin ich wieder da. Dann brauche ich das Studio.«

Camilla nickte. Ob sie am Nachmittag überhaupt noch einen Job hatte? Sie schaute ihm hinterher. Dass er wegen seines Fehlers kein schlechtes Gewissen hatte, bestärkte sie in ihrer Absicht. Sollte ihr gekündigt werden, könnte sie ihm das niemals verzeihen. Dann wäre es besser, einen Schlussstrich unter die Beziehung zu ziehen, und sie könnte sich völlig frei in einer weiter entfernten Stadt einen guten Job suchen.

Sie schaute auf die Küchenuhr. Wie sollte sie bloß bis elf Uhr durchhalten? Schon jetzt war sie das reinste Nervenwrack.

24

Wo blieb Butt?

Linus Wellen räumte seine Zivilkleidung in den Spind und schloss ihn ab. Es war kurz vor zehn. In fünf Minuten müssten er und sein Partner zum Dienst antreten, doch von ihm fehlte in der Umkleidekabine jede Spur. Sie trafen sich zu Schichtbeginn normalerweise immer in der Umkleide, um dann gemeinsam ins Großraumbüro zu gehen und die ersten Instruktionen des Tages zu erhalten.

Wellen prüfte sein Handy. Butt hatte ihm keine Nachricht geschickt.

Um eine Minute vor zehn verließ Wellen die Umkleide. Auf dem Weg zum Großraumbüro kam er an dem offen stehenden Zimmer seines Vorgesetzten vorbei.

»Morgen!«, grüßte Wellen ihn.

»Wellen, gut, Sie zu sehen!«, antwortete der Mann. »Ihr Partner hat sich vor zehn Minuten wegen starker Kopfschmerzen krankgemeldet. Ich teile Ihnen PK Müller zu. Sorry. Deren Schicht beginnt um elf Uhr. Bis dahin können Sie Papierkram abarbeiten.«

»Alles klar. Danke für die Info.«

»Kann das sein, dass es Butt in letzter Zeit öfter schlecht geht? Er machte schon die ganze Woche keinen fitten Eindruck.«

»Kam mir auch so vor«, sagte Wellen. »Geklagt hat er allerdings nicht.«

»Hoffentlich ist er morgen wieder einsatzfähig. Wenn Sie mit Müller nicht klarkommen, melden Sie sich.«

»Das wird kein Problem.«

Sein Vorgesetzter lächelte. Beide kannten den Ruf, der Polizeikommissarin Müller vorauseilte. Sie galt als schwierige Person. Das laut auszusprechen, würde sich allerdings nicht gehören. Einen Tag könnte es Wellen vermutlich mit ihr aushalten – zumindest, wenn er sich zusammenriss.

Er setzte sich an seinen Platz im Großraumbüro und griff zum Handy.

Der Boss hat mich gerade informiert. Ich habe vorsichtshalber nichts von unserem Treffen gestern erzählt. War das schon zu viel Bier für dich, oder was ist los? Meld dich bei mir, und erhol dich gut. Deinetwegen hab ich jetzt die Müller an den Hacken. Dafür schuldest du mir was.

Wellen fügte noch unterschiedliche Emoji hinzu und schickte die Nachricht ab.

* * *

Butts Handy piepte zweimal. Er zog es aus der Jackentasche. Die Nachricht stammte von seinem Partner. Ohne sie zu öffnen, schob Butt das Telefon in die Tasche zurück.

Nachdem er am Vorabend in seine Wohnung zurückgekehrt war, hatte er einfach keine Ruhe gefunden.

Wellens Verhalten warf zu viele Fragen auf. Butt brauchte Antworten, die ihm sein Partner jedoch nicht geben würde. Zumindest nicht freiwillig.

Also musste er sie bei jemand anderem suchen. Aber wie ehrlich wäre Louisa zu ihm? Butt wusste es nicht. Trotzdem stand er nun schon seit zwanzig Minuten vor der Haustür des Mehrfamilienhauses und wartete.

Sein Schädel dröhnte. Nachdem er gestern Abend nicht hatte einschlafen können, war er irgendwann aufgestanden und hatte noch zwei Gläser Whiskey getrunken. Offenbar war das ein Fehler gewesen. Er rieb sich die Schläfen.

»Was soll ich bloß tun?«, murmelte er.

Sein Partner verschwieg ihm etwas. Wusste Louisa Bescheid, und wäre wenigstens sie ehrlich zu ihm?

Da es keinen Sinn ergab, hierherzukommen und dann unverrichteter Dinge abzuziehen, stieg er schließlich aus. Er ging zur Haustür und klingelte.

Es dauerte nur ein paar Sekunden, bis ihm jemand öffnete. Butt lief in die erste Etage hoch. Louisa wartete bereits an der offenen Tür.

»Hendrik?«, fragte sie verdattert. Sie hielt sich am Türrahmen fest. »Wo ist Linus? Ist ihm was passiert?«

»Nein, alles gut. Hab mir freigenommen. Ich muss mit dir sprechen.«

»Worüber?«

»Darf ich kurz reinkommen?«

Louisa schaute über die Schulter. »Ich habe Besuch. Das ist gerade ungünstig.«

Ihr ablehnendes Verhalten irritierte ihn. Wieso bat sie ihn nicht einfach herein? Betrog sie ihren Ehemann? »Bitte«, sagte er. »Das ist mir wichtig.«

»Na gut. Gehen wir ins Wohnzimmer. Wundere dich nicht. Da sitzt schon jemand.«

»Ich hoffe, nicht dein Geliebter.«

»Sehr witzig!«

Louisa ging voran und öffnete die Wohnzimmertür. Auf dem Sofa saß eine Frau, auf dem Boden lagen drei Kleinkinder: Matteo und zwei völlig gleich aussehende Mädchen.

»Jessi, das ist der Partner meines Mannes. Hendrik. Hendrik, das sind Jessi und ihre Töchter.«

Aller Augen richteten sich auf ihn.

»Wieso hast du dir freigenommen?«, fragte Louisa.

»Hab mich krankgemeldet.« Die Situation überforderte ihn. Er hatte mit Louisa und Matteo gerechnet. Ein heftiger Stich maltratierte seinen Kopf. Er stöhnte.

»Was ist mit dir?«, erkundigte sich Louisa besorgt.

»Egal. Können wir in Ruhe reden? Vielleicht in der Küche?«

Plötzlich begann eines der Mädchen ohne Vorwarnung zu schreien.

»Bitte, Louisa!«, drängte Butt sie. »Kann man die nicht abschalten?«, fragte er die zweite Mutter.

Nun plärrte auch die Zwillingsschwester los.

»Na super!«, brummte Louisa. »Gut gemacht, Hendrik.«

»Was kann ich dafür?«

Louisa schaute zu ihrer Freundin. Die nickte. Sie hockte sich neben ihre Töchter und nahm sie beide auf den Arm. Matteo beobachtete alles und wirkte hin- und hergerissen.

»Gehen wir in die Küche.«

Da Butt nicht zum ersten Mal Gast in dieser

Wohnung war, kannte er sich aus. Er ging voran, gefolgt von Louisa.

»Worüber willst du reden?«

»Mach die Tür zu. Ich ertrag das Kindergeschrei nicht.«

Sie reagierte gar nicht erst auf seine Anweisung. »Was willst du?«

»Linus hat ein Geheimnis vor mir. Weißt du, worum es da geht?«

Louisa zögerte. In ihrem Blick erkannte er die Wahrheit. Der Mann, dem er sein Leben anvertraut hätte, schien ihn zu hintergehen, und seine Frau wusste Bescheid.

Das Geschrei aus dem Wohnzimmer steigerte sich: Matteo war ins Geheul der Mädchen eingestiegen.

»Oh nein«, stöhnte Louisa. »Sorry, ich muss zu meinem Sohn.« Ohne seine Antwort abzuwarten, drehte sie sich um. Im Flur zog sie ihr Handy aus der Hosentasche. Das konnte nur eines bedeuten: Sie wollte ihren Mann alarmieren.

Louisa öffnete die Wohnzimmertür. Das Geschrei drang in voller Lautstärke zu ihm und steigerte seine Kopfschmerzen.

Warum verarschten ihn alle? Selbst sein Partner und dessen Frau? Er hatte niemandem etwas getan. Butts Blick fiel auf den Messerblock. Ohne über die Konsequenzen nachzudenken, zog er ein Fleischermesser heraus und folgte Louisa.

»Mir reicht's!«, schrie er. »Haltet alle die Fresse!«

Die Frauen starrten ihn entsetzt an. Aus Louisas Handy drang ein Kinderlied. War das der Klingelton, den sie für ihren Mann eingestellt hatte?

»Geh ran!«, brüllte Butt.

»Wo ran?«, fragte Louisa.

»Ans Telefon. Wer ruft dich an? Linus?«

»Das ist bloß ein Lied, mit dem ich Matteo beruhige. Ich mach's aus.«

Sekunden später verstummte die Melodie. Doch die drei Kinder schrien noch immer.

»Seid leise!«

»Legen Sie das Messer weg! Sie jagen uns Angst ein«, flehte die zweite Frau.

»Was wird hier gespielt?«, fragte Butt. »Linus hat Geheimnisse vor mir. Weißt du etwas davon?« Das Gebrüll der Kinder setzte ihm immer mehr zu.

»Verschwindest du, sobald ich es dir verrate?«, wollte Louisa wissen.

Also war sie tatsächlich eingeweiht. Wie hatte sein Partner ihn nur so hintergehen können? »Natürlich.«

Louisa warf ihrer Freundin einen Blick zu, die ihr kaum merklich zunickte. »Okay. Ich nehme Matteo auf den Arm, dann wechseln wir in die Küche. Da können wir uns in Ruhe unterhalten.«

»Und in der Zwischenzeit verschwindet deine Freundin mit den Zwillingen. Kurz darauf stürmt dann ein SEK die Wohnung. Hältst du mich für so einfältig? So machen wir das nicht. Wir bleiben alle schön hier, und ihr bringt endlich eure Gören zum Schweigen.« Er verlor die Beherrschung. »Habt ihr mich verstanden?«, schrie er über den Lärm der Kinder hinweg.

Seine Worte erzielten den gegenteiligen Effekt. Die Kinder brüllten noch lauter. Das war ja nicht zum Aushalten. Einer Eingebung folgend, griff er zu seinem Handy und wählte Wellens Nummer.

»Hey«, begrüßte der ihn. »Wie geht's ...« Mitten im

Satz brach er ab. »Hendrik? Wo bist du? Was ist das für ein Kindergeschrei im Hintergrund?«

»Du kommst sofort nach Hause. Wenn nicht, wirst du das sehr bereuen. Sag niemandem Bescheid!« Butt beendete die Verbindung und schaltete das Telefon aus. Er ging zwei Schritte auf Louisa zu. »Gib mir dein Handy!« Mit dem Messer fuchtelte er vor ihrem Gesicht herum.

Eingeschüchtert überreichte sie ihm das Gerät. Im selben Moment klingelte es und übertrug Wellens Nummer. Butt ließ das Telefon fallen und zertrat es mit dem Schuhabsatz.

»Hendrik!«, rief Louisa entsetzt. »Was soll das?«

»Sorgt endlich für Ruhe!«, schrie er. »Sonst vergesse ich mich!«

25

Drei Minuten vor der vereinbarten Uhrzeit erreichte Camilla der Link zur Videokonferenz, die ihre Chefin angekündigt hatte. Zur Beruhigung ihrer Nerven trank sie einen Schluck Tee, ehe sie den Link aufrief. Das System bat sie um ein bisschen Geduld, bis die Administratorin sie zum Gespräch einlassen würde. Kurz darauf erschien bereits Hedwig Vollmers Gesicht auf dem Bildschirm.

»Hallo, Frau Schott. Ich hoffe, Ihnen geht's einigermaßen gut.«

»Nicht so wirklich. War eine ziemlich schlaflose Nacht.«

»Das tut mir sehr leid.«

Die Abteilungsleiterin klang so, als würde sie es ehrlich meinen.

»Mir ist es noch mal ganz wichtig, Ihnen zu sagen, wie leid mir das Verhalten meines Partners tut. Aber auch mein eigenes Versäumnis bitte ich zu verzeihen. Ich hätte mich um einen abschließbaren Rollcontainer kümmern müssen. Das war dumm von mir. Keine Ahnung, wieso ich da so unzuverlässig war.«

»Liebe Frau Schott, ich weiß Ihre Offenheit sehr zu schätzen. Ich habe Ihre Reue ja schon gestern gespürt. Sie haben keinen Grund, übermäßig nervös zu sein. Wir kriegen das auf die Reihe.« Vollmer lächelte warmherzig.

»Wirklich?«, fragte Camilla fast ungläubig.

»Versprochen. Allerdings muss ich Sie jetzt vorwarnen. Nicht, dass Sie noch nervöser werden. Es wird gleich bei Ihnen klingeln, und ich möchte Sie bitten, dem Gast aufzumachen.«

»Wer kommt denn?«

Genau in diesem Moment ertönte die Klingel. Camilla zuckte erschrocken zusammen.

»Ein Polizist.«

»Was? Wieso denn das? Sie haben gesagt ...«

»Es ist wirklich alles in Ordnung. Glauben Sie mir. Können Sie Hauptkommissar Drosten bitte öffnen?«

»Mache ich.«

Mit zittrigen Beinen erhob sich Camilla und ging zur Tür. Wieso schickte Vollmer die Polizei vorbei, wenn angeblich alles in Ordnung war? Das ergab keinen Sinn. Würde man sie verhaften?

Camilla öffnete die Wohnungstür. Im Hausflur stand noch niemand. Also drückte sie den Einlassknopf auf der Gegensprechanlage und ließ den Hauptkommissar ins Haus.

»Guten Morgen, Frau Schott«, grüßte der Mann sie. »Ich hoffe, Frau Vollmer hat mich angekündigt.« Er präsentierte ihr seinen Dienstausweis.

Camilla warf einen Blick darauf, doch vor ihren Augen verschwamm alles. »Hat sie. Warum sind Sie hier?«

»Darf ich reinkommen?«

Camilla trat zur Seite.

»Gehen wir zurück an den Computer. Frau Vollmer und ich erklären Ihnen das gemeinsam.«

Sie führte ihn in den kleinen Raum, in dem nur ein Stuhl stand.

»Ist ein bisschen eng«, entschuldigte sie sich.

»Das macht nichts. Ich kann gerne stehen bleiben.«

»Nein«, widersprach Camilla. »Sonst machen Sie mich noch nervöser. Setzen wir uns auf die Couch.«

Sie nahm den Laptop und trug ihn ins Wohnzimmer, wo sie ihn auf den Couchtisch stellte. Dann nahm sie Platz.

Der Hauptkommissar setzte sich neben sie.

»Guten Morgen, Frau Vollmer. Schön, Sie wiederzusehen.«

»Guten Morgen, Herr Drosten.«

»Kann mir das bitte jemand erklären?,« bat Camilla. »Ich habe den Eindruck, mein Kopf platzt gleich.«

»Zunächst einmal die positive Nachricht, Frau Schott«, begann Vollmer. »Ich habe nach Rücksprache mit dem Betriebsrat beschlossen, es bei einer Abmahnung zu belassen.«

»Oh Gott! Ich bin so erleichtert. Vielen Dank!«

»Voraussetzung dafür ist allerdings, dass Sie sich weiterhin kooperativ zeigen. Vor allem gegenüber Hauptkommissar Drosten. Der hat nämlich ein paar Fragen.«

»Natürlich. Überhaupt kein Problem. Worum geht's?« Sie wandte sich dem Besucher zu.

»Ich ermittle in einer Mordserie und bin vor allem deshalb hier, um Ihren Partner von der Liste der Verdächtigen zu streichen.«

»Was?« Camilla verstand kein einziges Wort.

»In den Bundesländern, in denen Ihr Arbeitgeber über Wohnungsbestände verfügt, gibt es eine ungeklärte Mordserie. Wir haben herausgefunden, dass einige Mordopfer Ihre Mieter waren. Zwei davon sind sogar aktenkundig geworden. Wegen Ruhestörung.«

»Ich verstehe noch immer nicht.«

»Über Ihren Arbeitsaccount hat jemand unter anderem den Begriff ›Ruhestörung‹ eingegeben und dabei auch die Akten der Mordopfer aufgerufen.«

»Noah hat das getan? Was bedeutet das? Er ist doch kein Mörder!«

»Um das herauszufinden, bin ich hier. Die Taten fanden jeweils nachts statt. Verbringen Sie und Ihr Partner grundsätzlich jede Nacht gemeinsam?«

»Wenn er nicht arbeitet, dann schon.«

»Also arbeitet er manchmal nachts?«

»Er hat drei Wochen im Monat Tagschicht und eine Woche Nachtschicht.«

* * *

Linus Wellen betrat das Büro seines Vorgesetzten.

Der schaute von einer Akte auf und musterte ihn überrascht. »Was ist denn mit Ihnen los? Sie sind leichenblass.«

Wellen führte eine Hand an den Bauch. »Mir ist plötzlich übel geworden. Um ehrlich zu sein, Hendrik und ich waren gestern in einer Kneipe. Sorry, dass ich das nicht sofort erwähnt habe. Ich glaube, wir haben uns beide den Magen mit Nachos und Käsesauce verdorben.«

Sein Vorgesetzter verdrehte die Augen. »Und warum verschweigen Sie mir so was? Als würde ich Ihnen deswegen die Hölle heiß machen. Gehen Sie nach Hause, und erholen Sie sich!«

»Danke. Morgen bin ich wieder fit. Versprochen!« Wellen wandte sich ab.

»Moment noch!«, rief sein Vorgesetzter ihm nach.

Was war nun? Hatte er ihn durchschaut? Wellen blieb stehen und blickte über die Schulter.

»Das hat doch nichts mit Müller zu tun? Sie wollen sich nicht vor einer Schicht mit ihr drücken?«

»Ich würde eine Woche mit ihr Streife fahren, wenn ich diese Schmerzen los wäre.«

»Passen Sie auf dem Heimweg auf. Gute Besserung!«

Wellen verließ das Büro. Um in seiner Rolle zu bleiben, ging er nur im langsamen Tempo, seine Gedanken indes rasten bereits. Was hatte Butt getan? Wieso das Kindergeschrei? Er hatte seinen Vorgesetzten belogen, um nicht die interne Maschinerie in Gang zu setzen. Vielleicht hatte Butts Anruf einen eher harmlosen Grund, der sich schnell aufklären würde. Hätte er ihren Vorgesetzten eingeweiht, wäre Butts Karriere endgültig ruiniert, aber auch Wellen müsste sich Vorhaltungen machen lassen. Immerhin hatte er ohne Rücksprache mit einer fremden Polizeibehörde kooperiert. Das würde im Präsidium niemand gutheißen.

In der Umkleidekabine zog er sich seine Alltagskleidung an und verschloss die Uniform im Kleiderschrank. Seine Waffe hatte er nach Dienstbeginn noch nicht aus dem Waffenschrank geholt.

Zügig trat er von der Umkleide ins Freie und ging auf seinen Wagen zu.

War es klug, sich der Situation allein zu stellen? Was, wenn er sich in Butt täuschte? Heute Morgen nach dem Aufwachen hätte Wellen jede Wette abgeschlossen, dass sein Partner nicht in die Morde involviert war. Weder als Einzeltäter noch als Nachahmer. Und jetzt? Hatte er sich geirrt? Dann wäre es verrückt, allein nach Hause zu fahren.

Er stieg ins Fahrzeug, schnallte sich an und startete den Motor. Er fuhr vom Mitarbeiterparkplatz und entfernte sich rasch von der Polizeidienststelle.

Seinen Vorgesetzten konnte er nicht einweihen. Aber vielleicht würden ihm Drosten und seine Partner helfen. Falls sich alles als Irrtum herausstellte, wären sie hoffentlich bereit, den Vorfall unter den Teppich zu kehren. Immerhin hatten sie die Situation mit ihrer ungewöhnlichen Bitte überhaupt erst ausgelöst.

Einige Straßen vom Präsidium entfernt fuhr Wellen an den Straßenrand. Er griff zu seinem Telefon und suchte die Nummer von Hauptkommissar Drosten heraus.

* * *

»In welcher Branche arbeitet Ihr Partner?«, fragte Drosten. »Drei Wochen Tagschicht und eine Woche Nachtschicht sind eine ungewöhnliche Kombination.«

»Hat er sich nicht ausgesucht. Sein Arbeitgeber hat vor Kurzem Insolvenz angemeldet. Die Arbeit geht unter der Aufsicht eines Insolvenzverwalters weiter. Noah gehört zu den Mitarbeitern, die unter verschlechterten Bedingungen beschäftigt bleiben. Wenigstens etwas.«

»Was genau macht er?«

Drostens Handy klingelte, bevor Camilla Schott ihm antworten konnte. Er zog es aus der Anzugtasche. »Entschuldigen Sie kurz.« Das Display übertrug die Nummer von Polizeioberkommissar Wellen. »Der Anruf könnte wichtig sein. Ich muss ihn eben entgegennehmen.«

»Selbstverständlich«, sagten beide Frauen.

»Drosten!«

»Wellen hier. Ich befürchte, Hendrik hat die Nerven verloren.« Der Mann klang verängstigt.

»Was ist passiert?« Drosten stand auf. »Wo sind Sie?«

»Auf dem Heimweg. Hendrik hat sich heute Morgen krankgemeldet. Allerdings ohne mir Bescheid zu sagen. Vor ein paar Minuten bekomme ich einen Anruf von ihm. Im Hintergrund Kindergeschrei. Ich wollte von ihm wissen, wo er ist. Und darauf hat er gesagt ... oh Gott, ich kann das gar nicht glauben.«

»Was hat er gesagt?«

»Du kommst sofort nach Hause. Wenn nicht, wirst du das sehr bereuen. Sag niemandem Bescheid.«

»Das war der genaue Wortlaut?«

»Ja. Danach hat er die Verbindung getrennt. Ich hab versucht, ihn zurückzurufen. Sein Telefon war ausgeschaltet. Also probierte ich es bei meiner Frau Louisa. Da hatte ich erst das Freizeichen, dann landete ich auf der Mailbox. Allerdings viel zu früh. Normalerweise dauert das länger.«

»Und jetzt befürchten Sie, er hält Ihre Frau und Ihr Kind als Geisel?«

»Keine Ahnung. Louisa erwartete heute Morgen Besuch. Jessica. Junge Mutter von Zwillingen. Im Hintergrund hat mehr als ein Kind geweint.«

»Haben Sie jemanden aus Ihrer Dienststelle informiert? Ist ein Einsatzteam unterwegs?«

»Nein. War das falsch? Ich will Hendrik nicht in die Scheiße reiten, wenn das ein Fehlalarm ist. Ich hätte ihn gestern Abend nicht aushorchen dürfen. Warum haben Sie das von mir verlangt?«

»Sie haben nichts falsch gemacht. Und vielleicht war es gut, Ihre Dienststelle nicht einzuschalten. So kann ich Ihnen unkomplizierter helfen. Fahren Sie nach Hause. Wenn Sie dort ankommen, bauen Sie eine Handyverbindung zu mir auf und stecken Ihr Telefon in die Jacke oder Hose. Damit ich mithören kann. Wie lange brauchen Sie noch?«

»Zehn Minuten.«

»Wir wissen ja, wo Sie wohnen.«

»Was soll ich zu Hause tun?«

»Sich einen Überblick verschaffen. Uns mithören lassen. Wenn Sie in Gefahr schweben, greifen wir ein.«

»Wie denn?«

»Vertrauen Sie mir. Das sind wir gewohnt. Können Sie Ihren Wohnungsschlüssel unter die Fußmatte legen? Also aufschließen, Schlüssel rausziehen und für uns deponieren?«

»Gute Idee. Ich probier's. Danke. Dann fahre ich jetzt weiter. Ich rufe wieder an.« Wellen trennte die Verbindung.

»Das klang dramatisch«, stellte Camilla Schott fest. »Hat das mit den Morden zu tun?«

»Ich muss los. Tut mir leid. Vielleicht hat das alles nichts zu bedeuten. Wann kommt Ihr Partner heute nach Hause?«

»Um sechzehn Uhr.«

»Sind Sie die ganze Zeit hier?«

»Ja.«

»Ich melde mich wieder bei Ihnen. Wenn möglich, kehre ich vorher zurück, damit wir unser Gespräch fortsetzen können. Sie haben ja jetzt sicher erst noch Einzelheiten mit Frau Vollmer zu klären.« Drosten setzte sich kurz auf die Couch und blickte auf den Bildschirm. »Frau Vollmer, es tut mir leid, ich muss gehen. Frau Schott und ich setzen die Unterhaltung später fort. Von meiner Seite gibt es keine Bedenken.«

»Wenn noch etwas ist, melden Sie sich bei mir.«

»Das mache ich.« Drosten erhob sich wieder.

»Ich bringe Sie kurz zur Tür«, sagte seine Gastgeberin.

In der Diele fiel Drosten ein, dass noch eine Frage im Raum stand. »Sagen Sie mir vorab nur noch eins: Als was arbeitet Ihr Partner?«

»Im Objektschutz. Er arbeitet seit zwei Jahren für eine Securityfirma.«

»Tun Sie mir einen Gefallen. Suchen Sie heraus, wann er in den letzten drei Monaten Nachtschicht hatte. Bis später!«

Drosten öffnete die Wohnungstür und trat in den Hausflur.

26

Linus Wellen stellte den Motor ab. Er blickte zu den Fenstern in der ersten Etage, ohne etwas zu entdecken, das ihn beunruhigte oder verängstigte. Hoffentlich war das alles bloß ein Irrtum. Er trennte den Wohnungsschlüssel vom Schlüsselbund ab und schob ihn sich in die Hosentasche. Dann rief er wieder bei Drosten an.

»Sind Sie schon zu Hause?«, fragte der Wiesbadener Hauptkommissar.

»Gerade angekommen. Sind Sie auch in der Nähe?«

»Meine Partner werden in fünf Minuten vor Ort sein.«

»Und Sie? Klingt, als sitzen Sie auch im Auto.«

»Sie haben mich vorhin bei einer Zeugenbefragung in Helmstedt erreicht. Ich brauche noch ein bisschen, beeile mich aber.«

»Okay. Die Haustür kann man so einstellen, dass sie sich einfach aufdrücken lässt. Den Wohnungstürschlüssel lege ich unter die Fußmatte.«

»Warten Sie kurz. Es ist besser, wenn auch Hauptkommissar Sommer mit Ihnen in Verbindung steht. Ich schalte ihn dazu.«

»Beeilen Sie sich.«

Für einen Moment schien die Leitung tot zu sein. Dann meldete sich Sommer.

»Hat es geklappt?«

»Ja, Wellen hier, ich höre Sie.«

»Wir sind fast vor Ort. Solange die Verbindung steht, entscheiden wir situativ, wie wir vorgehen.«

»Und wenn Hendrik verlangt, dass ich ihm mein Telefon aushändige?«

»Dann fällt uns etwas ein. Verlassen Sie sich darauf. Gehen Sie jetzt zu Ihrer Familie.«

»Ich schiebe das Handy in die Jackentasche. Ende.« Wellen steckte das Telefon ein. Er verließ den Wagen und ging auf die Haustür zu. Was würde ihn in seiner Wohnung erwarten? Die Angst, zu spät zu kommen, peinigte ihn. Er öffnete die Tür und legte den kleinen Schalter im Schloss um. Nun hätte Sommer auch ohne Schlüssel Zutritt.

Oben angekommen, angelte Wellen nach dem Wohnungstürschlüssel. Durch die Tür vernahm er Kindergeschrei. Offenbar hatte sich mindestens eines der Kleinkinder noch nicht beruhigt.

Vorsichtig schob er den Schlüssel ins Schloss und drehte ihn um. Als die Tür aufsprang, zog er ihn schnell heraus und legte ihn unter die Fußmatte. Dann betrat er die Wohnung. Er vernahm zwei unterschiedliche Kinderstimmen aus dem Wohnzimmer. Wellen drückte die Eingangstür zu.

»Ich bin da!«, rief er.

»Komm ins Wohnzimmer«, antwortete Butt.

An der Türschwelle verschaffte sich Wellen einen Überblick. Sein Partner stand mit einem Messer in der Hand in der Mitte des Raumes. Louisa, Jessi und die drei Kinder drängten sich beim Sofa zusammen. Jessi hielt ihre schreienden Töchter auf dem Arm. Matteo hatte zwar ganz offensichtlich geweint, sich aber mittlerweile wieder beruhigt.

»Warum bedrohst du sie mit einem Messer?«, fragte Wellen lauter als nötig.

»Weil ich Erklärungen will«, antwortete Butt.

»Behandelt man so die Frau eines Freundes?«

»Bist du ein Freund? Ich habe von deinen gestrigen Besuchern erfahren.«

Wellen schaute zu Louisa.

Die nickte leicht. »Ich musste es ihm erzählen«, sagte sie leise.

Er lächelte seiner Frau zu. »War ja auch kein Geheimnis.«

»Ach nein?«, schrie Butt. »Dann hast du also nur vergessen, mir davon zu erzählen.«

»Leg das Messer weg, und wir können uns in Ruhe unterhalten. Ohne die Frauen, ohne Kinder und ohne Gebrüll.«

»Ich mache dir einen anderen Vorschlag. Du bleibst stehen, wo du bist. Und wenn du ausnahmsweise ehrlich zu mir bist, passiert niemandem etwas. Warum hast du mich hintergangen?«

* * *

Gedämpft drang das Gespräch aus dem Telefon. Das Geschrei der Kinder machte es nicht leichter, den

Geschehnissen zu folgen. Sommer und Kraft liefen auf die Haustür zu, die sich aufdrücken ließ. Sommer deutete wortlos nach oben. Sie gingen in die erste Etage. Kraft bückte sich und hob die Fußmatte an. Darunter lag ein einzelner Schlüssel, den sie an sich nahm. Sommer signalisierte ihr, zu warten. Sie positionierten sich vor der Tür, und Sommer hielt das Telefon so, dass Kraft mithören konnte. Er versuchte abzuschätzen, wie viel Zeit er benötigen würde, um sich Zutritt zu verschaffen. Zwei oder drei Sekunden für die Wohnungstür. Dann durch die Diele ins Wohnzimmer. Also könnte er Butt nach fünf Sekunden ins Visier nehmen. Leider wäre das nicht schnell genug, um zu verhindern, dass der Geiselnehmer mit dem Messer zumindest eine Person verletzen würde.

* * *

»Ich habe dich nicht hintergangen«, widersprach Wellen.

»Ach nein?« Butt lachte spöttisch. »Was war es dann?«

»Eigentlich wollte ich dir nur helfen.«

Butt starrte ihn hasserfüllt an. »Helfen? Spinnst du? Wenn du weiter so einen Mist laberst, vergess ich mich.«

»Das ist die Wahrheit! Was hätte ich denn tun sollen? Ich war auf dem Weg vom Präsidium nach Hause, als ich einen Verfolger bemerkte.«

»Verfolger?«

»Ein Auto mit drei Insassen. Irgendwann hab ich angehalten und das Fahrzeug hinter mir ebenfalls. Dieser Drosten stieg aus und fragte, ob wir uns vertraulich unterhalten könnten. Es ginge um dich.«

»Um mich?«

»Und weil du mich angelogen hast ...«

»Ich habe dich nie belogen«, behauptete Butt.

»Jetzt lügst du schon wieder! Vorgestern kam mir spontan die Idee, mich mit dir zu treffen. Bin einfach losgefahren, ohne dir Bescheid zu geben. Ich komme bei dir in der Straße an, als du gerade abfährst. Schlechtes Timing. Oder gutes? Keine Ahnung! An der nächsten Ampel verliere ich dich. Also schicke ich dir eine Nachricht, ob du Lust auf ein Bierchen hast. Und du behauptest, mit Kopfschmerzen im Bett zu liegen. Was sollte das?«

»Vorgestern?« Butt runzelte die Stirn. Er schien tatsächlich erst einmal über den Ablauf des Abends nachdenken zu müssen.

»Während unserer Schicht habe ich dich übrigens bei einer Fahrzeughalterabfrage erwischt, die du vor mir verheimlichen wolltest.«

»Ach, das meinst du. Scheiße! Dein Ernst? *Deswegen* hintergehst du mich? Ich dachte, wir wären Freunde. Warum hast du mich nicht einfach gefragt?«

»Weil ...« Wellen rang um Worte.

»Nun sag schon!«

Wellen zögerte. Im Grunde war es bereits zu spät. Butt hatte Geiseln genommen. Sie könnten nie wieder vertrauensvoll zusammenarbeiten. »Okay«, sagte er lauter als nötig. »Ich fand's auch komisch.«

»Was denn?«

»Fleschütz und Zwicker. Wieso bist du am nächsten Morgen zu ihnen gefahren? In deiner Freizeit?«

»Arschloch!«, zischte Butt. »Weil ich so ein Gefühl hatte.«

»Erklär's mir.«

»Ich war mir sicher, Zwicker lässt es nicht auf sich beruhen. Und ja, Fleschütz hat mir gefallen. Ich hab mich gefragt, wieso sie bei einem Kerl bleibt, der sie bedroht und mit dem sie sich immerzu streitet. Ich kapier's einfach nicht. Dann hab ich mich freitagabends mit *richtigen* Freunden in einer Bar getroffen und ein Paar beobachtet, das mich an die beiden erinnert. Also hab ich am Montag darauf das Kennzeichen abgefragt, um die Halteradresse herauszufinden. Abends bin ich dann hingefahren. Und genau das wollte ich dir nicht schreiben.«

»Was hast du bei denen gemacht?«

»Eine Weile vor deren Haustür gesessen und gewartet.«

»Worauf?«

»Keine Ahnung«, brüllte Butt. »Irgendwann hab ich's selbst kapiert. Dass das sinnlos ist. Also bin ich nach Hause gefahren.«

»Die Wiesbadener verdächtigen dich, Fleschütz getötet zu haben. Oder alle fünf Menschen ermordet zu haben.«

»Schwachsinn! Und du hast das geglaubt?«

* * *

Sommer gab Kraft sein Handy, die ihm den Schlüssel übergab. Sie hatten gehört, was sie hören mussten. Falls die Situation im Wohnzimmer eskalieren würde, dann in den nächsten Augenblicken. Also mussten sie einschreiten.

Vorsichtig führte er den Schlüssel ins Schloss. Kraft zog ihre Waffe. Sommer hielt drei Finger hoch. Stumm zählte er auf null herunter, drehte den Schlüssel, und die Tür sprang auf. Sofort zog auch Sommer seine Pistole. Sie durchquerten die Diele.

»Wellen! Runter!«

Der Polizist duckte sich.

Sommer hatte freie Schussbahn auf Butt. Der war drei Schritte von seinen Geiseln entfernt.

»Was soll das?«, schrie er.

»Nicht bewegen!«, befahl Sommer. »Legen Sie das Messer auf den Boden, und schieben Sie es Ihrem Partner zu.«

»Linus? Was soll das?« Butt schaute zu seinem knienden Kollegen.

»Du hast mir keine andere Wahl gelassen. Wie kannst du Louisa und meinen Sohn bedrohen? Was sollte ich tun? Du rufst mich an, ich höre nur panisches Geschrei. Dann drohst du mir.«

»Ich hab dir nicht gedroht.«

»Legen Sie das Messer auf den Boden«, sagte Kraft mit ruhiger Stimme.

Butts Blick huschte hin und her. Sommer hatte nicht das Gefühl, dass der Mann kurz davorstand, einen schrecklichen Fehler zu begehen. »Warum nehmen wir nicht alle unsere Waffen runter?«, fragte er. »Ich zuerst, dann Sie, Butt, danach du, Verena.«

»Einverstanden«, sagte sie.

Butt stierte sie nur an.

»Machen wir es nicht schlimmer, als es ist.«

Sommer registrierte, dass sich Louisa Wellen regte. Wollte sie einschreiten? »Frau Wellen? Sie bleiben, wo Sie sind«, sagte er. »Es ist alles unter Kontrolle.«

Butt schaute nur kurz über die Schulter, bevor er wieder zu ihnen blickte.

»Wir bringen das in aller Ruhe über die Bühne«, fuhr Sommer fort. Er schob seine Pistole ins Schulterhalfter. »Jetzt sind Sie an der Reihe.«

»Das ist nur ein Missverständnis«, jammerte Butt.

»Umso weniger Grund haben Sie, Frauen und Kinder mit einem Messer zu bedrohen«, erwiderte Sommer. »Legen Sie es auf den Boden, und schieben Sie es Ihrem Partner zu. Danach steckt Hauptkommissarin Kraft die Waffe ein. Dann ist niemandem etwas passiert.«

»Warum glaubt mir nie jemand?«

Butt bückte sich und legte das Messer auf den Teppich. Mit dem Fuß schob er es zu Wellen, der es an sich nahm und nach hinten reichte. Kraft steckte ihre Pistole ins Holster.

»Was jetzt?«, fragte Butt. Er schaute Sommer in die Augen.

Sommer ging an Wellen vorbei und postierte sich zwischen den beiden Kollegen. »Wir würden uns gern mit Ihnen im Präsidium unterhalten«, sagte er. »Kommen Sie freiwillig mit? Ich will Ihnen keine Handschellen anlegen.«

»In meiner Dienststelle?«, fragte Butt. »Wo es alle mitkriegen?«

»Wir können zu Hauptkommissar Martel ins Präsidium fahren. Einverstanden?«

Butt zögerte. Dann nickte er.

»Ich komme jetzt zu Ihnen und führe Sie dann am Arm aus der Wohnung. Okay?«

»Meinetwegen.«

Sommer setzte seine Ankündigung um, und Butt suchte den Blick seines Partners. »So hätte das nicht laufen dürfen«, sagte er leise.

Wellen war in erster Linie erleichtert. Er trat zu Louisa und Matteo. »Ich weiß.«

An der Türschwelle drehte sich Butt um. »Ich hätte ihnen niemals etwas angetan.«

Wellen nickte lediglich. Sommer sollte Butt endlich aus der Wohnung führen. Denn langsam machte die Erleichterung Platz für unbändige Wut. Wie hatte sein Partner nur Unschuldige bedrohen können? Wie hatte er sich so in ihm täuschen können?

27

Selten traf der Ausdruck ›Häufchen Elend‹ so gut zu wie auf Polizeikommissar Hendrik Butt. Zu Beginn der Vernehmung hatte er um Kopfschmerztabletten und ein Glas Wasser gebeten. Die Konsultation eines Anwalts hatte er abgelehnt. Selbst einen Vertreter der Polizeigewerkschaft, bei der er Mitglied war, wollte er nicht in Anspruch nehmen.

Drosten schaute auf die Uhr. Mittlerweile war es halb zwei. Wenn er zeitnah nach Helmstedt aufbrechen würde, käme er noch rechtzeitig bei Camilla Schott an, um sie in Abwesenheit ihres Partners zu befragen. Würde er dann hier in Wolfsburg wichtige Informationen verpassen?

Butt stritt jede Beteiligung an einem der Morde ab. Drosten glaubte ihm mittlerweile. Der Polizist räumte dagegen ein, Fleschütz attraktiv gefunden und gehofft zu haben, ihr Partner würde beim Frühstück Ärger machen. Er hatte sich erneut als Retter in der Not aufspielen wollen und dann langsam den Kontakt zu Fleschütz intensiviert.

Im Vernehmungszimmer saßen Sommer, Kraft und Hauptkommissar Martel dem Wolfsburger Polizisten gegenüber. Drosten beobachtete die Vernehmung durch einen Einwegspiegel.

»Wieso haben Sie zum Messer gegriffen und die Ehefrau Ihres Partners bedroht?«, wollte Kraft wissen.

Butt wich ihrem Blickkontakt aus. Er schaute zu Boden, bewegte dabei leicht den Kopf hin und her. Schließlich wischte er sich hektisch über die Augen. »Das war ...« Er brach ab und schüttelte den Kopf. »Keine Ahnung. Die Kinder haben so geschrien, außerdem hatte ich den Eindruck, mein Schädel platzt vor Schmerz. Und dann war sie plötzlich so überheblich zu mir. Ich wollte das nicht. Das müssen Sie mir glauben. Ich hätte niemandem etwas angetan. Linus ist ... war ... mein Freund. Ich war auf seiner Hochzeit. Niemals hätte ich zugestochen. Echt nicht. Wie kann ich das bloß wiedergutmachen?«

»Und warum sind Sie bei Familie Wellen aufgetaucht?«, wollte Martel wissen.

»Louisa sollte mir verraten, wieso Linus am Vorabend so komisch zu mir war. Jetzt weiß ich, er hat mich ausgehorcht.« Butt schaute zu Sommer. »Warum haben Sie ihn dazu gedrängt?«

»Weil wir mit seiner Hilfe den Verdacht gegen Sie ausräumen wollten«, erklärte Sommer.

»Das kann einfach nicht Ihr Ernst sein. Ich bringe keine Frauen um. Was erzählen Sie denn da?« Er schluchzte.

Drosten hatte Mitleid mit ihm. Butt hatte sich seine Karriere ruiniert. Nach den heutigen Vorkommnissen war es undenkbar, ihn weiter als Polizist zu beschäftigen.

»Sie griffen zum Messer und riefen Ihren Partner an,

verlangten von ihm, dass er nach Hause kommt«, sagte Kraft. »Dann zerstörten Sie Frau Wellens Smartphone und warteten. Selbst als Ihr Partner – Ihr Freund, wie Sie ihn bezeichnet haben – auftauchte, legten Sie das Messer nicht weg. Und wir sollen glauben, Sie hätten nicht zugestochen? Wie passt das in Ihren Augen zusammen?«

Wieder senkte Butt den Blick. »Ich habe zum ersten Mal verstanden, wie sich Straftäter fühlen, wenn sie Grenzen überschreiten. Das war fast so, als hätte ich mich von außen beobachtet und gewusst, dass es für mich keinen Weg mehr zurück gibt. Deswegen habe ich nicht aufgegeben, als Linus nach Hause kam. Obwohl ich da schon wusste, wie es mit mir endet.« Er schaute sich um. »Hier in diesem Raum.«

Drosten hatte genug gehört. Butt hatte mit den Morden nichts zu tun. Welche Konsequenzen sein heutiges Handeln hatte, darüber müssten andere entscheiden. Er blickte noch einmal auf die Uhr. Dann zog er sein Handy aus der Innentasche seines Jacketts und schrieb Sommer eine Nachricht.

Ich fahre wieder nach Helmstedt zu Frau Schott. Telefonisch könnt ihr mich jederzeit erreichen.

Er schickte die Mitteilung ab und wartete. Kurz darauf zog Sommer sein Smartphone aus der Hosentasche und nickte. Drosten verließ seinen Beobachtungsposten. Hier in Wolfsburg würden sie vorläufig nicht weiterkommen.

* * *

Camilla Schott wirkte nicht mehr so nervös wie am Vormittag.

»Haben Sie es also noch rechtzeitig geschafft«,

begrüßte sie ihn und streckte ihm die Hand entgegen.

»Ich halte es für sinnvoller, wenn wir uns ohne Ihren Partner unterhalten«, erwiderte Drosten. »Sie sehen besser aus als heute Morgen.«

Die Frau nickte. »Ich bin einfach bloß erleichtert, weil ich meinen Job behalten darf. Frau Vollmer ist so ein verständnisvoller Mensch. Sie muss mich abmahnen, mehr passiert mir nicht. Nächste Woche bekomme ich einen Rollcontainer mit abschließbarer Schublade.«

»Müssen Sie noch arbeiten?«

»Nein. Frau Vollmer hat mir freigegeben. Gehen wir ins Wohnzimmer. Ehrlich gesagt, konnte ich mir nur teilweise merken, weswegen Sie involviert sind. Ich war einfach zu aufgeregt.«

Sie setzten sich auf die Couch, und Drosten wiederholte einiges von dem, was er bereits am Vormittag erwähnt hatte.

»Das klingt alles schrecklich. Ihren Job möchte ich wirklich nicht haben. Dass Noah sich ausgerechnet diese Mieterkonten angeschaut hat. Was für ein dummer Zufall.«

Sie schien ihren Partner nicht zu verdächtigen.

»Sie sprachen davon, er sei für eine Securityfirma tätig?«

Seine Gastgeberin nickte. »Beruflich hat er seit Jahren eine Pechsträhne. Wenn ich jetzt auch meine Stelle verloren hätte ... Ich mag gar nicht dran denken.«

»Erzählen Sie mir von seiner Pechsträhne.«

»Wir sind seit sieben Jahren ein Paar. Bei unserem Kennenlernen war er wie ich als kaufmännischer Angestellter beschäftigt. Bei einer Firma hier in Helmstedt. Die haben ihn nach einem Streit mit seiner Vorgesetzten fristlos entlassen.«

»Fristlos? Was ist vorgefallen?«

»Angeblich ist er ihr gegenüber handgreiflich geworden. Er bestreitet das. Sagt, sie hätten sich bloß gegenseitig beschimpft. Den Prozess vorm Arbeitsgericht hat er allerdings platzen lassen. Ich hab mich immer gefragt, wie viel Wahrheit in den Vorwürfen steckte.«

Ein Mann, der gegenüber einer weiblichen Vorgesetzten handgreiflich wurde, weckte automatisch Drostens Interesse. »Wissen Sie, worum sich der Streit drehte?«

»Noah hat immer behauptet, seine Chefin habe ihn auf dem Kieker. Eskaliert ist wohl ein Mitarbeiterjahresgespräch zwischen ihnen. Was genau vorgefallen ist, dazu hat er sich nie so richtig geäußert.«

»Sie erinnern sich bestimmt noch an den Arbeitgeber und den Namen der Vorgesetzten.«

Camilla nickte und gab ihm beide Informationen. »Danach war er ein halbes Jahr arbeitslos. Anfangs hat er sich hängen lassen, später kam er immer frustriert von Vorstellungsgesprächen zurück. Und dann fand er einen Job im Objektschutz. Überraschend gut bezahlt, und ihm schien es zu gefallen. Er ist gern an der frischen Luft und ein sportlicher Typ. Büroarbeit war nie so seins. Tja. Vor ein paar Monaten meldete die Firma leider Insolvenz an. Viele Kollegen wurden entlassen. Die arbeiten seither mit einer Rumpftruppe. Noah gehörte zu jenen, die bleiben durften, wenigstens etwas. Aber dafür verdient er ein Drittel weniger. Sie können sich vorstellen, wie sich das auf seine Arbeitsmoral auswirkt.«

In der Diele öffnete sich die Wohnungstür. Camilla schaute auf ihre Uhr. »Ist das schon Noah? So früh habe ich ihn gar nicht erwartet.«

28

Alex Smola drückte auf die Klingel und wartete. Erlewein öffnete ihm nicht. War das überhaupt sein richtiges Zuhause oder nur eine Fake-Wohnung, um ihn in die Falle zu locken? Aber da Erlewein ihn bei der vermeintlichen Pizzalieferung nicht erkannt hatte, schien er kein Bulle zu sein.

Smola klingelte noch einmal. Als niemand reagierte, ging er zu seinem Wagen zurück. Er hatte den ganzen Tag Zeit. Das hier würde er heute klären.

Er setzte sich in sein Auto und starrte zum Haus. Ob er bei Nachbarn klingeln sollte? Dann könnte er Erlewein nicht bloß an der Haustür, sondern direkt an der Wohnungstür abfangen. Das würde die Angelegenheit vereinfachen.

Nach ein paar Minuten bemerkte er eine ältere Dame, die schwer bepackt mit zwei Einkaufstaschen den Hauseingang ansteuerte. War das seine Chance? Rasch stieg er aus. Er kam bei ihr an, als sie eine der Taschen abstellte und den Schlüssel aus der Jackentasche zog.

»Guten Tag«, sagte Smola. »Darf ich Ihnen helfen? Mit den Einkäufen?«

Die Frau drehte sich zu ihm um.

»Ich bin mit Herrn Erlewein verabredet. Allerdings zu früh dran. Er kommt wohl erst in ein paar Minuten.«

Nun lächelte sie. »Gegen Hilfe hätte ich nichts einzuwenden. Das ist sehr nett von Ihnen. Aber ich muss Sie warnen, junger Mann, ich wohne im dritten Stock.«

»Dann gehe ich anschließend einfach die zwei Etagen wieder runter und warte vor der Wohnungstür. Geben Sie mir Ihre Taschen.«

Dass er sich im Haus auskannte, schien ihr Misstrauen endgültig zu zerstreuen. Er nahm die schweren Einkaufstaschen in beide Hände.

»Wie viel haben Sie eingekauft?«, fragte Smola lachend.

»Ist es zu schwer?«

»Für mich nicht, aber für Sie, oder?«

»Meine Familie kommt am Wochenende zu Besuch. Deshalb musste ich mehr kaufen als üblich. Ich hab's ein bisschen unterschätzt.«

»Dafür lohnt es sich natürlich. Haben Sie Geburtstag?«

Die Frau lächelte. »Mein Vierundsiebzigster.«

»Nicht Ihr Ernst! Ich hätte Sie auf Mitte bis Ende sechzig geschätzt.«

»Sie Schmeichler! Sind Sie mit Herrn Erlewein befreundet?«

»Wir haben geschäftlich miteinander zu tun. Aber er fand es besser, sich privat bei ihm zu treffen. Und weil auf der Autobahn weniger los war als erwartet, bin ich zu früh dran.«

Oben angekommen, bedankte sie sich bei ihm. Er

zog sich zum Treppenabsatz zurück, noch bevor sie die Wohnungstür aufschloss. Sie sollte nicht befürchten, einem Betrüger aufgesessen zu sein, der sie plötzlich überrumpelte.

»Viel Spaß mit Ihrer Familie.«

»Danke. Grüßen Sie Herrn Erlewein von mir.«

»Das mach ich gerne.«

Wieder in der ersten Etage angelangt, setzte er sich auf die Stufen. Hoffentlich käme Erlewein bald nach Hause.

Keine fünf Minuten später hörte Smola, wie jemand den Hausflur betrat. Vom Absatz zwischen dem ersten und zweiten Stock stieg Smola ein paar Stufen höher und wartete. Ein ihm unbekannter Mann tauchte auf. Der stutzte, als er Smola auf der Treppe sah.

»Nicht erschrecken«, sagte Smola. »Ich warte auf Erlewein.« Er schaute auf seine Uhr. »Eigentlich müsste er langsam kommen.«

»Kein Problem«, sagte der Mann und ging an ihm vorbei. Im zweiten Geschoss betrat er eine Wohnung.

Weitere Minuten vergingen. Dann hörte Smola wieder die Haustür. Kurz darauf hantierte jemand am Briefkasten herum. Vorsichtig spähte Smola hinunter. Sein Warten zahlte sich endlich aus. Erlewein kam nach Hause. Auf der Treppe hatte er bereits einen Briefumschlag geöffnet und überflog das Schreiben. Vielleicht würde er Smola gar nicht sofort bemerken.

29

Überrascht blieb der Neuankömmling auf der Türschwelle stehen. Sein Blick huschte zwischen Camilla Schott und Drosten hin und her.

»Hallo, Noah«, begrüßte seine Partnerin ihn.

»Was hat das zu bedeuten?« Seine Augen richteten sich auf Drosten.

»Guten Tag. Ich bin Hauptkommissar Drosten, KEG Wiesbaden.« Er stand auf und präsentierte dem Mann seinen Dienstausweis.

»Polizei?«

»Du hast mir viel Ärger eingebrockt«, sagte Camilla. »Als du dir Zugriff auf meinen Arbeitslaptop verschafft hast.«

»*Deswegen* kommt die Polizei?«

Drosten hatte den Eindruck, der Mann schien darüber fast erleichtert zu sein. »Nicht ganz. Sie haben sich dadurch in den Fokus einer Mordermittlung gebracht. Wollen Sie sich nicht setzen?«

»Wow«, entfuhr es ihm. »Heftig.« Er zögerte erneut,

dann nahm er Platz. »Aber jetzt von vorne, denn ehrlich gesagt, verstehe ich rein gar nichts. Mordermittlung? Was hat das mit mir zu tun?«

»Soll ich anfangen?«, fragte Camilla.

Drosten nickte.

»Deinetwegen hätte ich fast den Job verloren, Noah. Dass ich dir ermöglicht habe, an meinen Laptop zu gelangen, war ein Verstoß gegen Datenschutzbe...«

»Das ist Quatsch!«, unterbrach er sie.

»Lassen Sie Ihre Partnerin ausreden«, schlug Drosten vor.

»Das ist kein Quatsch! Ich habe deswegen unter dem Mantel der Verschwiegenheit den Betriebsrat kontaktiert. Die haben mir geraten, mich selbst bei Frau Vollmer anzuzeigen. Das habe ich getan. Frau Vollmer hat die Zugriffe überprüft und ...«

»... so kommt meine Behörde ins Spiel«, ergänzte Drosten. Knapp berichtete er von den Mordfällen, in denen die KEG ermittelte.

»Also sind Sie hier, weil ich kurz in den Mieterkonten zweier Mordopfer war. Verstehe ich das richtig?«, vergewisserte sich der Mann.

»Genau so ist es«, sagte Drosten.

»Das ist ein dummer Zufall.«

»Trotzdem müssen wir solchen Hinweisen nachgehen. Wieso haben Sie sich überhaupt Zugriff verschafft?«

Er schien seine Worte abzuwägen. »Was hat Ihnen Camilla über meine Arbeitssituation und den Podcast erzählt?«

»Über einen Podcast haben wir noch gar nicht gesprochen«, antwortete Drosten. »Über Ihre berufliche Situation weiß ich in groben Zügen Bescheid.«

»Dann können Sie sich vorstellen, wie unzufrieden

mich das alles macht. Objektschutz ist keine intellektuell ausfüllende Tätigkeit. Und jetzt, mit der Insolvenz im Nacken, wird das nicht besser.«

»Wieso warst du eigentlich heute so früh zurück?«, erkundigte sich Camilla. »Wolltest du nicht erst gegen vier Uhr kommen?«

»Tja, der Boss hat zwei weitere Aufträge verloren. Einer Objektschutzfirma in Insolvenz vertrauen viele Kunden nicht mehr.« Er lachte bitter. »Daher blieb es mir heute erspart, beide Auftraggeber anzufahren. Macht wieder ein paar Euro Minus auf dem Lohnzettel.«

»Sprechen wir über den Podcast«, bat Drosten ihn. »Kann ich mir den irgendwo anhören?«

»Ich bin noch bei der Ideenfindung. Es gibt bisher keine veröffentlichte Folge. Der Podcast soll um die Schwierigkeiten kreisen, mit denen wir einfachen Bürger uns rumschlagen müssen. Der Grundgedanke dahinter hat viel mit meinem Job zu tun. Manche Objekte liegen in Gegenden, da möchte man eigentlich nicht wohnen. Trotzdem leben dort Menschen. Na ja. So kam ich auf die Idee, ein bisschen in den Mieterkonten zu schnüffeln. Nach Menschen mit Mietrückständen zu suchen. Oder nach Fällen von Ruhestörung. War wohl dumm von mir.«

»Allerdings«, sagte Camilla vorwurfsvoll. »Deinetwegen bekomme ich eine Abmahnung.«

»Tut mir leid. Du verlierst nicht den Job? Ist das sicher?«

»Ja.«

»Gott sei Dank! Wäre gerade ziemlich übel für uns beide. Ich weiß nicht, wie lange ich noch beschäftigt bin.« Er zuckte die Achseln. »Ohne dein Gehalt würde es finanziell knapp.«

»Eines verstehe ich nicht«, bekannte Drosten. »Was

bringt es Ihnen, Mieter zu finden, die wegen Ruhestörung aufgefallen sind? Wie wollen Sie das in einem Podcast verarbeiten?«

Noah Ranner knetete sich die Unterlippe. »So genau habe ich mir das noch nicht ausgemalt. Ich hatte auf einen Einfall gehofft. War leider nichts.«

»Und dafür der ganze Ärger«, murmelte Camilla.

»Um Sie als Verdächtigen auszuschließen, benötige ich Ihre Arbeitszeiten des letzten Vierteljahrs«, sagte Drosten. »Frau Schott hat mir schon gesagt, dass Sie drei Wochen im Monat tagsüber arbeiten und eine Woche nachts.«

»Stimmt. Kein Problem. Die Schichten trage ich mir immer im Handykalender ein.«

»Zeigen Sie den bitte mal her!«

Er zog das Telefon aus der Jackentasche, entsperrte es und rief den Kalender auf. Dann reichte er das Gerät über den Tisch. Drosten nahm es entgegen. In seinem Notizbuch erfasste er die Wochen mit den unterschiedlichen Schichten. Er bemerkte sofort, dass sein Gegenüber in den Mordnächten jeweils Nachtschichten gehabt hatte.

»Ihr Boss würde mir diese Arbeitszeiten bestätigen?«, fragte er.

»Entweder mein Boss oder das Sekretariat«, antwortete Ranner. »Brauchen Sie die Nummer?«

»Und den Namen Ihres Chefs.«

»Geben Sie mir Ihr Notizbuch. Ich schreib es Ihnen auf.«

Drosten schob ihm Stift und Buch zu.

»Wieso haben Sie sich meinen ehemaligen Arbeitgeber notiert?«, fragte Ranner überrascht. »Läuft die Mordserie schon so lange?«

»Nur als Hintergrundinformation.«

»Sie scheinen mich ganz schön auf dem Kieker zu haben.« Ranner lachte. »Na ja. Tun Sie sich keinen Zwang an.« Er schrieb eine Festnetznummer, eine Helmstedter Adresse und den Namen seines Vorgesetzten auf. »Wie kann ich Ihnen sonst noch helfen?«, fragte er.

Drostens Telefon klingelte, bevor er antworten konnte. »Einen kleinen Moment.« Er schaute aufs Display. Lukas rief an. Drosten erhob sich. »Was gibt's?«

»Wie schnell kannst du in Braunschweig sein?«, wollte Sommer wissen.

»Wieso Braunschweig?«

»Vielleicht haben wir den Mörder. Adrian Erlewein hat gerade angerufen.«

»Und was wollte er?«

30

Erlewein führte den Schlüssel ins Schloss. Er schien den Mann auf der Treppe nicht einmal bemerkt zu haben.

Smola erhob sich leise. Er wartete, bis die Tür aufsprang.

»Ich glaube, wir müssen reden«, sagte er dann.

Erlewein zuckte erschrocken zusammen und wandte sich um. Er erkannte Smola sofort wieder. »Was wollen *Sie* denn hier?«

»Sie haben mich echt verarscht.«

»Wegen der Pizza?«

»Nein! Mit dem Pizzatrick habe ich nur herausgefunden, ob ich mit meinem Verdacht richtig liege. Sie haben Ihre Wohnung Bullen zur Verfügung gestellt, oder?«

Erlewein wirkte überhaupt nicht verunsichert. Er schien sich auch nicht verschanzen zu wollen. Selbstbewusst blieb er auf der Türmatte stehen.

»Ich habe einem Freund einen Gefallen getan. Das ist richtig.«

»Mit wem von den beiden sind Sie befreundet, der Frau oder dem Mann?«

»Mit dem Mann. Warum wollen Sie das wissen?«

»Rufen Sie ihn an und sagen ihm, ich wäre zu einem Geständnis bereit. Er soll zu Ihnen kommen. Ich zeige mich selbst an.«

»Wirklich?«

»Ja. Vielleicht fällt die Strafe geringer aus.«

Erlewein zögerte. »Setzen wir uns in die Küche. Dann rufe ich Lukas an. Und kommen Sie nicht auf dumme Gedanken. Gegen mich hätten Sie keine Chance.«

Smola lächelte. »Das sehe ich Ihrer selbstbewussten Haltung sogar an. Betreiben Sie Kampfsport?«

* * *

Drosten konnte kaum glauben, was Sommer ihm berichtete.

»Er sitzt jetzt bei deinem Freund in der Küche und wartet auf euch?«

»So hat es Adrian erzählt.«

»Hast du schon Kollegen zur Verstärkung angefordert?«

»Nicht nötig. Ich bin sicher, Adrian kommt mit ihm klar. Er ist nebenberuflich Kampfsportlehrer. Gegen ihn hätte ich keine Chance.«

»Okay. Ich vertraue deiner Einschätzung. Ihr seid vor mir in Braunschweig. Aber ich mache mich so schnell wie möglich auf den Weg.« Drosten beendete das Telefonat.

»Haben Sie den Täter gefasst?«, fragte Schott.

»Das wird sich zeigen.« Drosten zögerte kurz. Hatte er alle nötigen Informationen? »Ich lasse mir von Ihrem Chef die Arbeitszeiten bestätigen. Wenn es danach keine

Fragen mehr gibt, hören Sie vermutlich nichts mehr von mir.« Er steckte das Notizbuch und den Kugelschreiber ein. Dafür zog er eine Visitenkarte heraus, die er Ranner reichte. »Falls Ihnen noch etwas einfällt.«

»Ich bringe Sie nach draußen«, sagte Schott.

Im Auto rekapitulierte Drosten das Gespräch. Irgendetwas an Noah Ranners Aussage kam ihm faul vor. Er konnte jedoch nicht den Finger darauf legen. Drosten schlug das Notizbuch auf und griff zum Telefon. Er wählte die Festnetznummer der Objektschutzfirma. Das Freizeichen erklang. Nach ungefähr zwanzig Sekunden sprang der Anrufbeantworter an. Eine tiefe, männliche Stimme nannte den Namen der Firma und versprach einen schnellstmöglichen Rückruf, sofern der Anrufer eine Nachricht hinterließ.

»Hier spricht Kriminalhauptkommissar Robert Drosten. Rufen Sie mich bitte unter folgender Nummer zurück. Es ist dringend.« Er nannte seine Mobilfunknummer und beendete das Telefonat. Den Grund seines Anrufs hatte er bewusst verschwiegen. Vielleicht würde Ranner seinen Chef vorwarnen, Drosten hoffte allerdings, den Mann zuerst zu sprechen.

* * *

Obwohl Adrian sich aufgrund seiner Kampfsporterfahrung zu verteidigen wusste, war Sommer erleichtert, als er ihm endlich gegenüberstand. »Alles gut bei dir?«, fragte er.

»Nichts passiert.«

»Sitzt Smola noch in der Küche?«

»Friedlich wie ein Schoßhündchen.«

»Hat er gesagt, was er gestehen will?«, erkundigte sich Kraft.

»Nein. Wir haben kaum gesprochen. Er trinkt einen Kaffee und schaut immer geistesabwesend aus dem Fenster. Kommt mit!«

Erlewein führte sie in die Küche.

»Hallo«, sagte Smola leise.

Während sich Erlewein und Kraft an den Küchentisch setzten, blieb Sommer auf der Türschwelle stehen.

»Sie wollen gestehen?«, fragte er.

Smola nickte.

»Wir müssen Ihr Geständnis aufzeichnen«, erklärte Kraft. »Ist das okay?«

»Machen Sie, was Sie nicht lassen können. Ich will bloß nicht ins Gefängnis.«

Kraft legte ihr Handy auf den Tisch und startete das Diktierprogramm. Sie nannte die Namen der Anwesenden und den Grund der Zusammenkunft.

»Sie haben das Recht auf einen Anwalt«, sagte Kraft. »Wollen Sie sich rechtlich vertreten lassen?«

»Nein«, antwortete Smola. »Das ist hoffentlich nicht nötig.«

»Sie haben uns hergebeten, um ein Geständnis abzulegen«, erklärte Sommer. »Was genau wollen Sie gestehen?« Seit Smola der Hoffnung Ausdruck verliehen hatte, dem Gefängnis zu entgehen, hegte Sommer einen Verdacht.

»Das wissen Sie doch. Sonst hätten Sie mir nicht die Falle gestellt.«

»Wir müssen es aus Ihrem Mund hören«, erklärte Sommer.

»Ja, okay. Ich, Alex Smola, bekenne mich der Steuerhinterziehung für schuldig.«

»Das heißt?«, fragte Kraft.

Smola zögerte. »Ich habe bloß für rund die Hälfte meiner Kunden Quittungen ausgestellt und auf die Einnahmen Einkommens-, Gewerbe- und Umsatzsteuer abgeführt. Außerdem arbeitet mein Helfer ohne Steuerkarte.«

Sommer ließ sich seine Enttäuschung nicht anmerken.

»Sind Sie eigentlich vom Zoll, oder zu welcher Behörde gehören Sie? Wie sind Sie mir auf die Schliche gekommen? Hat mich ein unzufriedener Kunde verpfiffen?«

Sommer schaute zu Kraft. Auch ihr stand die Enttäuschung ins Gesicht geschrieben.

»Ich bin eben draußen im Flur und rufe Robert an«, sagte Sommer. »Führst du das hier fort?«

»Wird erledigt.«

Sommer ging in den Hausflur und zog die Tür zu. Smola sollte von dem Telefonat nichts mitbekommen. Das Zollamt würde sich über diesen Fisch in ihrem Netz freuen.

31

Der Anruf erreichte Drosten, als er bereits ein Drittel der Strecke nach Braunschweig zurückgelegt hatte.

»Er gesteht Steuerhinterziehung?«, fragte er fassungslos. »Ist das vielleicht nur ein Ablenkungsmanöver?«

»Das kitzeln wir noch aus ihm heraus«, versprach Sommer. »Aber ich wollte dir so schnell wie möglich Bescheid geben. Was hat sich bei dir ergeben?«

Drosten berichtete, was er herausgefunden hatte. »Ich warte momentan auf den Rückruf des Chefs. Wenn der mir die Arbeitszeiten bestätigt, ist Ranner aus dem Schneider. Er kann ja kaum während seiner Schichten in die anderen Städte fahren und die Morde begehen.«

»Welchen Eindruck hattest du von ihm?«

»Dass er wegen einer Handgreiflichkeit seinen vorherigen Job verloren hat, macht ihn verdächtig. Vor allem, weil sich sein Wutausbruch gegen eine Frau gerichtet hat. Ich habe die Namen seines alten Arbeitgebers und seiner Chefin, falls sich Fragen ergeben. Der Grund, aus dem er auf die Mieterkonten zugegriffen hat, überzeugt mich nicht. Aber wo wäre die Verbindung zu Fleschütz oder Zwicker?«

»Und wenn du auf halbem Weg umdrehst? Bei der Objektschutzfirma vorbeifährst, um dir das Alibi bestätigen zu lassen? Hier in Braunschweig gibt's für dich nichts zu tun. Ganz im Gegenteil. Verena und ich könnten dich vor Ort unterstützen, sobald wir mit Smola fertig sind. Ich gehe jetzt zurück zu ihm und thematisiere die Morde.«

»Tja, dann kann ich wirklich umdrehen. Da hast du wohl recht.«

»Reden wir später weiter, wenn wir Smola auf Herz und Nieren geprüft haben. Ich kann mir allerdings nicht vorstellen, dass er unser Mörder ist.«

* * *

Wie viel Zeit blieb ihm noch, bis seine Lügen auffliegen würden?

Noah Ranner saß mit Camilla am Küchentisch und simulierte Interesse an dem, was sie von sich gab. Sie beschwerte sich ohne Unterlass über den Ärger, den er ihr bereitet hätte. Er zeigte sich reumütig. In Wahrheit überlegte er jedoch, wann er fliehen müsste. Vielleicht blieben ihm nur wenige Stunden, bis dieser Hauptkommissar den Bluff durchschaute. Mit Glück ein paar Tage.

Er müsste seine nächsten Schritte entsprechend planen und erst einmal untertauchen. Zum Glück wusste er auch wo. Je nachdem, wie viel Zeit ihm blieb, könnte er sich Camilla kürzer oder länger widmen. Sie hatte ihn auffliegen lassen. Dafür müsste sie büßen.

»Noah?«, fragte sie. »Woran denkst du? Warum antwortest du nicht?«

»Entschuldige bitte! Ich war abgelenkt. Was hast du gefragt?«

Camilla verdrehte die Augen. Schon allein für diese arrogante Mimik verdiente sie Schmerzen. Sie hatte gerade Oberwasser und genoss es. Doch das würde sich bald ändern.

»Ich wollte wissen, was es mit deinem frühen Schichtende auf sich hatte. Was heißt das, euch sind zwei Kunden weggebrochen?«

»Was soll das schon heißen? Eine Firma im Insolvenzverfahren wirkt nicht sehr vertrauenswürdig. Da springen die Kunden ab.«

»Verlierst du bald deinen Job?«

Er zuckte die Achseln. »Kann sein. Aber viel weniger als jetzt würde ich durchs Arbeitslosengeld auch nicht erhalten.«

»Na super!«, stöhnte sie. »Beginnt das also wieder von vorne.«

Am liebsten wäre er ihr ins Gesicht gesprungen. Wie konnte sie es wagen, in diesem Tonfall mit ihm zu sprechen?

»Wenn du den ganzen Tag zu Hause bist, muss ich während meiner Schichten trotzdem dein Studio belegen. In den nächsten Monaten wird mich Frau Vollmer penibel im Auge behalten. Da kann ich nicht aus der Küche arbeiten.«

»Kein Problem«, sagte er. »Dein Job geht vor.«

Sie musterte ihn kritisch. Hielt sie nach Anzeichen Ausschau, ob er Streit suchte? Er lächelte ihr liebevoll zu.

»Wirklich kein Problem«, versicherte er.

Nun lächelte auch Camilla. »Bist du fertig?«, fragte sie.

Er pikste mit der Gabel eine Cornichongurke auf und schob sie sich in den Mund. »Jetzt«, sagte er.

»Hast du für heute noch Pläne?« Camilla stand auf.

»Ich muss etwas machen, was ich schon viel zu lange aufschiebe.«

»Was denn?«

Er erhob sich. »Du hast keine Ahnung, oder?«

»Wovon?«

Ansatzlos verpasste er ihr einen Kinnhaken. Sie stürzte besinnungslos zu Boden. Vor Jahren hatte sie beim Tennisspielen einen Ball gegen das Kinn bekommen und war ohnmächtig geworden. Seither kannte er diese Schwachstelle. Er schüttelte seine Faust. »Scheiße! Hat die harte Knochen!«

Rasch lief er ins Schlafzimmer. Vermutlich hielt ihre Bewusstlosigkeit nicht lange an. Nun zählte jede Sekunde. Er musste ihr rasch das Narkotikum verpassen.

Er öffnete die Schranktür, hinter der seine Kleidung hing. Das Medikament und ein paar Spritzen bewahrte er in einer Anzuginnentasche auf. In den letzten Monaten hatte es keinen Anlass gegeben, Anzug zu tragen, daher war die Innentasche ein perfektes Versteck. Camilla würde niemals seine Kleidung im Schrank abtasten. Außerdem musste er seine Oberhemden immer selbst bügeln, weil sie das hasste.

Er holte die Glasampulle und eine Spritze heraus und kehrte in die Küche zurück, wo sie bereits wieder zu sich kam. Rasch durchstach er mit der Nadel den Ampullenverschluss.

»Das tut so weh«, jammerte Camilla.

»Hab ein bisschen Geduld, dann wird es noch viel schlimmer.« Er rammte ihr die Spritze in den Arm und injizierte das Medikament. Kurz darauf sackte ihr Kopf zur Seite.

»Träum schön.«

Zeit zum Ausruhen blieb ihm nicht. Bei der verabreichten Dosis würde das Medikament Camilla höchstens eine halbe bis Dreiviertelstunde außer Gefecht setzen. Er bückte sich, legte einen Arm unter ihre Kniekehlen und schob den anderen unter den Rücken. »Oh Gott, bist du schwer!«, stöhnte er, als er sich wankend aufrichtete.

Vorsichtig trug er sie ins Schlafzimmer. Beim Kauf der neuen Schlafzimmermöbel vor drei Jahren hatte er sich durchgesetzt. Camilla hatte ein Boxspringbett favorisiert, er hingegen hatte sich ein Bett mit Holzrahmen gewünscht. Am Kopfteil konnte er sie perfekt fixieren.

Aus der Küche holte er die Geflügelschere und zerschnitt damit ihre Kleidung. Die Schere könnte er im Verlauf der nächsten Stunden noch für andere Zwecke benutzen, vorläufig jedoch legte er sie beiseite. Er riss ihr T-Shirt in Streifen und formte daraus einen Knebel. Dann ging er in die Abstellkammer und nahm seinen Werkzeugkasten in die Hand. Zurück im Schlafzimmer, stellte er ihn auf den Boden. Nun müsste er die Handschellen aus dem Wagen holen – die einzigen Utensilien, die er nicht in der Wohnung aufbewahrte.

Ohne weitere Zeit zu verlieren, verließ er das Schlafzimmer und schnappte sich in der Diele den Schlüsselbund. Auf dem Weg nach unten kam ihm zum Glück kein Nachbar entgegen. Der Wagen parkte nur wenige Schritte entfernt. Er öffnete den Kofferraum und hob die Schutzblende ab. Beim Ersatzreifen hatte er die in ein Handtuch gewickelten Handschellen platziert. Er beließ sie im Handtuch und steckte sie in die Innentasche seiner Jacke.

Zurück in der Wohnung warf er zunächst einen Blick auf Camilla. Sie war noch bewusstlos. Er bedauerte es, ihr gleich einen Knebel in den Mund stecken zu müssen. Doch ihre Schreie durften die Nachbarschaft nicht alarmieren. Das schallisolierte Zimmer war leider zu klein, um sich dort an ihr auszutoben.

Er legte ihr die Handschellen um und fesselte sie ans Kopfteil des Bettes. Mit seinen Händen streichelte er ihren Körper. Diesmal bräuchte er sich keine Gedanken um DNA-Spuren zu machen. Er musste sich nicht einmal die schwarze Kleidung überziehen. Nachdem er seine Fantasien an ihr ausgelebt hätte, würde er für immer verschwinden.

* * *

Ihre Augenlider flatterten.

»Hallo, Schatz«, sagte er leise, fast schon liebevoll. »Bist du wieder wach?«

Er setzte sich auf die Bettkante und kicherte albern, als sie die Augen öffnete. Camilla benötigte ein paar Sekunden, um sich zu orientieren. Was sie wohl zuerst bemerkte? Die Handschellen, den Knebel oder die Handtücher an den Fußgelenken, mit denen er ihre Beine fixiert hatte?

Panisch schaute sie ihn an. Sie riss an den Handschellen und schien etwas sagen zu wollen.

»Pst«, flüsterte er. »Es ist besser, wenn du dich nicht zu sehr anstrengst. Du hast sowieso keine Chance. Spar dir deine Kräfte!«

Tatsächlich stellte sie ihre Bemühungen ein.

»So ist brav. Um deine wichtigste Frage zuerst zu klären: Ja, ich bin der Mörder, den dieser Hauptkommissar sucht. Das hättest du nicht gedacht, oder?« Er grinste breit. »Jetzt kannst du endlich den Mann kennenlernen, mit dem du seit acht Jahren zusammen bist. Weißt du, wie froh ich war, dass du nie heiraten wolltest? Hätte ich eine Geburtsurkunde vorlegen müssen, wärst du überrascht gewesen. Ranner ist nämlich nicht mein Geburtsname.«

Camilla riss die Augen auf. Er lachte.

»Wenn dich das schon schockiert, darfst du gespannt sein. Mein Geburtsname lautet Heisen. Ein doofer Name. Wie oft bin ich in der Grundschule damit aufgezogen worden. Ich hatte einen Scherzkeks in der Klasse, der immer gekrächzt hat: ›Bist du wieder heiser?‹ Die anderen fanden das so witzig. Aber glaub mir, das war nicht das Schlimmste in meiner Kindheit. Du hast mal erzählt, wie oft sich deine Eltern gestritten hätten, und dass du deswegen so ungern Streit mit mir hast. Das wird im Vergleich zu meinen Eltern nicht oft gewesen sein. Bei uns verging kaum ein Tag ohne ein böses Wort. Manchmal hat mein Vater uns auch geschlagen. Entweder meine Mutter oder uns Kinder. Ich hatte einen Bruder. Yannick. Das ist auch neu für dich. Tut mir leid. Yannick ist tot. Was hätte es dir gebracht, von ihm zu erfahren? Sie sind alle tot.« Er lächelte wehmütig. »Mein Vater hat uns ausgelöscht. Eines Nachts hat er ein Messer genommen und Mama die Kehle aufgeschlitzt. Dann Yannick. Zuletzt stand er an meinem Bett, als ich wach wurde. Ich sah das Messer. Aber ich habe nicht geschrien und nicht um mein Leben gefleht, sondern ihn einfach nur stumm angestarrt. Keine Ahnung, warum. Vielleicht hat ihn das abgehalten. Plötzlich brach er in Tränen aus. Er hat sich zu mir ans Bett gesetzt, auf den Boden, und sich die Pulsadern aufgeschnitten. Ich erinnere mich noch heute an das Geräusch, mit dem das Blut aufs Linoleum tropfte. Ich habe mich die ganze Nacht nicht aus dem Bett getraut, mich eingenässt und gewartet. Als es schon hell war, bin ich nach draußen gekrochen und habe bei den Nachbarn angeklopft. Meine Tante, die Schwester meiner Mutter, nahm mich bei sich auf. Sie adoptierte mich. Cornelia Ranner. Sie und mein Onkel waren ungewollt kinderlos geblieben, und in mir sahen sie eine Chance. Aber irgendwie hat das nicht funktioniert. Du weißt ja, ich habe keinen Kontakt zu meinen Eltern. Adoptiveltern. Sie leben in Süddeutschland. So wie ich damals. Ist nicht schade drum, sie haben mir ein Dach über dem Kopf geboten, allerdings nie die Liebe, die ich gebraucht hätte.« Er zuckte mit den Achseln. »Nicht zu ändern.« Er berührte ihren Oberschenkel, und sie schrak zusammen. »Immer, wenn ich streitende Paare sehe, katapultiert mich das in meine Kindheit zurück. Warum tun sich Menschen das an? Wieso trennen sie sich nicht? Ich versteh's nicht. So kam ich auf die Idee, Paare zu finden, die noch keine Kinder haben. Sie zu beobachten. Ich wollte feststellen, ob sie jemals so enden könnten wie meine Eltern. Denn dann ist es besser, das von vornherein zu unterbinden. Genau das mache ich. Das ist meine Mission. Und du kannst dir nicht vorstellen, was ich inzwischen gelernt habe. Schon als Kind war ich ein Spezialist für psychische Schmerzen. Die Schläge meines Vaters waren erträglich. Viel schlimmer war, was die Streitigkeiten meiner Eltern in meinem Kopf ausgelöst haben. Was das Verhalten meiner Mutter in mir geweckt hat.« Er tippte sich an die Schläfe. »Hier drin. Du kannst es dir nicht vorstellen. Wieso hat sie Yannick und mich nicht geschnappt und sich scheiden lassen? Ich glaube, sie hat es genossen. Die Macht, die sie über meinen Vater hatte. Denn er konnte auch nicht ohne sie. Was für eine kranke Beziehung. Tut mir leid, wenn du jetzt darunter leiden musst. Aber mir hat es mehr geschadet. Mich hat es kaputtgemacht. So viele Jahre hatte ich immer diesen Albtraum. Ich höre, wie das Blut aufs Linoleum tropft. Und plötzlich steht mein Vater auf, um mich zu verschlingen. Oh Gott! Eines Tages schaffte ich es, diesen Traum abzuschütteln. Ich hab mich selbst verletzt. Mich gekniffen, manchmal mit einem Messer geritzt. Meine Narben am Bein. Du wolltest immer wissen, woher sie stammen. Das war kein Fahrradunfall auf einer Schotterpiste. Das war ich selbst. So habe ich die Albträume verjagt. Und dann ...« Er stand auf. »Ich wusste, ich muss mein Leben ändern. Also beschloss ich, nicht nur für psychische Schmerzen ein Experte zu werden, sondern auch für physische. Und du kannst dir nicht vorstellen, was ich in den letzten Monaten gelernt habe.« Stolz atmete er durch. »Aber dann kommst du und machst mir alles kaputt«, zischte er. »Bringst die Bullen auf meine Spur. Weil du Angst um deinen beschissenen Job hast. Du hast mein Lebenswerk ruiniert. Ich hätte noch so einiges lernen können. Stattdessen muss ich mich jetzt verkriechen. Wieder einmal. Dafür hasse ich dich!« Dem Werkzeugkasten entnahm er die Kneifzange. »Du wirst bezahlen. So viel Zeit bleibt mir hoffentlich, bis die Bullen meinen Bluff durchschauen.« Er setzte sich wieder zu ihr und beobachtete amüsiert, wie sie panisch die Zange anstarrte. »Du hast allen Grund zur Sorge. Denn das hier wird jetzt ein bisschen wehtun.«

32

Die weibliche Stimme des Navigationssystems forderte Drosten auf, rechts abzubiegen. Er folgte der Anweisung und fuhr durch ein Mischgebiet. Sowohl in den Wohnungen als auch den gewerblichen Immobilien schien Leerstand vorzuherrschen.

»Ihr Ziel liegt auf der linken Seite.«

Drosten überprüfte die Hausnummer. Das Navigationssystem irrte sich nicht. Er parkte am Straßenrand und stieg aus. Auf dem Fenster des Gebäudes stand der Name der Securityfirma. Allerdings konnte das verstaubte Fenster eine gründliche Reinigung vertragen. Dahinter war es vollkommen dunkel. Eine ungute Vorahnung überkam Drosten. War das wirklich die richtige Adresse? Vor der Eingangstür lagen Werbeprospekte am Boden verstreut. Er rüttelte an der Tür, die jedoch verschlossen war.

Ein Mann kam die Straße entlang. Drosten wartete, bis er fast auf gleicher Höhe war. Die Einkaufstüte, die er trug, ließ darauf schließen, dass er hier irgendwo wohnte.

»Entschuldigen Sie«, sprach Drosten ihn an. »Können Sie mir bitte helfen? Ich brauche eine Auskunft. Wohnen Sie hier in der Nähe?«

Der Mann blickte ihm in die Augen. »M-hm. Eine Straße weiter.«

»Ich suche den Inhaber dieser Firma.« Drosten klopfte an die Tür.

»Da kommen Sie geschätzt ein Jahr zu spät.«

»Das heißt?«

Der Passant stellte die Einkaufstasche ab, zog ein Stofftaschentuch aus seiner Jacke und schnäuzte sich. »Vielleicht nicht ein ganzes Jahr«, fuhr er fort, während er das Taschentuch wieder wegsteckte. »Ich schätze, die haben vor zehn oder elf Monaten den Laden dichtgemacht.«

»Ich habe erst heute mit jemandem gesprochen, der behauptet, hier zu arbeiten.«

»Dann hat er Ihnen einen Bären aufgebunden. Die Firma ist insolvent. Für die arbeitet niemand mehr. Schönen Tag noch.« Der Mann nickte ihm freundlich zu und setzte seinen Weg fort.

Nachdenklich ging Drosten zurück zum Wagen. Aus der Aktentasche holte er sein Tablet heraus und schaltete es ein. Über eine Suchmaschine gab er den Namen der Firma ein. Die Aussage des Passanten schien sich zu bestätigen. Google klassifizierte das Unternehmen als dauerhaft geschlossen.

Sein Misstrauen gegenüber Noah Ranner wuchs. Falls die zeitliche Angabe des Passanten stimmte, hatte Ranner kein Alibi und die betreffenden Nächte offenbar nicht mit seiner Partnerin verbracht.

Drosten startete den Motor. Er würde den Mann nicht sofort damit konfrontieren, doch erschien es ihm angemessen, zu Ranners Wohnung zurückzufahren. Von dort könnte er weitere Schritte unternehmen.

Unterwegs wählte er Sommers Nummer.

»Bist du wieder in Helmstedt?«, fragte der.

Drosten erzählte ihm, was er gerade herausgefunden hatte.

»Und jetzt?«, wollte Sommer wissen.

»Ich fahre zu Ranner und Schott zurück. Parke vor der Haustür. Seine Freundin hat mir den Namen eines früheren Arbeitgebers gegeben. Dort ist Ranner zwei Jahre zuvor fristlos entlassen worden, nachdem er mit seiner Vorgesetzten aneinandergeraten ist.«

»Fristlos kling nicht gut. Vor allem nicht bei einem Mann, der kein Alibi hat.«

»Wie weit seid ihr in Braunschweig?«

»Der Zoll hat übernommen. Ich schätze, Smola wird kräftig Steuern nachzahlen müssen und bekommt eine hohe Geldstrafe. Ob er die aufbringen kann? Keine Ahnung. Mit den Morden hat er nichts zu tun. Sollen wir zu dir nach Helmstedt kommen?«

»Wäre mir ganz recht.«

»Sag mir die Adresse, wo wir dich finden. Sollte nicht länger als eine Dreiviertelstunde dauern.«

Drosten gab die Daten durch und beendete das Gespräch.

Zehn Minuten später parkte er zwei Häuser von dem Gebäude entfernt, in dem der mittlerweile einzige Verdächtige wohnte. Erneut nutzte er das Tablet, um die Rufnummer der Firma herauszufinden, bei der Ranner bis zu seiner Entlassung gearbeitet hatte.

Es meldete sich ein Mann von der Zentrale. Drosten

stellte sein Anliegen vor und erkundigte sich nach der ehemaligen Vorgesetzten.

»Ich verbinde Sie mit Frau Last. Einen kleinen Moment.«

Drosten atmete erleichtert durch. Dass die Frau noch in der Firma arbeitete, war nach über zwei Jahren nicht selbstverständlich. Hoffentlich hatte sie nicht schon Feierabend. Je länger die Warteschleifenmusik dauerte, desto pessimistischer wurde Drosten. Dann verstummte die Musik.

»Birgit Last. Mit wem spreche ich?«

»Kriminalhauptkommissar Robert Drosten. Guten Tag. Sie sind die ehemalige Vorgesetzte von Herrn Noah Ranner, ist das richtig?«

»Ja«, sagte die Frau zögerlich. »Wieso wollen Sie das wissen?«

Drosten würde wohl telefonisch nur weiterkommen, wenn er mit offenen Karten spielte.

»Ich ermittle in einer Mordserie, in der Herr Ranner als Verdächtiger eingestuft ist. Es geht nicht zuletzt um Gewaltausbrüche gegenüber Frauen.«

»Oh Gott!«, stöhnte Last.

»Sein Alibi ist gerade eben zusammengebrochen. Ich habe von Herrn Ranners Lebensgefährtin ein bisschen über seine fristlose Kündigung erfahren. Er ist mit Ihnen aneinandergeraten. Handgreiflich geworden. Ist das richtig?«

»Am Telefon kann ich darüber nicht sprechen. Tut mir leid. Das ist ein zu heikles Thema. Sie müssten mir schon persönlich gegenüberstehen, damit wir vertraulich reden könnten.«

»Das verstehe ich und komme auf Ihr Angebot zurück. Allerdings bin ich gerade bei Ranner vor der

Haustür und möchte ungern wegfahren. Könnten Sie ein Videotelefonat einrichten? Dann halte ich meinen Ausweis in die Kamera, und Sie könnten mir zumindest ein paar Informationen nennen.«

Noch einmal zögerte sie kurz. »Meinetwegen. Rufen Sie mich auf dem Handy an.« Sie nannte ihm die Nummer.

Zwei Minuten später hielt Drosten den Ausweis vor die Kamera.

»Reicht Ihnen das, um mir zumindest grobe Informationen darüber zu geben, was damals zwischen Ihnen und Herrn Ranner vorgefallen ist?«

Die dunkelhaarige Frau nickte kaum merklich. »Ich denke nicht gerne daran zurück. Und haben Sie bitte Verständnis, wenn ich nicht ins Detail gehe. Nicht telefonisch. Ehrlich gesagt, komme ich bei der Geschichte auch nicht gut weg. Ich habe eine Schwäche, an der ich seit vielen Jahren arbeite. Mein Coach versichert mir allerdings, ich würde große Fortschritte machen. Leider werde ich ziemlich laut, sobald ich mit Mitarbeitern unzufrieden bin. Manche würden mich als cholerisch bezeichnen. Wie auch immer. Herr Ranner hatte damals von mir die Verantwortung für ein kleines Projekt übertragen bekommen. An dem Tag unserer Auseinandersetzung erhielt ich einen Anruf des Kunden, der sich über Herrn Ranner beschwerte. Sofort nach dem Telefonat rief ich ihn zu mir. Es war ohnehin Zeit für ein Mitarbeitergespräch. Ein Wort gab das andere, bis er irgendwann aus meinem Büro gestürmt ist. Ich bin ihm hinterher und habe ihn vor versammelter Mannschaft angeschrien. Darauf bin ich nicht stolz. Plötzlich schubste er mich.

Völlig ohne Vorwarnung. Ich verlor das Gleichgewicht und stürzte rückwärts zu Boden. Eine Mitarbeiterin, die das beobachtet hat, sagte damals, es hätte nicht viel gefehlt und mein Hinterkopf wäre an eine Tischkante geknallt. Ich mag mir nicht vorstellen, was dann passiert wäre. Nach diesem Vorfall war an eine Fortführung der Zusammenarbeit nicht mehr zu denken. Ganz im Gegenteil. Der Abteilungsleiter entschied, Herrn Ranner sogar von einem Sicherheitsteam abführen zu lassen. Als er den Raum verließ, warf er mir einen so hasserfüllten Blick zu, dass mir ein Schauer über den Rücken lief.«

»Sie sind nicht sehr überrascht, wenn ich ihn als Mordverdächtigen benenne.«

»Überrascht? Nein. Ganz sicher nicht.«

»Okay. Das reicht mir vorläufig. Je nachdem, wie sich die Ermittlungen entwickeln, komme ich in den nächsten Tagen wieder auf Sie zurück.«

»Machen Sie das! Die Handynummer nutze ich auch privat. Sie erreichen mich darüber jederzeit.«

Nach dem Telefonat blickte Drosten auf die Uhr. Sollte er wirklich warten, bis Sommer und Kraft eintrafen? Oder ging es gerade um jede Minute? In seinem Schulterholster trug er eine Waffe. Er traute es sich ohne Weiteres zu, Ranner zu überwältigen.

Schließlich stieg er aus und lief auf die Haustür zu. Auf dem Weg schickte er Kraft eine Nachricht, um sie über sein Vorgehen zu informieren. Die Tür war verschlossen. Drosten drückte die Klingeln der Nachbarn, und es dauerte nur wenige Sekunden, bis sich jemand über die Gegensprechanlage meldete.

»Hallo?«

»Kriminalpolizei. Drosten mein Name. Öffnen Sie mir die Tür.«

Sein Befehlston schien beeindruckend genug zu sein. Der Türsummer erklang.

»Zu wem wollen Sie?«

»Nicht zu Ihnen.«

Drosten lief in die erste Etage. Auch die Wohnungstür war verschlossen. Sie wirkte zu stabil, um sie einzutreten. Er hämmerte mit der Faust dagegen.

»Herr Ranner! Frau Schott! Öffnen Sie mir.«

Nichts passierte.

Noch einmal klopfte er energisch an.

In der Etage über ihm erklang eine männliche Stimme. »Was soll der Lärm?«

Drosten ging ein paar Stufen nach oben, bis er dem Mann ins Gesicht sehen und zugleich Ranners Wohnungstür im Blick behalten konnte. Er zeigte ihm den Dienstausweis. »Ich muss dringend mit Herrn Ranner sprechen.«

»Den haben Sie knapp verpasst.«

»Das heißt?«

»Ich bin vor einer Viertelstunde nach Hause gekommen. Unten an der Haustür sind wir uns begegnet. Er ist einfach an mir vorbeigestürmt, ohne ein Wort zu sagen.«

»Und Frau Schott?«

»Die war nicht bei ihm.«

»Vor einer Viertelstunde?«

»Vielleicht auch zwanzig Minuten. Länger nicht.«

33

Sein ehemaliger Chef wohnte am Stadtrand in der dritten Etage eines Neubaus, nicht weit vom Lappwaldsee entfernt. Rüdiger Boos hatte den Kauf offiziell unter dem Namen seiner Frau getätigt, eine Sicherheitsmaßnahme, damit er im Falle einer Geschäftspleite keine Gläubigeransprüche mit der Immobilie begleichen müsste.

Ranner stellte seinen Wagen in dem Parkhaus ab, das zur Marktpassage gehörte. Zwar würde er dort vermutlich schnell als Dauerparker auffallen, doch würde die Nähe zum Bahnhof die Bullen vielleicht auf die falsche Spur lenken. Er verließ das Parkhaus und machte sich auf den rund anderthalb Kilometer langen Weg. Ohne zu zögern, ging er auf die Eingangstür zu und drückte den obersten Klingelknopf. Schon nach kurzer Zeit erwachte die Videosprechanlage zum Leben.

»Was willst du denn hier?«, fragte Boos unfreundlich. »Wieso rufst du nicht vorher an?«

»Hat sich so ergeben.« Er nahm den Rucksack vom

Rücken. »Hab deine Kohle dabei. Ich kann sie dir hochbringen oder vor der Tür abstellen. Was ist dir lieber?«

»Sehr witzig! Und sprich nicht so laut. Muss ja nicht jeder mitkriegen. Komm hoch!«

Der Türsummer erklang. Ranner betrat das Haus. Er nahm den Fahrstuhl und ging seinen Plan ein letztes Mal im Kopf durch. Boos würde viel zu spät kapieren, dass Ranner nicht zur Schuldenbegleichung hier war. Er würde Boos ausschalten und sich dann mit dessen attraktiver Ehefrau vergnügen, ehe er mit einem der beiden Wagen seines Chefs das Weite suchen würde. Zunächst nach Polen, von wo er ins Baltikum übersetzen würde. Spuren verwischen.

Boos hatte ihn vor einem Jahr in sein Büro gebeten und ihm die bittere Wahrheit verkündet: Die Securityfirma hatte vor der Pleite gestanden. Das hatte Ranner nicht glauben können. Schließlich hatte Boos ihm eine Chance gegeben: Er hatte ein paar leicht illegale Geschäfte laufen und konnte jemanden gebrauchen, der hin und wieder Fahrten für ihn übernehmen würde. Mit einem Fahrzeug zum Zielort X und mit einem anderen bereitstehenden Wagen zurück. Dafür sollte er Bargeld bekommen, vorausgesetzt, er erfüllte die Aufträge diskret. Ranner hatte zugesagt. Was sollte er auch sonst machen? Außerdem hatte er Boos um einen Kredit gebeten. Zehntausend Euro, die er spätestens nach einem Jahr auf einen Schlag zurückzahlen wollte. Boos hatte ihm das Geld gegeben, zu einem Zinssatz von fünfzehn Prozent.

Die Aufzugstür öffnete sich. Boos wartete an der Wohnungstür. Er lächelte. »Noah! Schön, dich aus einem so erfreulichen Grund zu sehen. Passt mir ganz gut.«

»Sind wir allein, oder ist deine Frau da?«

»Esther ist auf Klassenfahrt. Die kommt morgen

wieder. Sonst wäre dein plötzliches Auftauchen blöder gewesen. Wir haben also alle Zeit der Welt, um das Geschäftliche zu regeln. Hereinspaziert!«

»Deine Frau ist über Nacht nicht da?«

»Wieso willst du das wissen?«

»Ich hätte ihr gern Lebewohl gesagt.«

»Hast du getrunken? Wo ist mein Geld? Bringen wir den Deal hinter uns.«

Ranner lächelte. »Deswegen bin ich hier.«

Boos führte ihn ins Wohnzimmer. »Leg mir das Geld auf den Tisch. 11.500, richtig? Du hast nichts gekürzt, weil du deine Schulden ein bisschen früher zurückzahlst?«

»Alles wie vereinbart.« Ranner stellte den Rucksack auf den ovalen Holztisch und öffnete den Reißverschluss. Statt eines Haufens Bargeld zog er die mit Schalldämpfer versehene Pistole heraus.

»Was zum Teuf...«, schrie Boos.

Ranner schoss ihm ins Gesicht. Sein ehemaliger Chef kippte tot um und schlug hart auf dem Boden auf.

»Ich hatte gehofft, mich schon heute mit deiner heißen Lehrerin vergnügen zu können«, sagte er leise. »Bis morgen zu warten, wird mir schwerfallen. Da muss ich erst mal drüber nachdenken. Das hat Vor- und Nachteile. Scheiße! Damit hab ich wirklich nicht gerechnet.«

* * *

Drosten wollte eine zeitaufwendige Diskussion mit uneingeweihten Polizeidienststellen vermeiden und beschloss, einen Schlüsseldienst zu rufen. Für ihn war eindeutig Gefahr im Verzug. Er googelte die Telefonnummer einer Firma, rief an und gab sein Anliegen durch. Man versprach ihm telefonisch, in spätestens zwanzig Minuten vor Ort zu sein.

Sommer und Kraft trafen fast zeitgleich mit dem Dienstleister ein. Drosten berichtete, was er herausgefunden hatte, und seine Partner unterstützten sein Vorgehen. Der Mitarbeiter des Schlüsseldienstes schien mit der Angelegenheit überfordert. Telefonisch erkundigte er sich bei seinem Chef, ob er für eine ortsfremde Polizeibehörde tätig werden dürfte. Er hörte kurz zu und beendete entschlossen nickend das Gespräch.

»Mein Boss sagt, Sie müssen mich bar bezahlen. Wir schicken keine Rechnung nach Wiesbaden. Geht das in Ordnung? EC-Zahlung wäre auch möglich.«

»Hauptsache, Sie verschaffen uns Zutritt«, antwortete Drosten.

Sie betraten das Haus und gingen in die erste Etage.

Sommer musterte die Tür. »Hattest recht: zu stabil, um sie einzutreten«, brummte er.

Der Dienstleister machte sich ans Werk. Drei Minuten später war das Schloss geöffnet.

»Gehen Sie kurz runter zu Ihrem Wagen, und warten Sie dort«, befahl Drosten leise.

Der Mann schien widersprechen zu wollen, überlegte es sich jedoch anders. Als er das Haus verließ, nickte Drosten seinen Partnern zu.

»Jetzt!«

Mit gezückten Pistolen betraten sie die Wohnung. Im Wohnzimmer und in der Küche stießen sie auf niemanden. Die Tür zum Schlafzimmer war geschlossen. Drosten drückte die Klinke hinunter und betrat den Raum.

»Das darf nicht wahr sein!«

Camilla Schott lag gefesselt und geknebelt im Bett. Sie schaute ihn mit großen Augen an.

»Ich nehme Ihnen den Knebel aus dem Mund, dann decken wir Sie zu«, sagte Drosten.

Er entfernte den Knebel, und Camilla Schott sog gierig die Luft ein.

»Ich hab geglaubt, ich würde sterben«, stöhnte sie.

»Wartet draußen«, schlug Kraft vor. »Ich kümmere mich um sie.« Sie legte Schott die Bettdecke über den Körper. Drosten und Sommer verließen den Raum, schlossen aber die Tür nicht.

»Ich bin Hauptkommissarin Verena Kraft«, stellte sie sich vor. »Ich nehme Ihnen jetzt die Fußfesseln und Handschellen ab.«

»War das Ihr Partner?«, fragte Drosten, der mit dem Rücken zum Raum stand. »Herr Ranner?«

»Ja.« Sie schluchzte. »Ich kann das alles nicht glauben. Er ist ein Mörder, und ich hab nichts davon gewusst. Wirklich nicht!«

Im Wohnzimmer vergewisserte sich Drosten, ob die Frau einen Arzt benötigte. Sommer beaufsichtigte unterdessen den Mitarbeiter des Schlüsseldienstes, der ein neues Schloss einsetzte.

»Geht schon«, erwiderte sie. »Tun Sie mir nur einen Gefallen, und schnappen Sie ihn. Bitte! So ein Drecksack! Wie kann er bloß?«

»Was genau ist passiert?«, wollte Drosten wissen.

Ausführlich berichtete sie von den Vorfällen und seinem Geständnis. »Ich wusste nicht mal, dass er einen anderen Geburtsnamen hat. Wie kann das sein? Diese schrecklichen Morde! Hätte ich das bemerken müssen?«

Drosten schüttelte den Kopf. »Sie haben sich nichts vorzuwerfen. Hat er Ihnen Schmerzen zugefügt?«

»Das wollte er. Noah hatte eine Kneifzange in der Hand und hat ... und hat ...« Sie schluckte. »... damit meine Brustwarze gepackt«, sagte sie leise. »Aber dann ... Etwas hat ihn zögern lassen. Plötzlich ist er vom Bett aufgestanden, hat mich angesehen und gesagt, man würde mich hoffentlich finden, bevor ich verdurste. Dann war er weg.«

»Sie wissen nicht, wohin?«

»Nein. Ich weiß offenbar gar nichts über ihn.«

»Die Securityfirma hat vor ungefähr einem Jahr das Geschäft aufgegeben«, erklärte Drosten.

Verwirrt schüttelte sie den Kopf. »Das kann nicht sein. Er ist jeden Morgen zur Arbeit gegangen. Oder halt spätabends. Wo war er dann? Und wer hat ihn bezahlt? Das ergibt keinen Sinn.«

»Nutzen Sie ein gemeinsames Konto für Ihre Ausgaben? Zum Beispiel für die Miete?«, fragte Sommer.

»Die Miete geht von seinem Konto ab. Dafür bezahle ich Strom, Gas, Wasser. Und meistens die Lebensmittel. Haben wir etwa Mietschulden?«

»Nutzt Herr Ranner Onlinebanking und haben Sie Zugriff darauf?«, wollte Sommer wissen.

»Müsste ich. Wir haben einen Ordner, in dem wir unsere Zugangsdaten sammeln. Für den Fall der Fälle.«

»Lassen Sie uns einen Blick aufs Konto werfen?«, bat Drosten. »Das wäre wichtig.«

Schott stand auf und trat an einen Wohnzimmerschrank, den sie öffnete. Drosten blickte ihr über die Schulter und entdeckte vier Aktenordner. Zielsicher griff sie nach einem unbeschrifteten Ordner und zog ihn heraus. Sie setzte sich zurück auf die Couch, bis sie ein

Blatt Papier gefunden hatte, auf dem Zugangsdaten notiert waren.

»Die obere Kontonummer gehört ihm«, sagte sie.

Kraft deutete zu einem Laptop auf einem Sideboard. »Ist das seiner?«

»Ja.«

»Dürfen wir ihn benutzen?«

»Greifen Sie zu!«

Drosten trug den Laptop zur Couch und startete ihn.

»Das Passwort sind die letzten Ziffern seiner Handynummer. Drei, sieben, drei, vier.«

»Apropos. Liegt sein Handy irgendwo?«, wollte Sommer wissen.

Schott schaute sich um. »Nicht hier im Wohnzimmer.«

Sommer suchte nach dem Telefon, während Drosten den Browser startete und sich bei der Bank einloggte. Die Zugangsdaten waren korrekt. Drosten rief die Kontoübersicht auf. Ranner hatte ein Minus von eintausendzweihundert Euro auf dem Konto, sein Verfügungsrahmen betrug fünftausend.

»Hat er die Miete bezahlt?«, fragte Camilla besorgt.

»Jeden Monat. Er steht im Minus, aber er hat die Zahlungen nicht eingestellt.«

»Oh Gott, bin ich froh. Das hätte mir noch gefehlt.«

Drosten prüfte die Kontobewegungen der letzten Monate. Seit einem halben Jahr war kein Geld eingegangen. Davor hatte Ranner mehrere Bareinzahlungen getätigt. Vor elf Monaten war ein hoher Betrag gutgeschrieben worden. »9.975 Euro«, brummte Drosten. »Von einem gewissen Rüdiger Boos.«

»So viel?«, wunderte sich Camilla. »Das ist sein Chef.

Wieso überweist der ihm auf einen Schlag fast zehntausend Euro?«

»Eine gute Frage.« Die Summe weckte Drostens Misstrauen. Sie lag nur knapp unter dem Betrag, der für Banken meldepflichtig war. »Das war die letzte Eingangszahlung. Danach finde ich acht Bareinzahlungen. Sagen Ihnen die Summen etwas?« Drosten las sie vor, doch die Partnerin des Mörders konnte nichts damit anfangen.

»Ich hab sein Handy gefunden«, rief Sommer. Er brachte den Küchenmülleimer ins Wohnzimmer, in dem die Reste eines Telefons lagen. Er holte sie vorsichtig heraus und legte sie auf den Tisch.

»Er wusste, dass wir ihn orten können«, stellte Kraft fest. »Bedauerlich.«

»Hat er vielleicht Ihr Mobiltelefon mitgenommen?«, wollte Drosten wissen.

Camilla stand auf und betrat den kleinen, schallisolierten Raum. »Meins liegt hier«, rief sie.

In Drostens Kopf ratterte es. Seine Gedanken kreisten um den Namen Rüdiger Boos. Wieso zahlte der einem ehemaligen Mitarbeiter auf einen Schlag eine fast fünfstellige Summe? Hingen die Bareinzahlungen vielleicht ebenfalls mit Boos zusammen? Und wieso hatte der Mann ein Jahr nach der Pleite seiner Firma noch immer einen Anrufbeantworter aktiviert, der den Eindruck vermittelte, die Firma wäre erreichbar? »Kennen Sie Herrn Boos?«, fragte er Schott.

»Persönlich habe ich ihn nie getroffen. Noah ist mit ihm auf Facebook befreundet.«

Drosten rief die Plattform auf und stieß in Ranners Freundesliste schnell auf den ehemaligen Chef. »Dürfen wir den Laptop mitnehmen?«, fragte er. »Normalerweise würden wir eine richterliche Genehmigung ...«

»Nehmen Sie ihn«, sagte Schott. »Ich kann damit nichts anfangen.«

»Haben Sie die Möglichkeit, woanders zu übernachten?«, fragte Kraft.

»Wieso?«

»Nicht, dass er wiederkommt, um nach Ihnen zu sehen. Fortführen will, was er angefangen hat. Sie haben zwar ein neues Schloss, für das er keinen Schlüssel hat, trotzdem wäre uns wohler, Sie woanders zu wissen.«

»Vielleicht könnte ich bei Tanja schlafen.«

»Wer ist das?«, fragte Kraft.

»Meine älteste Freundin. Wir kennen uns seit der Kindheit.«

»Rufen Sie sie bitte an? Wir lassen Sie nicht allein, bis wir wissen, dass Sie gut versorgt sind.«

34

Nachdem Camilla Schott zu ihrer Freundin aufgebrochen war, verließen auch Drosten und seine Kollegen das Haus.

»Was machen wir jetzt?«, fragte Sommer. »Diesen Boos aufsuchen?«

Drosten lächelte. Ihm gefiel es, wie sehr er mit seinen Partnern auf einer Wellenlänge lag. Das erleichterte die tägliche Arbeit enorm. »Zumindest sollten wir versuchen, mehr über ihn herauszufinden. Wieso zahlt er trotz der Firmenpleite seinem ehemaligen Mitarbeiter fast zehntausend Euro?«

»Und bleibt bestimmt nicht zufällig knapp unter der meldepflichtigen Summe«, fügte Kraft hinzu. »Das macht mich besonders misstrauisch.«

»Dann noch der aktivierte Anrufbeantworter«, stellte Drosten fest. »Für mich klang es so, als wäre die Firma weiter im Geschäft. Das passt alles nicht zusammen. Lasst uns irgendwo in einem Café eine Kleinigkeit essen und nach Informationen über Boos suchen.«

. . .

Zwanzig Minuten später nippte Drosten an einem Kaffee und aß ein Stück Kuchen dazu. Er hatte auf seinem Tablet das Facebook-Profil des Mannes aufgerufen. Rüdiger Boos gehörte allerdings nicht zu den Menschen, die häufig etwas von sich preisgaben. Bei seiner Ehefrau Esther sah das anders aus. Die attraktive und einige Jahre jüngere Frau war Lehrerin an einem Gymnasium und derzeit auf Klassenfahrt mit dem Abiturjahrgang. Sie postete immer wieder Bilder aus Rom, die sie allein oder in Begleitung von Schülern zeigten. Aufgrund eines Postings vom Vortag folgerte Drosten, dass sich die Klasse morgen auf den Rückweg begeben würde.

Sein Handy klingelte und übertrug eine Rufnummer des BKA. »Das ging schnell«, sagte er zu Kraft und Sommer, bevor er das Telefonat annahm. Er schlug sein Notizbuch auf und zückte den Kugelschreiber. Das BKA hatte ihm wunschgemäß die beiden Mobilfunknummern des Ehepaars ermittelt. Drosten bedankte sich und beendete das Gespräch rasch. Er schaute zu seinen Mitstreitern, die ihm gegenübersaßen.

»Wir wissen, Esther Boos ist gerade nicht in Helmstedt. Ist das gut oder schlecht für uns? Redet er möglicherweise offener über seine Geschäfte, wenn seine Frau nicht in Hörweite ist?«

»Das erfahren wir, sobald wir ihn kontaktieren«, sagte Kraft.

»Du hast also keine Lust, mit mir haltlose Spekulationen aufzustellen«, erwiderte Drosten amüsiert. »Schade. Sollen wir bei Boos anrufen oder ohne Vorankündigung vorbeifahren? Vielleicht ist er um diese Uhrzeit zu Hause.«

»Oder er nutzt die Abwesenheit seiner Frau für

andere Dinge. Lass uns ihn besser anrufen. Gib mir die Nummer, ich mach das.«

Drosten schob Sommer das Notizbuch zu.

* * *

Noah Ranner blickte aus dem bodentiefen Fenster. In den umliegenden Gebäuden schalteten die Menschen immer mehr Lichter an. Vor dem friedlichen Anblick dachte er über seinen Fluchtplan nach. War es sinnvoll, die Rückkehr von Esther Boos abzuwarten, um sie eine Nacht lang das Alphabet des Schmerzes zu lehren? Sie war eine wahnsinnig attraktive Frau, und er hatte auch schon passendes Werkzeug in der Abstellkammer des Ehepaars entdeckt. Trotzdem fragte er sich, ob es nicht besser wäre, noch heute Nacht in Boos' Wagen zu steigen und nach Polen zu fahren. Irgendwann würden die Bullen eine Großfahndung nach ihm einleiten. Reichte es, sein Auto in Bahnhofsnähe zu parken, um sie in die Irre zu führen? Oder würden sie durch Videoaufnahmen aus dem Bahnhofsgebäude herausfinden, dass er es nie betreten hatte? In dem Fall sollte er besser verschwinden, ehe die Bullen die Treibjagd auf ihn eröffneten.

Das Klingeln eines Telefons ließ ihn zusammenzucken.

»Scheiße!«, fluchte er.

Er folgte den Geräuschen und fand im Schlafzimmer Boos' Handy. Das Display übertrug nur eine Rufnummer ohne Namenseintrag. Offenbar stand sie nicht in der Kontaktdatei.

Er widerstand der Versuchung, das grüne Hörersymbol zu berühren und sich mit einem ›Hallo?‹ zu melden. Nach ungefähr dreißig Sekunden brach das Klingeln ab.

Ob der Anrufer eine Nachricht hinterlassen würde? Das Display verdunkelte sich. Ungeduldig wartete er. Und tatsächlich. Es dauerte zwar ein paar Minuten, aber plötzlich piepste es zweimal. Eine kurze Meldung tauchte auf dem Bildschirm auf.

Neue Nachricht Esther

Hatte das gar nichts mit dem Anruf zu tun? Er versuchte, die Displaysperre aufzuheben, doch das System meldete ihm, dass es den Fingerabdruck nicht erkannte.

»Gut, dass du nicht die Gesichtserkennung nutzt«, murmelte er. »Wäre schwierig geworden mit dem ganzen Blut in deiner Fresse.«

Er ging ins Badezimmer, wo Boos' Leiche in der Wanne lag. Beim zweiten Finger hatte er bereits Glück, und das Display entsperrte sich.

Hallo, mein Liebling. Bald ist es geschafft. Ich freue mich auf dich. Du denkst ja dran, mich abzuholen, oder? 14.40 in Hannover am Flughafen, falls wir pünktlich sind. Ich liebe dich. Bis morgen.

»Fuck!«, fluchte er laut. »Das darf ja wohl nicht wahr sein!«

Wieso wollte sie abgeholt werden? Damit hatte er nicht gerechnet. Wenn ihm keine Lösung einfiel, schmiss das seine Planung über den Haufen.

Er überflog die letzten Mitteilungen, die das Ehepaar ausgetauscht hatte, um Boos' Tonfall imitieren zu können. Die beiden schienen eine harmonische Ehe zu führen.

Endlich bist du bald wieder du! Ich freue mich auch auf dich. Den Flug hab ich auf dem Schirm. Ich liebe dich noch viel mehr. Bis morgen!

Er schickte die Nachricht ab. Boos' Ehefrau antwortete mit einem roten Herzen.

Was sollte er tun? Er könnte sie nicht beim Betreten der Wohnung überfallen, wenn Esther am Flughafen feststeckte. Hatten sich gerade all seine Überlegungen erledigt?

Ihm kam eine Idee. Was, wenn er einen Limousinenservice zum Flughafen schicken würde? Er könnte zusätzlich in Auftrag geben, dass der Chauffeur einen Blumenstrauß mitnimmt und Esther bei ihrer Ankunft mitteilte, dass ihr Mann eine Überraschung für sie geplant habe. Wäre sie dann neugierig genug, um ihm in die Falle zu tappen? In Erwartung eines von Boos arrangierten romantischen Wiedersehens würde sie die Wohnung betreten und ein schmerzhaftes Wunder erleben.

Oder sollte er lieber keinen Gedanken an Boos' Ehefrau verschwenden und alle Energie auf seine Flucht verwenden?

* * *

Sie fuhren mit zwei Autos zu der Adresse, wo Boos und seine Ehefrau wohnten. Drosten parkte rund einhundert Meter vom Gebäude entfernt. Sommer und Kraft stellten ihr Fahrzeug in zweihundert Metern Entfernung ab.

Dann näherten sie sich dem Haus. Die Namen auf den Klingelschildern lieferten ihnen den Anhaltspunkt, in welcher Etage das Ehepaar lebte.

»Ganz oben«, stellte Drosten fest. »Für Boos scheint sich die Insolvenz privat nicht nachteilig auszuwirken. Sieht nicht so aus, als wären die Wohnungen hier billig.«

Sommer trat ein paar Schritte zurück und warf einen Blick nach oben. »In der dritten Etage brennt Licht.«

Drosten drückte die Klingel. Anfangs passierte nichts.

»Wow«, sagte Sommer. »Jetzt hat jemand die Lampen ausgeschaltet. Totale Finsternis.«

»Nicht wahr!«, sagte Kraft. »Ob Boos die Abwesenheit seiner Ehefrau ausnutzt und sich ertappt fühlt?«

Drosten klingelte ein zweites Mal, diesmal blieb jede Reaktion aus. »Wieso schaltet jemand das Licht aus, wenn man bei ihm klingelt? Hat Boos Angst vor Gläubigern?«

»Vielleicht sollten wir noch mal bei ihm anrufen«, schlug Sommer vor. »Am besten nicht wieder über meine Kennung. Oder soll ich sie rausnehmen und mich anonym bei ihm melden?«

* * *

Als es an der Wohnungstür klingelte, zuckte Noah Ranner zusammen und handelte instinktiv. Er sprang zum nächsten Lichtschalter und betätigte ihn. Dann wartete er. Wer besuchte Boos an diesem Abend? War er verabredet gewesen? Ihm schoss die Frage durch den Kopf, ob Boos die Abwesenheit seiner Frau für anderen Damenbesuch ausnutzte. Allerdings passte das nicht zu dem Tonfall der Nachrichten, die das Ehepaar austauschte. Wer konnte es sonst sein? Die Bullen? Hatte dieser Drosten bereits herausgefunden, dass die Firma gar nicht mehr existierte, aber noch immer den Anrufbeantworter aktiviert ließ? Das hatte sich Ranner früher selbst schon gefragt. Vermutlich gehörte das zu den illegalen Geschäften, in denen sein ehemaliger Chef verwickelt gewesen war.

Es dauerte nicht lange, da klingelte Boos' Handy. Ranner lief zu dem Gerät, das auf dem Couchtisch lag. Eine andere Nummer als beim ersten Anruf. Gleichwohl kam ihm diese Telefonnummer bekannt vor. Gehörte die nicht dem Wiesbadener Bullen? Der Mann hatte ihm seine Visitenkarte gegeben. Noah hatte sie in sein Portemonnaie gesteckt. Man wusste schließlich nie, wofür man so etwas gebrauchen könnte. Er zog die Geldbörse aus der Hosentasche und nahm die Visitenkarte heraus.

»Das darf nicht wahr sein!«

Es war tatsächlich Drostens Nummer. Das Klingeln verstummte. Was sollte er jetzt tun? Vorsichtig trat er an ein Fenster.

»Wichser!«, flüsterte er.

Drosten stand gut sichtbar an seinem Auto und schien unschlüssig, wie er vorgehen sollte.

»Verpiss dich!«

Als hätte er das gehört, stieg er in sein Fahrzeug. Die Lichter des Autos gingen an. Kurz darauf wendete der Polizist auf der Straße und fuhr davon.

Noah hatte sich einen Zeitpuffer erkauft. Allerdings erschien es ihm inzwischen ausgeschlossen, dass er noch auf Boos' Ehefrau würde warten können. Bedauerlich, aber nicht zu ändern.

Er lief zu einem anderen Fenster und schaute hinaus, ohne etwas Verdächtiges auf der Straße zu entdecken. Er ging seine Optionen durch. Zu der Wohnung gehörten zwei Tiefgaragenstellplätze. Das hatte sein ehemaliger Chef mal beiläufig erwähnt. Zwei verschiedene Autoschlüssel hatte Noah in einem Schlüsselkasten entdeckt. Welches Fahrzeug er nehmen würde, könnte er spontan entscheiden. Für die offenbar illegalen Autotransfers hatte Boos ihn immer bar bezahlt. Ob Noah in der Wohnung einen Bargeldvorrat finden würde? Das könnte ihm die Flucht erleichtern. Er beschloss, in den nächsten Stunden die einzelnen Räume auf den Kopf zu stellen und dann abzuhauen. Da er jedoch unmöglich im Halbdunkeln suchen könnte, schaltete er wieder eine Deckenlampe an. Der Bulle bekäme das ja zum Glück nicht mehr mit.

* * *

Sommer rief bei Drosten an, der zwei Straßenzüge weiter wartete.

»Hat sich was getan?«, fragte Drosten.

»Kaum warst du weg, ist oben Licht angegangen«, antwortete Sommer.

»Okay. Dann ist es kein Zufall. Da steckt Ranner hinter. Er hat mich wiedererkannt.«

»Hast du ihn am Fenster gesehen?«

»Nein. So leichtsinnig war er leider nicht. Außerdem habe ich durch die Abdunkelung ohnehin nichts erkennen können. Trotzdem bin ich mir sicher. Ich komme zu Fuß über ein paar Umwege zurück zu euch.«

»Dann besorge ich uns in der Zwischenzeit die Kennzeichen der Fahrzeuge, die auf Boos zugelassen sind. Die Autos müssen ja irgendwo stehen. Zu dem Gebäude gehört eine Tiefgarage. Wahrscheinlich parken sie dort.«

* * *

Noah Ranner schaute auf die magere Ausbeute. In einer Schreibtischschublade hatte er Bargeld gefunden. Fünfhundert Euro, außerdem eintausend Zloty und fünftausend tschechische Kronen. Für seine Flucht über die Grenzen waren die ausländischen Währungen nützlich, aber insgesamt hatte er sich einen größeren Betrag erhofft.

Ranner blickte auf die Uhr. Viertel nach elf. Spätestens um Mitternacht würde er aufbrechen. Er stand in der Küche und schaltete den Kaffeeautomaten an. Aus einem Hängeschrank holte er eine Tasse, stellte sie unter den Ausguss und drückte die Espressotaste. Nachdem der Kaffee durchgelaufen war, wiederholte Noah den Vorgang zweimal, ehe er sich mit der Tasse an den Tisch setzte. Heute Nacht würde er keine Zeit für Schlaf finden. Also musste er sich wach halten.

Zwanzig Minuten später hielt er es in der Wohnung nicht mehr aus. Er stopfte das Bargeld in den Rucksack, in dem auch die Pistole steckte. Dann schnappte er sich die Autoschlüssel und vorsichtshalber einen Schlüsselbund, an dem ein Dutzend Schlüssel hingen, und verließ die Wohnung. Dabei dachte er an Boos' Frau. Der morgige Tag würde für sie unvergesslich. Erst würde ihr Mann sie nicht am Flughafen abholen, und sobald sie voller Sorge zu Hause ankäme, erwartete sie eine durchwühlte Wohnung. Der Höhepunkt wäre ihr toter Ehemann, der mit zerschossenem Gesicht in der Badewanne lag.

Schade, dass sie nie erfahren würde, was ihr erspart geblieben war. Vielleicht wäre ihr dieses Wissen ein kleiner Trost, der ihr nun verwehrt bliebe. Sie würde nur für immer voller Schrecken an diesen Tag zurückdenken.

Der Fahrstuhl erreichte die dritte Etage, und die Tür glitt auf. Ranner stieg ein und drückte die Taste, die mit

-1 beschriftet war. Die Tür schloss sich. Langsam setzte sich der Aufzug in Bewegung.

Ohne Unterbrechung fuhr er nach unten. Im Tiefgeschoss angekommen, trat Ranner verwundert hinaus. Er hatte erwartet, direkt in der Garage zu landen, stattdessen stand er in einem Kellergang. Zwanzig Schritte vor ihm befand sich eine Tür, über der ein grüner Notausgangshinweis hing. Ranner ging hin, drückte die nach außen aufschwingende Stahltür auf und betrat die Tiefgarage.

Welche Fahrzeuge gehörten dem Ehepaar? Ranner zog den ersten Fahrzeugschlüssel aus der Jackentasche und betätigte die Entsperrtaste. An einem Mercedes-Coupé blinkten kurz die Lichter auf. Ein so teures Modell war ihm zu auffällig. Auf dem Parkplatz daneben stand ein SUV. War das der zweite Wagen? Beide schienen neu zu sein – und beide nicht ideal für seine Flucht. Er drückte die zweite Funkfernbedienung. Tatsächlich leuchteten die Lichter des SUV auf.

»Polizei!«, erklang plötzlich nicht weit von ihm entfernt eine Männerstimme. »Hände hoch!«

Instinktiv ließ er sich zu Boden fallen und kroch rasch hinter einen Wagen.

»Herr Ranner, geben Sie auf. Sie haben keine Chance!«, warnte ihn eine weibliche Stimme.

Hektisch öffnete er den Rucksack und zog die Pistole heraus. Wenn er es irgendwie zu einem der offenen Fahrzeuge schaffen würde, könnte er fliehen.

Wo waren die Bullen? Ranner blickte unter dem Wagen hindurch und hielt Ausschau nach einem Paar Füße.

»Ich bin bewaffnet!«, rief er.

»Dann schieben Sie uns Ihre Pistole zu«, forderte der Mann.

»Niemals! Verschwinden Sie! Ich will Sie nicht töten.«

* * *

Sommer nickte Kraft zu, die hinter einer breiten Säule Stellung bezogen hatte. Er ärgerte sich, weil er Ranners Reaktionsvermögen unterschätzt hatte. Der hatte sich gleich zu Boden geworfen und war in Deckung gegangen. Es wäre besser gewesen, ihn nicht vorzuwarnen. Hinterher war man immer schlauer.

»Niemand muss sterben«, rief Sommer. »Sie haben keine Chance. Wir sind in der Überzahl. Draußen warten Kollegen. Die Straßen sind weiträumig abgesperrt.«

Sommer suchte Blickkontakt zu Kraft. Die deutete ihm an, die Position wechseln zu wollen. War das eine gute Idee? Sie hätte mehrere Fahrzeuge als Schutzschilde, trotzdem könnte ein Querschläger sie treffen.

Sommer nickte. Sekunden später lief Kraft geduckt los. Der Hall ihrer Schritte wirkte ohrenbetäubend laut.

Plötzlich erklang ein Schuss.

»Ranner!«, schrie Sommer. »Das ist Wahnsinn! Sie haben keine Chance!«

»Ich bin okay«, rief Kraft.

»Das war nur ein Warnschuss«, sagte Ranner. »Ziehen Sie sich zurück. Beim nächsten Mal schieße ich nicht daneben.«

War er ein so guter Schütze? Hatte zu seinem früheren Job ein Schusstraining gehört, oder bluffte er bloß? Leise zog Sommer seine Schuhe aus. Er würde ebenfalls die Position wechseln, aber Ranner sollte das nicht mitbekommen.

Barfuß lief er zum nächsten Auto. Zwischen ihm und dem Mörder lagen noch vier Fahrzeuge. Wieder suchte er den Blickkontakt zu Kraft. Sie müssten Ranner ablenken, um ihn zu überlisten.

Sommer formte mit Daumen und Zeigefinger eine Pistole und deutete einen Schuss in die Luft an. Kraft nickte. Sommer hielt sich bereit. Kraft zog sich vollständig hinter das schützende Fahrzeug zurück und feuerte in die Luft. Ranners Antwort ließ nicht lange auf sich warten. Er gab ebenfalls einen Schuss ab.

Sommer rannte los. Der Mörder feuerte kein zweites Mal. Konzentrierte er sich auf den Teil der Garage, wo Kraft geschossen hatte?

Sommer schaffte es, sich um zwei Autos anzunähern. Dann wartete er. Hoffentlich wusste Kraft, was sie zu tun hatte.

»Das ist meine letzte Warnung«, rief Ranner. »Legen Sie Ihre Waffen weg!«

Die Stimme klang deutlich näher als zuvor. Fast synchron zu seinem letzten Wort schoss Kraft erneut. Perfektes Timing! Sommer rannte zum nächsten Auto. Er sah, wie sich Ranner in die falsche Richtung wandte und nach einem Ziel Ausschau hielt. Dann schien er aus dem Augenwinkel eine Bewegung wahrzunehmen. Er drehte den Oberkörper und riss die Pistole herum.

Sommer sprang um das letzte Fahrzeug, das ihn von seinem Gegner trennte, und legte an.

»Sofort die Waffe runter!«, schrie er.

Ranner schien einen Moment seine Optionen abzuwägen. Doch da Sommer ihn bereits im Visier hatte, ließ er die Pistole fallen.

»Verena!«, brüllte Sommer.

Wieder hallten ihre Schritte durch die Tiefgarage. Sie näherte sich Ranner von hinten.

»Sie sind festgenommen!«, sagte Sommer.

Kraft steckte ihre Waffe ein und legte dem Mann Handschellen an.

Es war geschafft.

35

Nach einigem Kompetenzgerangel zwischen den unterschiedlichen Polizeidienststellen hatte die KEG einen Schlussstrich unter die Diskussionen gezogen und Ranner nach Wolfsburg zum Verhör gebracht. Er war geständig. Der Anwalt, der ihn strafrechtlich vertrat, schien nichts davon zu halten, seinem Mandanten zur Verweigerung der Aussage zu raten. Meistens saß er nur stumm neben ihm, hörte zu und machte sich Notizen.

»Sie waren elf Monate arbeitslos. Trotzdem sind Sie angeblich jeden Morgen beziehungsweise Abend zu Ihren Schichten aufgebrochen. Wieso?«, fragte Drosten.

»Um mir Diskussionen mit Camilla zu ersparen. Ich hatte zehntausend Euro von Boos bekommen und …«

»Wofür waren die?«, hakte Sommer ein.

Ranner blickte zu seinem Anwalt. Die beiden steckten die Köpfe zusammen, Ranner flüsterte ihm etwas zu, und der Strafverteidiger nickte.

»Als mir Boos sagte, er müsse Insolvenz anmelden, bot er mir einen Deal an. Wenn ich bereit wäre, ab und zu als Kurier einzuspringen, würde er mir von seinem Privatvermögen auf einen Schlag eine beträchtliche Summe überweisen. Außerdem versprach er, ich könnte mir bei jedem Auftrag eine hübsche Summe in bar dazuverdienen.«

»Was sollten Sie dafür tun?«, erkundigte sich Sommer.

Ranner erzählte von den Fahrten, die er erledigt hatte: mit einem Wagen zum vereinbarten Ort aufbrechen, wo bereits ein weiteres Fahrzeug für den Rückweg stand.

»Was haben Sie transportiert?«, fragte Hauptkommissar Martel.

»Keine Ahnung. Ich hielt es für besser, das nicht zu wissen.«

»War Ihnen das Risiko nicht zu groß?«, erkundigte sich Drosten. »Vielleicht waren Waffen oder Drogen im Kofferraum. Hätte man Sie angehalten, wären Sie im Gefängnis gelandet.«

»Ich hielt das Risiko für überschaubar. Es ist ja auch nie etwas passiert. Nach der zehnten Kurierfahrt hatte Boos leider keine Aufträge mehr. Ich vermute, er hatte jemand anderen gefunden, der die nächsten zehn Fahrten übernahm.«

»Und dann?«, fragte Martel. »Wie haben Sie sich die Zeit vertrieben?«

»Ich habe mich auf die Suche begeben.«

»Nach potenziellen Opfern?«, vergewisserte sich Drosten.

»Nach streitenden Paaren«, konkretisierte Ranner. »Leider war mein Erfolg überschaubar. Klar sieht man Streithähne, wenn man sich den ganzen Tag in einem Einkaufszentrum aufhält. Aber denen nach Hause zu folgen, um sie besser einschätzen zu können, ist fast unmöglich.«

»So kamen Sie auf die Idee, die Mieterdaten von Frau Schotts Arbeitgeber zu nutzen.«

Ranner lächelte. »Klug, oder?« Er klang tatsächlich stolz. »Hat man erst mal eine Adresse, wird alles leichter.«

»Dann haben Sie in Ihrer vermeintlichen Arbeitszeit Ihre zukünftigen Opfer beobachtet?«, fragte Drosten.

»Wochenlang. Bis ich mir sicher war.«

»Hatten die Umzüge eine Rolle gespielt?«, fragte Sommer.

Ranner blickte verwirrt zu seinem Anwalt.

Der zuckte die Achseln. »Wovon sprechen Sie?«, wollte er wissen.

Das war Antwort genug.

»Nicht so wichtig«, sagte Drosten. »Wie sind Sie auf Frau Fleschütz und Herrn Zwicker aufmerksam geworden? Die waren ja nicht in der Mieterdatenbank zu finden.«

»Das war ein großer Glückstreffer! Sie waren mir tatsächlich in einem Baumarkt aufgefallen, weil sie sich vor einem Tapetenregal anblafften. Ich bin ihnen bis nach Hause gefolgt. Auch im Auto haben sie sich gestritten. Das war nicht zu übersehen. Da glaubte ich, einen Volltreffer gelandet zu haben.«

»Als Sie in jener Nacht in das Haus einbrachen, wussten Sie da von Herrn Zwickers Abwesenheit?«

»Nein«, antwortete Ranner. »Ich konnte es selbst kaum glauben. Aber ich konnte ja keinen Rückzieher mehr machen. Also blieben Pauline und ich unter uns. Sie war eine gelehrige Schülerin.« Ranner lachte.

Drosten musste seinen Zorn verbergen. Wie vielen

Mördern würde er noch gegenübersitzen, die ihre Taten nicht einmal nach der Verhaftung bedauerten? Er war schon so vielen begegnet, und ein Ende war nicht abzusehen. Allein in den letzten Tagen hatten Polizeidienststellen aus drei verschiedenen Regionen Deutschlands ungelöste Mordfälle in die von ihm entwickelte Datenbank eingetragen. Je härter die Zeiten wurden, desto öfter schienen manche Individuen ihre schlimmsten Fantasien auszuleben.

Drosten stand auf. Die anderen Anwesenden schauten ihn überrascht an.

»Ich brauche eine Pause«, sagte er. »Vertagen wir uns?«

Ranner und sein Anwalt tauschten sich kurz aus.

»Mein Mandant hat nichts dagegen. Ich finde eh, Sie muten ihm mit diesen langen Vernehmungen einiges zu. Immerhin ist er geständig. Trotzdem wollen Sie jedes Detail klären.«

Drosten presste die Lippen zusammen, um nichts Falsches zu sagen. Er drehte sich um und verließ wortlos den Raum. Trotz seiner Wut auf Menschen wie Ranner wusste er eines ganz genau: Er würde nie aufhören, Jagd auf sie zu machen. Denn für die Angehörigen, die schreckliche Verluste erlitten hatten, waren er und seine Partner oft die letzte Hoffnung auf Gerechtigkeit. Dieser Verpflichtung würde er sich niemals entziehen.

NACHWORT

Liebe Leserinnen und Leser,

meistens habe ich zuerst die Idee für einen Roman im Kopf und muss mich anschließend auf die schwierige Suche nach dem passenden Titel machen. Nur ganz selten ist ein Titel da, und dann entwickelt sich die dazugehörige Handlung wie von allein in meinem Kopf. Bei *Der Schmerzspezialist* war es mal wieder so weit.

Ich gehe im Regelfall zweimal die Woche für neunzig Minuten zu einem Personaltrainer, der eine zusätzliche Ausbildung als Schmerztherapeut besitzt. In den ersten dreißig Minuten lasse ich mich von ihm mobilisieren, da ich mich mit einigen körperlichen Beschwerden herumplage, die durch das viele Sitzen am Schreibtisch nicht besser werden. Dabei unterhalten wir uns oft über meine Bücher, während der Trainer seine Ellenbogen, eine Blackroll und andere Folterinstrumente benutzt, um Verspannungen in meiner Muskulatur und den Faszien zu lösen. Als es mal wieder besonders wehtat, beklagte ich mich bei ihm, dass er ein elendiger Schmerzspezialist sei. Vielleicht benutzte ich auch ein etwas weniger freundliches Adjektiv; zum Glück ist er kein empfindlicher Mensch. Sekunden später wurde mir bewusst, wie gut der Titel zu meiner Drosten-und-Sommer-Reihe passen würde. Und noch während des sich anschließenden Trainings entwickelte sich die Idee zu dem Roman. Sport ist Mord. Selten war das Sprichwort so zutreffend.

Falls Ihnen das Ergebnis meines Schreibprozesses gefallen hat, freue ich mich über Ihre Rückmeldung. Neben persönlichen Nachrichten sind für uns Autoren Rezensionen, die Sie auf der Produktseite von *Der Schmerzspezialist* bei dem Buchhändler Ihres Vertrauens hinterlassen können, ganz besonders wichtig. Dafür bedanke ich mich sehr herzlich!

Wenn Sie es noch nicht getan haben, dann tragen Sie sich doch bitte in meinen Newsletter ein, durch den Sie immer auf dem neuesten Stand sind, was meine Veröffentlichungen anbelangt. So helfen Sie mir ganz besonders!

www.marcus-huennebeck.de/newsletter

Alle neuen Empfänger erhalten übrigens die Kurzgeschichte *Die Namen des Todes – Die Jagd beginnt* als Dankeschön geschenkt.

Per E-Mail kontaktieren Sie mich unter:
kontakt@marcus-huennebeck.de

Per Facebook erreichen Sie mich wie folgt: www.facebook.com/MarcusHuennebeck

Und per Instagram unter www.instagram.com/marcushuennebeck

Vielen Dank und herzliche Grüße

Ihr

Marcus Hünnebeck

LESETIPPS

Ich werde oft nach der richtigen Reihenfolge meiner Bücher gefragt. Diese finden Sie im Folgenden, auch wenn ich der Meinung bin, dass man jeden meiner Thriller unabhängig von den anderen lesen kann. Aber für alle Leser, die sich gern an der chronologischen Reihenfolge des Erscheinens orientieren, ist diese Auflistung gedacht.

Die KEG-Reihe:

Die Todestherapie
- Der Wundennäher
- Der Schädelbrecher
- Blut und Zorn
- Die TodesApp
- Muttertränen
- Todesschimmer
- Vaters Rache
- Rachekrieger
- Der Geisterfahrer

Nesthäkchens Schrei
Bittere Brut
Tödlicher Fake
Schreikind
Eiskalte Reue
Der Schattenbringer
Der Mädchenpflücker
Feuerqual
Totgeschlagen
Böser Sandmann
Der Blutmaler
Schlechter Freund
Der Schmerzspezialist

Die Buchinger-Reihe:

So tief der Schmerz
Kein letzter Blick
Wundenherz
Zu viel gesehen
Zwischen den Seiten
Der Kümmerer

Bei meinen übrigen Büchern finden Sie die Reihenfolge direkt auf den Produktseiten der Bücher.

SO TIEF DER SCHMERZ

Eine traumatisierte Psychologin sinnt auf Rache. Jahre zuvor ist sie geschändet worden; nun bestraft sie nahestehende Personen ihrer Peiniger mit dem Tod. Als die Polizei durchschaut, nach welchem Muster die Opfer ausgewählt werden, verhindert sie im letzten Moment einen weiteren Mord. Doch der Täterin gelingt während des Zugriffs die Flucht, und sie taucht spurlos unter.

Hauptkommissar Krumm bittet den Personenfahnder Till Buchinger um Unterstützung. Buchinger kennt die Tricks, mit denen Menschen von der Bildfläche verschwinden. Obwohl er Krumm nicht vertraut, erklärt er sich mit der Zusammenarbeit einverstanden, denn die Mörderin hat auch einen seiner engsten Freunde brutal umgebracht. Aber seine Suche nach der skrupellosen Psychologin löst eine Kettenreaktion aus, die sein Leben und das vieler anderer Unschuldiger gefährdet.

DIE TODESTHERAPIE

Gero Ruppert kennt sich aus mit Trauer und Verzweiflung. Der Psychologe betreut Eltern, die ihre Kinder auf schmerzliche Weise verloren haben. Als ein 17-jähriges Mädchen brutal missbraucht und ermordet wird, kontaktiert Ruppert die verwaiste Mutter und bietet ihr an, sie psychologisch zu behandeln.

Drei weitere junge Frauen sterben, und Ruppert kümmert sich um die trauernden Hinterbliebenen. Für die Soko rund um die Kommissare Drosten und Sommer steht trotz wasserdichter Alibis der Hauptverdachtige fest: Der Mörder kann nur Gero Ruppert selbst sein. Hat er einen Helfer? Spielt er ein falsches Spiel mit traumatisierten Eltern? Doch die Polizisten ahnen nicht, dass der Psychologe bedroht wird. Er muss den Anweisungen eines Erpressers folgen, um nicht seine eigene Tochter zu verlieren. Je näher die Soko den wahren Hintergründen kommt, desto stärker gefährdet sie das Leben des Mädchens – wogegen Ruppert mit allen Mitteln kämpft.

Printed in Poland
by Amazon Fulfillment
Poland Sp. z o.o., Wrocław

23639365R00158